SCHUTZ FÜR FIONA

SEALs of Protection, Buch Drei

SUSAN STOKER

Copyright © 2020 Susan Stoker
Englischer Originaltitel: »Protecting Fiona (SEAL of Protection Book 3)«
Deutsche Übersetzung: Catharina Preuss für Daniela Mansfield Translations 2020

Alle Rechte vorbehalten. Dies ist ein Werk der Fiktion. Namen, Darsteller, Orte und Handlung entspringen entweder der Fantasie der Autorin oder werden fiktiv eingesetzt. Jegliche Ähnlichkeit mit tatsächlichen Vorkommnissen, Schauplätzen oder Personen, lebend oder verstorben, ist rein zufällig.

Dieses Buch darf ohne die ausdrückliche schriftliche Genehmigung der Autorin weder in seiner Gesamtheit noch in Auszügen auf keinerlei Art mithilfe elektronischer oder mechanischer Mittel vervielfältigt oder weitergegeben werden.

Titelbild entworfen von: Chris Mackey, AURA Design Group

eBook:
ISBN: 978-1-64499-054-4
Taschenbuch:
ISBN: 978-1-64499-055-1

Besuchen Sie Susan im Netz!
www.stokeraces.com
facebook.com/authorsusanstoker
twitter.com/Susan_Stoker
bookbub.com/authors/susan-stoker
instagram.com/authorsusanstoker
Email: Susan@StokerAces.com

EBENFALLS VON SUSAN STOKER

SEALs of Protection
Schutz für Caroline
Schutz für Alabama
Schutz für Fiona
Die Hochzeit von Caroline (Buch Vier) **(erhältlich ab Mitte März 2020)**

Die Delta Force Heroes:
Die Rettung von Rayne
Die Rettung von Emily
Die Rettung von Harley
Die Hochzeit von Emily
Die Rettung von Kassie
Die Rettung von Bryn
Die Rettung von Casey (Buch Sieben) **(erhältlich ab Ende April 2020)**

DANKSAGUNG

Viele Menschen haben die Vorstellung, dass das Schreiben eines Buches vollkommen isoliert erfolgt. In Wirklichkeit ist aber die Hilfe und Unterstützung vieler Menschen dazu nötig. Bei einigen dieser Menschen möchte ich mich an dieser Stelle bedanken.

Patrick. Mein Mann leistet wunderbare Arbeit, indem er mich in Ruhe lässt, wenn ich schreibe, und mich einfach nur ... schreiben lässt. Danke, dass du mir immer zur Seite stehst.

Amy. Himmel, was würde ich nur ohne dich tun? Du bist mein Cheerleader, meine Leserin der schlechten Rezensionen, mein zweites Rückgrat, meine Testleserin und meine Freundin. Vielen Dank! #youhavenoclue

Meine Facebook-Freunde. Ernsthaft. Ich muss nur sagen: »Ich brauche etwas Hilfe«, und so viele Leute sind sofort dazu bereit, mir Vorschläge zu machen und mein Gehirn dazu zu bringen, wieder in die richtige Richtung zu denken. Ich danke euch allen, dass ihr online für mich da seid.

Michele. Vielen Dank, dass ich den Namen deines Babys für mein Buch »ausleihen« durfte. In dem Moment, als du mir gesagt hast, wie du deinen Sohn nennen wirst, wusste ich, dass ich den Namen in meinem Buch benutzen wollte. Hoffentlich wird Hunter es eines Tages lesen und feststellen, dass er schon »berühmt« war, bevor er überhaupt geboren wurde!

Dad. Ich liebe es, dass du keine Scheu davor hast, Liebesromane mit halb nackten Männern auf dem Titelbild herumzutragen und sie als »Trinkgeld« an Kellnerinnen, Friseure und andere Personen zu verteilen. Danke, dass du einer meiner größten Fans bist.

Kathleen Murphy. Vielen Dank für deine Unterstützung bei meiner Recherche. Ich weiß es zu schätzen, wenn Freunde von Freunden sich gegenseitig aushelfen können.

Chris. Mein Grafikdesigner. Jedes Mal wenn jemand etwas sieht, das aus deiner Feder stammt, höre ich, wie froh ich sein kann, einen so großartigen Designer zu haben. Dafür, dass du nie zuvor etwas für einen Roman entworfen hast, hast du mit Sicherheit eine neue Ära eingeläutet und dich dabei selbst übertroffen.

Missy. Meine Lektorin, die mir ein gutes Gefühl dabei gibt, diese gemeinen Frauen in meinen Büchern verprügeln zu wollen, sogar noch eine Woche, nachdem sie den Text gelesen hat, und die mir außerdem tolle Ratschläge gibt. Vielen Dank.

Meine Leser. Vielen Dank, dass ihr euch für meine Welt mit den knackigen Soldaten interessiert. Eine Welt, in der das Wichtigste im Leben dieser Soldaten ihre Frauen sind. Wenn wir nur in einer Welt leben würden, in der jeder Mann so empfinden würde. Ich wünsche euch allen, dass ihr euren eigenen »Beschützer« findet und für immer glücklich zusammenlebt.

BESONDERE ANMERKUNG DER AUTORIN

»Schutz für Fiona« ist eine erfundene Geschichte über zwei Frauen, die entführt und in ein fremdes Land verschleppt wurden, um als Sexsklavinnen verkauft zu werden. Während es sich hierbei um eine fiktive Erzählung handelt, passiert dasselbe tagtäglich auf der ganzen Welt. Sexhandel ist real und Millionen von Frauen und Kindern haben keine Hoffnung auf Rettung.

Die International Labor Organization schätzt, dass weltweit 4,5 Millionen Menschen zur sexuellen Ausbeutung gefangen gehalten werden.

Mindestens 20,9 Millionen Erwachsene und Kinder werden weltweit für gewerblichen Sex verkauft und zur Arbeit gezwungen.

Frauen und Mädchen sind mit 98% die größte Opfergruppe des Menschenhandels zur sexuellen Ausbeutung.

Schätzungsweise 80% dieser Personen werden als Sexsklavinnen missbraucht.

Diese Statistiken sind *nicht* okay.

Während in dieser Geschichte Julie und Fiona gerettet werden, gibt es in Wirklichkeit Millionen Frauen und Kinder, die sexuell ausgebeutet werden und keine Aussicht auf Rettung haben. Bilden Sie sich weiter und lernen Sie mehr über dieses Thema. Vielleicht haben Sie das Gefühl, dass Sie persönlich nichts tun können, aber wenn wir alle so denken, wie könnte jemals ein Kind wieder in einer sicheren und gerechten Welt aufwachsen?

Egal in welchem Land Sie leben, überall gibt es sexuelle Ausbeutung und Menschenhandel. Es ist eine schreckliche Tatsache mit noch schrecklicheren Statistiken, wie ich sie oben aufgeführt habe.

Warnung: Die Verarbeitung eines sexuellen Übergriffs geschieht nicht über Nacht. Jahrelange Therapie und die Hilfe und das Verständnis von Familie und Freunden ist dazu erforderlich. In diesem Buch werden sexuelle Übergriffe und Vergewaltigungen zwar nicht detailliert beschrieben, dennoch kann es bei Lesern, die ein sexuelles Trauma erlebt haben, unangenehme Gefühle und Gedanken auslösen.

PROLOG

Sechs Männer saßen in dem Militärflugzeug am Tisch und studierten die Karte eines mexikanischen Landstrichs. Sie waren auf dem Weg zu einem besonderen Einsatz. Die Tochter eines Senators war unter Drogen gesetzt und entführt worden, als sie mit Freundinnen in Las Vegas gefeiert hatte. Sie wurde über die Grenze verschleppt, bevor jemand gemerkt hatte, dass sie weg war. Bis jetzt war keine Lösegeldforderung eingetroffen, was bedeutete, dass die Entführer höchstwahrscheinlich im Menschenhandel tätig waren. Sie wollten eine hübsche Frau, die sie als Sexsklavin in der Unterwelt von Mexiko oder irgendwo anders verkaufen konnten.

Wolf, Dude, Abe, Mozart, Benny und Cookie waren die Mitglieder des SEAL-Teams, das ausgewählt worden war, um Nachforschungen anzustellen und herauszufinden, wohin die Frau gebracht worden war ... und um sie wieder nach Hause zu bringen.

Das siebente inoffizielle Mitglied des Teams war Tex. Er war ein Computergenie und arbeitete von Virginia aus zusammen mit seinen Kontakten. Niemand verschwand in der heutigen Zeit einfach so von der Bildfläche. Auch Terroristen und Entführer benutzten Elektronik, um miteinander zu kommunizieren. In dem Moment, in dem sie sich ins Internet einloggten oder ein Handy benutzten, würde Tex sie finden.

»Benny und Dude, ihr seid dafür verantwortlich, uns wieder herauszuholen. Ihr bleibt beim Hubschrauber und müsst für das Signal bereit sein«, gab Matthew »Wolf« Steel das Kommando.

Die Männer nickten zustimmend. Benny und Dude hatten die meiste Erfahrung im Fliegen eines Helikopters und waren die beste Wahl für die Besatzung des millionenteuren Transportmittels. Wolf war der inoffizielle Anführer der Gruppe. Alle hatten einen höllischen Respekt vor ihm und würden ihm in den Tod folgen, wenn es darauf ankam.

»Abe, du kommst mit mir ins nächstgelegene Dorf, um zu versuchen, von den Einheimischen etwas in Erfahrung zu bringen. Cookie und Mozart, ihr müsst die beiden möglichen Verstecke überprüfen, die wir ausfindig gemacht haben. Wir werden uns bei dieser Mission aufteilen und uns dem Feind in kleinen

Gruppen nähern. Wir haben nicht genügend Zeit, um vorher hundertprozentig sicher zu sein, wo das Mädchen versteckt wird. Wenn ihr sie findet, meldet ihr euch per Funk bei Benny und Dude, und wir treffen uns an den vereinbarten Koordinaten. Stellt sicher, dass ihr die Extrakleidung dabeihabt, die ihr Vater mitgeschickt hat. Wir können es uns nicht leisten, das hier zu vermasseln, und nicht nur, weil ›Daddy‹ ein Senator ist.«

Alle nickten ernst. Es ging ihnen am Arsch vorbei, was die Regierung oder der Senator dachten, es ging ihnen nur um die Frau. Wenn sie sie nicht schnell genug ausfindig machten, würde sie wahrscheinlich für immer verschwinden und nur eine weitere Zahl in einer schrecklichen Statistik ausmachen.

»Okay, wir werden in ungefähr zwanzig Minuten landen. Wenn ich noch etwas von Tex höre, werde ich es weiterleiten. Lasst uns das hier durchziehen.«

Die Männer nickten zustimmend, aber es wurde nicht mehr viel gesprochen. Sie konzentrierten sich auf die bevorstehende Mission.

Hunter »Cookie« Knox knackte mit den Knochen in seinem Genick und ging gedanklich seine Rolle bei dem Einsatz durch. Er war auf dem Weg zu einem von zwei Lagern, in dem die Frau möglicherweise festgehalten wurde. Sie hatten erfahren, dass die Drecksäcke, die sich normalerweise dort versteckt hielten, Kontakt mit einigen bekannten Menschenhändlern aufgenommen hatten. Leider gab es noch eine andere Gruppe in derselben Gegend, die im Drogenhandel operierte und bekannt dafür war, gelegentlich auch Frauen zu verkaufen. Diese Gruppe war kürzlich aktiv gewesen und das Team musste sie ebenfalls auskundschaften.

Mozart würde sich die eine Gruppe vornehmen und Cookie die andere. Cookie hoffte, dass er die Frau finden würde. Der Befehl lautete, sie zu befreien und in Sicherheit zu bringen, er hätte allerdings nichts dagegen gehabt, ein paar dieser Arschlöcher dabei auszuschalten. Jeder, der glaubte, es wäre in Ordnung, Frauen zu entführen und zu verkaufen, hatte einen langsamen, schmerzhaften Tod verdient.

Das SEAL-Team hatte schon unzählige Rettungseinsätze absolviert. Diese Art von Einsatz war also bedauerlicherweise nichts Neues. Aus irgendeinem Grund war Cookie diesmal aber angespannter als sonst. Er war viel aufgeregter, als er es normalerweise war. Er konnte es kaum abwarten, seine Stiefel auf den Boden zu setzen und diese Frau verdammt noch mal dort rauszuholen.

Das Flugzeug setzte zur Landung an. Es ging los.

KAPITEL EINS

Cookie ging leise durch den Dschungel und schaute hin und wieder auf das GPS, das an seiner Armeeweste befestigt war, um sicherzustellen, dass er immer noch in die richtige Richtung ging. Er konnte fühlen, wie ihm der Schweiß von der Stirn tropfte, und wischte ihn weg, während er sich weiter durch das Unterholz schlug. Jede Stunde legte Cookie ein gutes Stück des Weges zurück. Er wusste, dass dies nicht der Fall sein würde, wenn Julie erst bei ihm wäre ... falls Julie bei ihm sein würde.

Obwohl ihre Quelle ziemlich sicher war, dass sie in einem der beiden Lager festgehalten wurde, hoffte Cookie inständig, dass ihre Informationen korrckt waren. Sexhandel war nicht gerade etwas, das einem bestimmten Muster folgte. Manchmal wurde eine Frau von einer Gruppe wochenlang festgehalten, ein anderes Mal nur für ein paar Stunden. Es hing immer davon ab, wohin sie verschleppt werden sollte und für wen sie bestimmt war.

Obwohl Cookie aufpasste, wohin er trat, stolperte er trotzdem über Wurzeln und Schlamm auf dem Boden. Der Dschungel war nicht gerade die ideale Umgebung zum Wandern. Cookie wusste, dass es nicht einfach werden würde, mit Julie im Schlepptau zum vereinbarten Treffpunkt zurückzukehren. Verdammt, es war nicht einmal einfach für ihn, und er war darauf trainiert und passend dafür gekleidet.

Der Senator hatte ihnen Kleidung für seine Tochter mitgegeben, aber selbst ein langärmeliges Hemd und eine Hose würden die Mücken nicht von ihrem Kopf fernhalten und die Hitze daran hindern, ihr bis ins Mark zu dringen, wenn sie auf der Flucht waren. Cookie wusste, dass er eine Klimaanlage nie wieder für selbstverständlich halten würde.

Er verlangsamte das Tempo, als er sich seinem Ziel näherte. Das Lager war laut und geschäftig. Die Männer konsumierten große Mengen Alkohol und es war offensichtlich, dass sie etwas feierten. Cookie kniete sich hin und suchte Schutz in der Dunkelheit des Dschungels. Er musste es ruhig angehen lassen. Er wollte sofort zu dem Gebäude eilen, das am wahrscheinlichsten als Versteck diente, aber er zwang sich zu warten. Er hatte nur eine Chance, es richtig zu machen, und Julie zählte auf ihn, um sie da rauszuholen. Cookie würde den richtigen Zeitpunkt abwarten. Dann würde er seinen Zug machen.

Fiona saß mit zusammengekniffenen Augen im Dunkeln. Wie gewöhnlich konnte sie nicht schlafen. Sie hatte gehört, wie ihre Entführer die ganze Nacht gefeiert hatten. Vor ungefähr einer Stunde war es ruhiger geworden und sie wusste, dass der Morgen bald anbrechen würde. Fiona dachte gerade darüber nach, wie leise es jetzt war, da die Männer höchstwahrscheinlich eingeschlafen waren, als sie glaubte, etwas zu hören. Sie war sich nicht sicher, ob es nur Einbildung war oder an den Drogen lag, die ihr eingeflößt worden waren, aber sie glaubte eigentlich nicht, dass es daran lag. Fiona kannte mittlerweile jedes Knarren und Quietschen in ihrem Verließ. Das Geräusch, das sie jetzt hörte, war neu.

Julie, die andere Frau, schwieg endlich. Sie hatte zwei Tage lang ununterbrochen geweint. Es war nicht so, als wäre Fiona kaltherzig, aber Julie wollte nicht auf sie hören und ließ sich nicht trösten. Fiona versuchte, sich zu erinnern, wann sie hierher verschleppt worden war, aber es war aussichtslos. Es war einfach zu lange her. Sie glaubte, dass ungefähr drei Monate vergangen waren, aber sie war sich nicht sicher. Sie hatte versucht, die Tage mitzuzählen, aber sie wusste, dass ihre Entführer sie mehrere Tage unter Drogen gesetzt hatten, sodass ihre Rechnung nicht stimmen konnte. Neunzig Tage, einhundert Tage ... wie viele es auch immer waren, es kam ihr vor wie eine Ewigkeit.

Da. Ein schwacher Lichtstrahl in der Ecke. Fiona war sich sicher, dass es nicht die Wache sein konnte. Sie würde nicht so herumschleichen und bestimmt nicht so eine kleine Taschenlampe verwenden. Wer war da? Was war da? Fiona traute sich nicht mehr, auf Rettung zu hoffen.

Fiona wusste, dass niemand ihretwegen kommen würde. Sie hatte zu Hause keine Familie und ihre Freunde waren mehr Bekannte als alles andere. Sie wusste, wie diese Dinge normalerweise abliefen. Wenn jemand entführt wurde, tat die Familie alles, um ihre geliebte Angehörige zurückzubekommen ... in ihrem Fall gab es aber niemanden. Fiona war den Entführern ausgeliefert. Drei lange Monate war sie ihnen bereits ausgeliefert gewesen und niemand hatte sich darum geschert.

Ihre Gedanken drehten ab zu den Gräueltaten, die die Entführer ihr angetan hatten, aber Fiona drängte sie entschlossen zurück. Sie würde es nicht aushalten, auch nur daran zu denken. Sie wusste nicht, ob sie jemals wieder würde darüber nachdenken können. Ihr neues Mantra bestand darin, einen Tag nach dem anderen zu überstehen, aber selbst diese kleine Rebellion gegen ihre Entführer stand auf sehr wackeligen Füßen. Fiona hatte während ihrer Gefangenschaft langsam ein paar Brocken Spanisch aufgeschnappt, die sie übersetzen konnte, nämlich Drogen, sterben, Schlampe und Dreck. Damit konnte man kaum auf fröhliche Gedanken kommen. Aber Fiona würde lieber dem Tod direkt ins Auge sehen, als das durchzumachen, was die Männer mit Julie vorhatten. Nicht dass es ein Wettbewerb wäre.

Cookie war etwa acht Kilometer entfernt von Dude und Benny mit dem Hubschrauber abgesetzt worden. Der Plan sah vor, die Frau zu befreien und sie durch den Dschungel zurückzubringen. Cookie war auf alles vorbereitet. Das dachte er jedenfalls. Er musste fast lachen. Zur Hölle, sie *versuchten* immer, auf alles vorbereitet zu sein, aber meistens funktionierte Plan A nicht und Plan B wurde dann der neue Plan A. Von Zeit zu Zeit musste das Team sogar spontan einen Plan C entwickeln, wenn die anderen beiden Pläne bereits den Bach runtergegangen waren.

Cookie schlich auf das marode Gebäude am Rand des Lagers zu. Es war mitten in der Nacht und noch stockfinster. Er hatte beobachtet, wie sich die Männer im Lager betrunken hatten und herumgestolpert waren. Einige fielen einfach um und ihre sogenannten

Kumpane ließen sie einfach liegen, um sich ihren Rausch auszuschlafen.

Sie mussten aus einem bestimmten Grund gefeiert haben. Diese Leute hatten nicht das Geld dafür, sich jede Nacht zu betrinken. Cookie hoffte wirklich, dass er am richtigen Ort war. Der Anlass für die Feier könnte gewesen sein, dass sie einen Käufer für die Frau gefunden hatten, nach der er suchte. Er hoffte, dass er nicht zu spät kam. Wenn sie Julie bereits verkauft hatten, hätte das Team kaum noch eine Chance, sie zu finden. Sie würde vom Erdboden verschwinden, genau wie Hunderte anderer Frauen jedes Jahr.

Cookie schaltete die Taschenlampe für einen Moment ein, um sich zu orientieren. Aus dem kleinen rechteckigen Gebäude drang kein einziges Geräusch. Seine Informationen besagten, dass die Frau hier sein könnte, und die feiernden Männer draußen schienen es zu bestätigen. Mozart befand sich ungefähr zwanzig Kilometer nördlich von seinem Standort und überprüfte ein zweites mögliches Versteck. Die zwanzig Kilometer zwischen ihnen könnten genauso gut hundert sein. Mozart war zu weit weg, um ihm zu Hilfe zu kommen, und umgekehrt verhielt es sich genauso.

Wenn das Gebäude leer wäre, würde Cookie durch den Dschungel zurückgehen und sich mit Wolf und Abe treffen, die in der nächstgelegenen Stadt auf die Ergebnisse ihrer Ermittlungen warteten.

Die Frau, nach der sie suchten, Julie, wurde seit

fünf Tagen vermisst. Fünf Tage Hölle. Wenn es nach Cookie ging, waren das fünf Tage zu viel. Verdammt, selbst *ein* Tag war zu viel.

Cookie und seine SEAL-Teamkollegen hatten das alles schon einmal gesehen. Er würde sich aber niemals daran gewöhnen, dass Menschen als Sexsklaven verkauft wurden. Es war so barbarisch. Cookie stellte sich vor, was wäre, wenn sich die Frauen seiner Teamkollegen in einer solchen Situation befänden, und es lief ihm kalt den Rücken herunter. Caroline und Alabama waren zwei der stärksten Frauen, die er je getroffen hatte. Caroline hatte Wolf zweimal das Leben gerettet. Cookie wusste, dass Frauen im Allgemeinen stärker waren als die meisten Männer.

Aber entführt zu werden und zu wissen, dass man zu einem Leben voller Missbrauch und sexueller Ausbeutung verdammt wurde und nie wieder frei sein würde, war etwas, von dem selbst Cookie sich nicht vorstellen konnte, wie jemand das überstehen könnte, ohne dabei den Verstand zu verlieren.

Julie war die Tochter eines Senators und das war wahrscheinlich der einzige Grund, warum Cookie und sein Team nach Mexiko geschickt worden waren. Wäre es jemand anderes gewesen, jemand mit weniger Geld und weniger politischem Einfluss als ihr Vater, hätte die Familie versuchen müssen, mit der örtlichen Polizei oder privaten Ermittlern zusammenzuarbeiten, doch das hätte nur wenig Aussicht auf Erfolg gehabt.

Cookie kehrte wieder zu dem Gedanken zurück, dass keine Frau, kein *Mensch*, das durchmachen sollte, was Julie seit ihrer Entführung unweigerlich durchmachte. Cookie nahm an, dass sie wahrscheinlich wiederholt vergewaltigt worden war, um ihren Willen zu brechen. Wahrscheinlich war sie ausgehungert und verängstigt. Cookie war sich sicher, dass Julie höchstwahrscheinlich jahrelang Therapie brauchen würde, um wieder im normalen Leben zurechtzukommen ... *falls* er sie finden und sicher aus dem Dschungel herausholen würde.

Wenn Julie in der Lage wäre zu laufen, würde das seine Arbeit erleichtern, aber er war bereit dazu, sie zu tragen, wenn es sein musste. Cookie wusste, dass sie klein war, nur etwa einen Meter und sechzig groß und ungefähr fünfundfünfzig Kilogramm schwer. Er nahm an, dass sie in der einen Woche Gefangenschaft wahrscheinlich noch an Gewicht verloren hatte. Er wusste also, dass es kein Problem sein würde, sie durch den Dschungel zu tragen, wenn es darauf ankam.

Der Rucksack, den er normalerweise bei Missionen trug, wog ungefähr genauso viel wie Julie, aber Cookie hatte ihn dieses Mal nicht so voll gepackt. Er hatte nur das Nötigste dabei für ihren Rückweg durch das Dickicht. Er wollte sich schnell und leise bewegen können, was einfacher war, wenn er weniger Gewicht zu tragen hatte.

Cookie hatte auch ein Erste-Hilfe-Set dabei, damit

er Julie medizinisch versorgen konnte, sollte es nötig sein, und das war sehr wahrscheinlich. Menschenhändler waren nicht für ihre Freundlichkeit berühmt. Die Kleidung in ihrer Größe, die er mitgebracht hatte, würde sie auf dem Rückweg zum Landeplatz vor Insekten und Pflanzen schützen. Außerdem hatte er Wasser- und Essensrationen für etwa zwei Tage für sie beide dabei.

Cookie ging leise zum Gebäude hinüber und untersuchte die Wand. Bingo. Die Bretter waren von der Hitze und Nässe des Dschungels bereits verfault und würden sich leicht heraushebeln lassen. Cookie wusste, dass die Entführer sich in den anderen Gebäuden aufhielten. Die meisten schliefen, aber er wollte kein Risiko eingehen. Er wollte Julie befreien und dann verdammt noch mal von hier verschwinden, ohne dass es jemand bemerkte. Mit etwas Glück wären er und Julie bereits über alle Berge, bevor die Entführer merkten, dass sie geflohen war.

Cookie hebelte zwei Bretter heraus, gerade genug, um sich durchzuquetschen. Er betrat das Gebäude, ohne zu wissen, was er vorfinden würde. Er zögerte, den Raum mit seiner Lampe auszuleuchten, denn wenn Julie nicht hier festgehalten wurde, könnte er verdammt schnell in Schwierigkeiten geraten.

Fiona hielt den Atem an. Sie konnte hören, wie sich jemand an der Wand zu schaffen machte. Sie hatte selbst oft gedacht, dass sie durch eine der Wände in den Dschungel entkommen könnte, wenn sie sie nur hätte erreichen können ... aber sie war an den Boden gefesselt und konnte sich nicht frei bewegen. Sie beobachtete, wie jemand, von dem Fiona vermutete, dass es sich um einen Mann handelte, durch einen Spalt in der Wand in den Raum trat.

Die einzige Lichtquelle war das Mondlicht, das durch das Loch in der Wand schien. Fionas Augen waren aber so gut an die Dunkelheit angepasst, dass sie überraschend gut sehen konnte. Der Mann war groß und hatte einen riesigen Rucksack auf dem Rücken. Er war komplett in Schwarz gekleidet und ging auf Julie zu, die auf seiner Seite des Raumes auf dem Boden lag. Da sie sich auf der gegenüberliegenden Seite des Raumes befand, glaubte Fiona nicht, dass der Mann sie in der Dunkelheit sehen konnte.

Cookie versuchte, durch die Nase zu atmen. In dem Raum roch es faulig. Es roch nach Urin, Schweiß, Blut und Angst. Manche Leute hätten sich vielleicht über die Aussage lustig gemacht, dass er Angst riechen konnte. Cookie war in seinem Leben aber in genügend Höllenlöchern gewesen und hatte genügend Scheiße gesehen, um zu wissen, dass man Angst riechen konnte. Es war nicht so, dass er es ohne Weiteres erklären konnte, aber jeder, der schon mal in einem Gefecht gewesen war oder dieselben Dinge gesehen hatte wie er, würde sofort wissen, was er meinte.

Er war mit seinem SEAL-Team schon an vielen

üblen Orten gewesen, aber dieser war einer der schlimmsten. Cookie hatte nicht gedacht, dass die Sexhändler die Frau bereits lange genug in ihrer Gewalt hatten, dass es so schlimm sein würde, aber offensichtlich war alles möglich. Jeder Mensch ging anders mit beschissenen Situationen um. Da Julie aber aus einer reichen und einflussreichen Familie stammte, vermutete Cookie, dass sie nicht über die gleichen Mechanismen zur Bewältigung solcher Situationen verfügte wie andere Leute.

Cookie sah eine Gestalt auf dem Boden liegen. Das musste Julie sein. Sein Puls schoss noch höher, als er es schon war, und Adrenalin schoss durch seinen Körper. Er hatte sie gefunden. Gott sei Dank.

»Julie«, flüsterte Cookie und berührte sie kurz an der Schulter.

Die Frau drehte sich um, sah auf und holte tief Luft. Cookie wusste, was kommen würde, und legte schnell seine Hand über Julies Mund, um ihren Schrei zu unterdrücken. Er versuchte, sie schnell zu beruhigen.

»Ich heiße Cookie. Ich bin ein amerikanischer Navy SEAL. Ich bin hier, um dich nach Hause zu bringen.« Seine Worte waren klanglos und leise. Sie drangen kaum weiter als ein paar Zentimeter von seinem Mund bis zu ihrem Ohr, aber sie hörte ihn trotzdem.

Julie nickte verzweifelt und fing an zu weinen.

»Gott sei Dank«, flüsterte sie in gebrochenem Ton, nachdem Cookie seine Hand von ihrem Mund genommen hatte.

Cookie verschwendete keine Zeit damit, sie weiter zu besänftigen, sondern machte sich an die Arbeit, sie zu befreien. Er wurde wütend. Julie war mit einer kurzen Kette um ihren Knöchel an den Boden gefesselt. Sie hatte etwas Bewegungsfreiheit, aber nicht viel. In der Nähe befand sich ein Eimer, in den sich Julie erleichtern sollte.

»Kannst du aufstehen? Kannst du laufen?«, fragte Cookie Julie erneut mit dieser klanglosen, leisen Stimme, die er zuvor verwendet hatte.

Julie nickte, schwankte aber beim Aufstehen. Cookie kramte in seinem Rucksack und holte das schwarze langärmelige Hemd heraus, das er für sie mitgebracht hatte. Sie war klein, fast zierlich, und sah zerbrechlich aus. Cookie half Julie dabei, ihre Arme durch die Ärmel des Hemdes zu stecken. Dann zog er die schwarze Cargohose heraus. Er dachte, dass die Hose vielleicht ein bisschen groß wäre, hoffte aber, dass sie ihren Zweck erfüllen würde.

»Julie, zieh schnell deine Shorts aus und dann diese Hose an.« Cookie war nicht gerade für seine Einfühlsamkeit bekannt und konnte nichts dagegen tun, wenn er kurz angebunden klang. Er wusste, dass die Zeit gegen sie arbeitete. Sie mussten hier raus und in den Dschungel verschwinden, bevor die Entführer aus ihrem Rausch aufwachten und Julie ihrem neuen Besitzer übergaben.

»Was?«, entgegnete Julie gereizt. »Das kann ich nicht, wenn du zusiehst ...«

Cookie unterbrach sie erneut, indem er seine Hand über ihren Mund legte. »Willst du hier raus oder nicht? Im Dschungel kannst du nicht mit Shorts herumlaufen. Zieh einfach die verdammte Hose an.«

Cookie drehte sich zur Seite, um Julie etwas Privatsphäre zu geben. Er mochte den gereizten Ton ihrer Stimme nicht, versuchte aber, es ihr nachzusehen. Sie war verängstigt. Er könnte sich etwas mehr Mühe geben, nett zu sein. Cookie versuchte, sich Caroline oder Alabama an Julies Stelle vorzustellen. Bei dem Gedanken senkte er die Stimme. »Es tut mir leid, ich wollte nicht so forsch klingen. Lass mich wissen, wenn du so weit bist.«

»Bitte, lass uns einfach gehen«, war Julies Antwort. Cookie drehte sich um und sah, dass sie die Hose angezogen hatte und sie mit einer Hand in der Taille festhielt. Die Hose passte, aber nur gerade so. Cookie stützte sie, als sie zur Wand mit dem Loch stolperte, durch das er das Gebäude betreten hatte. Julie hielt sich an seinem Hemd fest, als sie zum Ausgang gingen.

Als Cookie kurz davor war, das Gebäude zu verlassen, sah er sich ein letztes Mal in dem langen Raum um, hielt für einen Moment inne und kniff die Augen zusammen. Er glaubte, auf der anderen Seite des

Raumes etwas zu sehen. War das nur Einbildung? Cookie legte den Kopf schief und versuchte zu lauschen. Standen sie kurz davor, erwischt zu werden? War es einer der Entführer? Cookie packte das Messer an seinem Gürtel und wartete, wobei jeder seiner Muskeln zum Angriff bereit war.

KAPITEL ZWEI

Emotionslos beobachtete Fiona, wie der Mann, der sich in ihr Gefängnis geschlichen hatte, Julie in ein langärmeliges Hemd half. Fiona rührte sich nicht. Es war offensichtlich, dass der Mann wegen der kleinen Frau gekommen war und nicht ihretwegen. Fiona hatte gehofft und gebetet, dass jemand sie finden würde, und es tat weh, dass er wegen Julie und nicht ihretwegen gekommen war. Sie war ein großes Mädchen. Sie hatte bis jetzt alles überlebt, was ihr angetan worden war. Sie würde das auch überleben.

Im Moment konnte Fiona nichts weiter tun, als hilflos zuzusehen. Sie würde nicht weinen, sie würde nicht betteln. Sie überlegte, dem Mann zuzurufen, aber offensichtlich versuchte er, leise zu sein, und auf keinen Fall wollte sie die Entführer darauf aufmerksam machen, dass ihre neueste Sklavin gerade gerettet wurde.

Fiona sah, wie der Mann sich abwandte, um Julie etwas Privatsphäre zu geben, damit sie sich die Hose anziehen konnte, die er ihr mitgebracht hatte. Sie konnte nicht hören, was er zu ihr sagte, denn seine Stimme war zu leise, um durch den Raum zu ihr durchzudringen. Fiona hatte in ihrem Leben nicht viele ehrenwerte Männer kennengelernt, aber es schien, dass dieser Soldat einer war. Zumindest schien er zu verstehen, dass es Julie peinlich sein könnte, sich vor ihm auszuziehen, nach allem, was sie durchgemacht hatte.

Sie sah, wie die beiden sich umdrehten, um durch den Spalt zwischen den Brettern in der Wand zu entkommen. Fiona hielt den Atem an. Sie versuchte, sich selbst einzureden, dass es ein Wunder war, dass mindestens eine von ihnen aus diesem Höllenloch herauskommen würde. Vielleicht würde Julie jemandem von ihr erzählen, sobald sie in Sicherheit war.

Kurz bevor sie gehen wollten, drehte sich der Mann um und sah sich ein letztes Mal im Raum um. Fiona beobachtete, wie er vollkommen stillstand und sie direkt anzusehen schien. Sie war sich sicher, dass sie keinen Lärm gemacht hatte. Oder doch? Hatte sie sich unbewusst bewegt oder etwas getan, um seine

Aufmerksamkeit zu erregen? Hatte er sie gesehen? Woher wusste er, dass sie da war?

Cookie legte seine Hand auf Julies Arm und flüsterte: »Warte hier. Ich glaube, ich habe etwas gesehen.«

»Wohin gehst du?«, krächzte Julie leise und ergriff verzweifelt seinen Arm. »Nein, geh nicht da rüber ... wir müssen von hier verschwinden. Bitte, wir müssen sofort gehen!«

Cookie hob die Hand, um sie zum Schweigen zu bringen, und schob ihre Hand von seinem Arm. »Sei ruhig. Willst du, dass das ganze Lager hierherkommt, um nachzusehen, warum du so einen Lärm machst?« Als Julie schnell den Kopf schüttelte, fuhr er fort: »In Ordnung. Jetzt warte eine Sekunde hier, ich bin gleich wieder da.«

Cookie verschwand in der Dunkelheit und schlich zur anderen Seite des Raumes. Er dachte, er hätte jemanden gesehen, und hielt sein Messer bereit. Wenn es einer der Entführer wäre, musste er bereit sein. Er konnte keine Zeugen zurücklassen, die wüssten, was mit Julie passiert war. Schnell ließ er den Gedanken wieder fallen. Es konnte keiner der Entführer sein, er hätte ihn sonst längst angegriffen. Cookie war verwirrt. Wenn es sich um eine weitere Gefangene handelte, warum hatte sie sich dann nicht bemerkbar gemacht? Bildete er sich etwas ein? Wenn es eine andere Gefangene war, warum hatte Tex dann nichts darüber gesagt?

Tex hatte das ganze Gebiet illegal mit hochempfindlichen Regierungssatelliten überwacht. Er hätte wissen müssen, dass Julie nicht allein in dem Gebäude war.

Cookie und sein Team waren immer auf alles vorbereitet, aber wenn es sich tatsächlich um eine weitere Person handelte, oder sogar mehrere Personen, würde das die Rettung um ein Vielfaches komplizierter machen. Sie hatten nicht mit mehr als einer Gefangenen gerechnet. Nicht einmal Plan B berücksichtigte mehrere Personen. Cookie versuchte, im Kopf die Vorräte zu zählen, die er bei sich hatte, während er auf leisen Sohlen zur anderen Seite des langen, leeren Raumes schlich. Je nachdem, was er vorfinden würde, müsste er den gesamten Plan ändern.

Cookie ging leise an der Wand entlang in die Richtung, aus der er glaubte, etwas gesehen zu haben. Je näher er kam, desto stärker wurde der Gestank im Raum. Wenn noch jemand hier war, dann musste diese Person sich bereits viel länger hier aufgehalten haben als Julie. Allein aufgrund des Geruchs. Er versuchte, den Brechreiz zu unterdrücken, als er näher kam. Plötzlich blieb Cookie stehen. Heilige Scheiße. Es war tatsächlich eine andere Person, eine weitere Gefangene. Es war eine andere Frau.

Sie sah schrecklich aus und war ebenfalls an den Boden gefesselt. Anders als Julie war sie aber am Hals anstatt am Knöchel angekettet. Sie saß auf dem Boden, hatte die Beine zur Seite gelegt und stützte sich mit einer Hand ab. Sie war voller Dreck und Schmutz. Er konnte das Weiße ihrer Augen durch den Schmutz auf ihrem Gesicht hindurchscheinen sehen. Es war fast stockfinster, aber Cookie konnte deutlich erkennen, in welch erbärmlichem Zustand sie sich befand.

Sie trug ein zerfetztes T-Shirt und abgeschnittene Jeans, die schon bessere Tage gesehen hatten, und ein Paar Flip-Flops lagen neben ihr auf dem Boden. Sie saß nur da und starrte ihn schweigend an.

Fiona sah, wie der Mann sich ihr näherte. Wie sie vermutet hatte, war er eine Art Soldat. Plötzlich kam ihr ein schrecklicher Gedanke, dass er vielleicht gar nicht hier war, um Julie zu retten, sondern um sie selbst zu entführen und zu verkaufen. Fiona holte tief Luft. Nein, sie musste daran glauben, dass er hier war, um Julie zu retten, und nicht, um sie die nächste Hölle durchmachen zu lassen.

Fiona beobachtete, wie der Mann sie begutachtete. Sie konnte erahnen, wie schrecklich sie aussah. Sie wusste, dass sie schmutzig war und schrecklich roch. Ihre Entführer hatten ihr nicht erlaubt zu duschen und die einzige Möglichkeit, sich zu erleichtern, war der Eimer, der nicht sehr oft geleert wurde.

Sie hatten sie gefoltert, indem sie ihre Kette gekürzt und sie um ihren Hals gelegt hatten, anstatt um den Knöchel, sodass sie nicht viel Bewegungsfreiheit hatte. Fiona hatte gerade genügend Raum, um aufzustehen, wobei sie in gebückter Haltung bleiben musste. Sie konnte vielleicht zwei Schritte in jede Richtung machen. Sie trug immer noch die gleichen Kleider wie am Tag ihrer Entführung. Es war widerlich, Fiona wusste das. Sie hatte sich bisher keine Gedanken darum gemacht und zu Recht gehofft, dass es eher dazu beitragen würde, die Männer abzuschrecken, die sie missbrauchen wollten. Aber jetzt ... jetzt machte sie sich Gedanken darum.

Fiona war sich nicht sicher, was sie dem Mann sagen sollte. Sie war verlegen und wollte unbedingt hier raus. Sie wusste aber, dass er nicht dafür bezahlt wurde, *sie* zu retten, sondern nur die andere Frau. Vielleicht könnte sie ihn dazu überreden, der Regierung oder der Armee oder *irgendjemandem* mitzuteilen, dass sie hier war, damit sie jemanden schicken würden, um sie nach Hause zu holen. Fiona war klar, dass dieser Mann sie auf keinen Fall mitnehmen konnte. Und es war okay ... zumindest versuchte sie, sich das einzureden.

Cookie war schockiert von dem Anblick. Und es war nicht leicht, ihn zu schockieren. Die Missionen, die er und sein Team in der Vergangenheit erledigt hatten, waren größtenteils schrecklich gewesen. Auch wenn sie einige Erfolge erzielt hatten, wollte er nichts davon noch einmal erleben. Doch das hier übertraf alles.

Die Frau war an den Boden gekettet, saß in ihrem eigenen Dreck und sah ihn nur an. Cookie konnte nicht glauben, dass sie die ganze Zeit über nichts gesagt hatte. Er wäre fast gegangen, ohne zu bemerken, dass sie da war.

»Sprichst du Englisch? Wie heißt du?«, fragte Cookie leise, während er sich neben sie kniete und nach seinem Messer griff.

»Fiona«, sagte sie leise ohne erkennbaren Akzent.

Amerikanerin, dachte Cookie, *wahrscheinlich aus dem Mittleren Westen.*

»Wir müssen uns beeilen, Fiona«, sagte er abgelenkt. Er sagte es so, als redete er mit sich selbst. Cookie dachte im Moment nicht viel über sie nach. Er war damit beschäftigt, einen neuen Plan zu entwickeln, um sie und Julie unbeschadet aus dem Dschungel bringen zu können. Er hatte keine zusätzlichen Kleider für die Frau dabei. Sie hatten nur für Julie geplant. Cookie dachte darüber nach, was er noch in seinem Rucksack hatte. Er könnte ihr das Extrahemd geben, das er für sich selbst eingepackt hatte, aber er hatte nichts, um ihre Schuhe oder ihre Shorts zu ersetzen. *Scheiße, das würde verdammt hart werden.*

Während Cookie an dem neuen Fluchtplan arbeitete, musste er auch daran denken, wie Julie sich verhalten hatte. Sie hätte ihn einfach so aus dem Gebäude gehen lassen, ohne ein Wort über die andere Frau zu verlieren, die mit ihr zusammen festgehalten wurde. Julie hätte Fiona einfach zurückgelassen, um zu sterben oder zumindest weiter die Hölle durchzumachen. Cookie hatte in seinem Leben schon einige egoistische Menschen getroffen, aber er hätte nie gedacht, dass jemand so gefühllos sein könnte wie Julie. Cookie versuchte, sich wieder auf Fiona zu konzentrieren und für einen Moment nicht an Julie zu denken.

Fiona streckte die Hand aus, um den Mann zu berühren, überlegte es sich dann aber anders und legte sie wieder in ihren Schoß. Sie wunderte sich, dass der Soldat versuchte, ihre Kette zu entfernen, er hatte wirklich keine Zeit dafür. Er musste hier raus, bevor er entdeckt würde.

»Sir, es ist in Ordnung«, sagte Fiona so leise, wie sie konnte. »Ich weiß, dass Sie hier sind, um sie zu retten, und keine Zeit für mich haben.« Sie deutete auf Julie, die ungeduldig auf der anderen Seite des Raumes wartete. »Aber wenn Sie der Armee, der Polizei oder *irgendjemandem* Bescheid sagen könnten, sobald Sie wieder zu Hause sind, würde ich das sehr zu schätzen wissen.«

Cookie hielt inne und sah die Frau an. Hatte er sie richtig verstanden? »Wie bitte?«, rutschte es ihm heraus.

Fiona musste fast weinen. Er klang böse. Sie wollte ihn nicht wütend machen. Sie stotterte ein wenig, als sie antwortete, und senkte die Stimme noch ein bisschen mehr. Fiona war es peinlich, dass Julie hörte, wie erbärmlich sie war. »I-I-Ich habe kein Geld, um Sie zu bezahlen, damit Sie mich auch hier rausholen. Wenn Sie also jemandem Bescheid geben könnten ...« Sie verstummte, als der Mann sie weiter anstarrte.

Schließlich sagte er kurz und knapp: »Wenn du denkst, dass ich dich hierlasse, musst du wohl verrückt sein.«

Als Fiona den Mund öffnete, brachte er sie leise zum Schweigen und begann, sich wieder an der Kette um ihren Hals zu schaffen zu machen.

Cookie war sauer. Warum zum Teufel dachte diese Frau, er würde sie hierlassen? So schwierig es auch werden würde, zwei Frauen zu retten, sie hierzulassen kam nicht infrage. Nichts war unmöglich, war der Leitspruch, der jedem SEAL vom ersten Tag ihres Trainings an eingebläut wurde. Cookie konnte natürlich nicht diese Frau und Julie zusammen tragen, also hoffte er, dass eine von ihnen in der Lage sein würde, allein zu laufen. Fiona war sehr dünn, aber groß. Als Cookie sich zu ihr beugte, versuchte er, durch den Mund zu atmen. Der Gestank war schrecklich, aber er wusste, dass er sie in Verlegenheit bringen würde, wenn er es bewusst oder unbewusst erwähnen würde.

»Es tut mir leid, dass ich so stinke«, sagte Fiona leise, als könnte sie seine Gedanken lesen.

Cookie brachte sie wieder zum Schweigen. Er wusste nicht, was er sonst hätte antworten sollen. Er konnte nicht leugnen, dass sie stank, aber er wollte auch nicht sagen, dass es ihn nicht störte. Cookie hatte im Augenblick nicht die Zeit, auf all die Dinge einzugehen, die er ihr sagen oder sie fragen wollte.

Er konzentrierte sich wieder auf die Kette. Er wusste, dass die Zeit gegen sie arbeitete. Schließlich sagte Cookie zu ihr: »Ich kann das Metallhalsband momentan nicht öffnen, aber ich kann die Kette entfernen.«

Fiona sagte einfach: »Okay«, als wäre die schwere Metallmanschette um ihren Hals eine wunderschöne Goldkette anstatt eines Foltergeräts, das ihr Schmerzen bereitete.

Als die Kette endlich ab war, legte Cookie sie vorsichtig auf den Boden, damit sie keinen Lärm machte. Er nahm schnell seinen Rucksack und suchte etwas darin, bis er sein Ersatzhemd fand. Es war langärmelig und schwarz, genau wie das, das er anhatte. Er hielt es Fiona hin.

»Ich habe keine Extrahose, aber ich kann dir dieses Hemd geben. Es wird dir etwas zu groß sein, aber es wird helfen. Es ist besser als nichts.«

Fiona nickte und war sehr dankbar dafür. »Vielen Dank. Wirklich, ich ... es ist perfekt.«

Cookie sprach weiter: »Ich habe keine Schuhe und keine Hose für dich, die dir passen würden«, sagte er zu ihr und sprach damit laut seine Sorgen aus.

Fiona wusste, dass es verdammt scheiße werden würde, in Shorts und Flip-Flops durch den Dschungel zu laufen, was wahrscheinlich die Untertreibung des

Jahrhunderts war, aber sie würde sich mit Sicherheit nicht beschweren. Die Metallmanschette um ihren Hals tat weh. Ihre Haut war bereits wund gerieben und sie vermutete, dass sie blutete. Aber auch damit würde Fiona sich abfinden können, wenn es im Gegenzug bedeutete, aus diesem Höllenloch herauszukommen.

»Das Hemd ist mehr als genug. Danke«, sagte Fiona ehrlich. Bei seinem ungläubigen Blick, den sie falsch interpretierte, richtete sie sich auf und versicherte: »Ich werde Sie nicht aufhalten. Ich weiß, dass Sie mir nicht helfen müssen. Ich schwöre, dass ich leise sein und mithalten werde. Ich werde alles tun, was Sie mir sagen. Ich werde alles tun, um hier rauszukommen.«

Cookie sah Fiona überrascht an. Sie beeindruckte ihn immer wieder. Sie hätte hysterisch werden können, aber sie war ruhig und behielt ihre Würde. Er wünschte, er hätte mehr Zeit, um zu erfahren, was zur Hölle mit ihr passiert war und wie sie hierher verschleppt worden war, aber ihnen lief die Zeit davon.

»Das ist gut zu wissen, Fiona. Sprich einfach mit mir, während wir gehen«, sagte Cookie. »Ich werde alles tun, um dir zu helfen, aber wenn du mir nicht sagst, dass etwas nicht stimmt oder dass du Hilfe benötigst, kann ich dir nicht helfen.«

Fiona nickte und sagte zu ihm: »Wenn ich zu langsam bin, geht einfach ohne mich weiter. Entweder hole ich wieder auf, oder ihr könnt später jemanden nach mir schicken.«

Cookie schüttelte nur den Kopf. »Das wird nicht passieren, Fiona«, sagte er zu ihr. »Wir werden hier alle gemeinsam rauskommen.«

Cookie richtete sich auf, half Fiona beim Aufstehen und hielt sie am Oberarm. Er sollte nicht verwundert sein, wie zerbrechlich sie sich anfühlte, aber er war es trotzdem. Ihre innere Ruhe und Willensstärke, während sie gesprochen hatte, hatten ihn von ihrem physischen Zustand abgelenkt.

Er spürte, wie sie etwas schwankte, aber sie fing sich schnell wieder und richtete sich auf. Cookie hörte, wie sie kurz Luft holte und sich dann beruhigte. Er sah, wie Fiona ungeschickt zu ihren Flip-Flops humpelte und sie anzog. Sie nickte aufgrund des Metallkragens unbeholfen, als wollte sie ihm sagen, dass sie bereit war zu gehen.

Cookie ergriff ihre Hand und drückte sie. Etwas, das er nicht tun musste und normalerweise auch nicht tat, aber er wollte dieser Frau zeigen, dass alles in Ordnung kommen würde. Sie hatte etwas an sich, das ihn dazu brachte, sie beruhigen zu wollen. Das Team hatte gelernt, Zivilisten nicht unnötig zu berühren, wenn sie gerettet wurden. Sie wussten nicht, was sie durchgemacht hatten und was eine unerwünschte Reaktion auslösen könnte. Das Team konnte es wirklich nicht gebrauchen, dass jemand ausflippte oder in einer gefährlichen Situation unberechenbar reagierte.

Cookie hatte keine Ahnung, ob alles gut gehen würde. Sie waren noch lange nicht in Sicherheit, Fiona war noch lange nicht gerettet, aber er wollte, dass sie wusste, dass er von ihr beeindruckt war. Er wollte ihr mit dieser kleinen Handbewegung so viel vermitteln. Cookie kannte ihre Geschichte nicht, aber das würde sich bald ändern. Er musste sie nur heil hier rausholen.

Fiona kämpfte gegen ihre Tränen an. Jesus, sie musste sich zusammenreißen. Seine kleine Geste der Zustimmung und Ermutigung war alles, was nötig gewesen war, sodass sie in seine Arme sinken und ihn nie wieder loslassen wollte. Sie durfte nichts tun, das diesen Mann ablenken oder irritieren würde. Er war ihre einzige Hoffnung auf Freiheit.

Sie schlich so leise wie möglich hinter ihm her, als sie zu dem Loch in der Wand des Gebäudes zurückgingen. Fiona zuckte jedes Mal zusammen, sobald ihre Schuhe auf den Boden klatschten, wenn sie einen Schritt machte. Flip-Flops waren nicht gerade besonders leise. Sie begann stattdessen, mit den Füßen zu schlurfen, und das Geräusch wurde leiser.

Fiona sah, wie der Soldat sich auf den Bauch legte und ihr voran durch das Loch kroch. Er hatte sie und Julie gebeten zu warten, bis er die Umgebung geprüft hatte, um sich davon zu überzeugen, dass die Luft rein war. Fiona nutzte die Gelegenheit, sich auf den Boden zu setzen und sich auszuruhen. Jesus, selbst der kurze Gang durch den Raum hatte sie ermüdet. Sie hatte keine Ahnung, wie sie es durch den Dschungel schaffen sollte, aber sie würde ihr Bestes geben, solange sie konnte.

Als hätte sie ihre Gedanken gelesen, beugte sich Julie zu Fiona hinüber, ergriff überraschend fest ihren Arm und bohrte ihre Fingernägel in ihre Haut. »Mein Daddy hat ihn geschickt, um *mich* zu retten und nicht deinen erbärmlichen Arsch. Du vermasselst das also besser nicht.«

Fiona befreite ihren Arm mit einem Ruck aus Julies Griff und rutschte von ihr weg. Sie sagte nichts. Sie konnte nicht. Jedes der abscheulichen Worte aus Julies Mund war wahr und sie konnte es nicht widerlegen.

Cookie fand das Lager in dem gleichen Zustand vor, wie es gewesen war, als er das Gebäude betreten hatte, in dem die Frauen festgehalten wurden. Alle schliefen noch. Sie hatten nicht mehr viel Zeit. Bevor die Sonne aufging, mussten sie schon über alle Berge sein. Cookie ging zurück zum Gebäude und half Julie, durch das Loch zu schlüpfen. Er bedeutete ihr, sich an die Wand zu hocken, dann drehte er sich zu Fiona um.

Als beide Frauen draußen waren, bog Cookie die Bretter wieder in ihre ursprüngliche Position zurück. Es würde einer genaueren Prüfung nicht standhalten, aber hoffentlich würden die Entführer es nicht gleich bemerken und sie könnten sich so einen ordentlichen Vorsprung verschaffen.

»Los, meine Damen, lasst uns von hier verschwinden.«

Cookie sah, wie beide Frauen enthusiastisch nickten, bevor sie gemeinsam in den Dschungel flüchteten.

KAPITEL DREI

Fiona ging schweigend hinter dem Soldaten und Julie her. Sie hatte geschworen, sie nicht zu behindern oder aufzuhalten, und sie versuchte, alles in ihrer Macht Stehende zu tun, um dieses Gelübde einzuhalten. Es war noch dunkel, aber die Sonne begann gerade am Horizont aufzugehen. Fiona konnte Julie kaum sehen. Die andere Frau hielt sich an dem Rucksack des Soldaten fest, als hinge ihr Leben davon ab. Julie hatte Fiona nicht mehr in die Nähe des Mannes kommen lassen, sie beanspruchte ihn vollkommen für sich.

Er gab ein ordentliches Tempo vor und Fiona konnte sich selbst laut und schwer atmen hören. Schon vor einiger Zeit hatte sie aufgehört, sich um die Insekten an ihren Beinen zu sorgen, es war ohnehin aussichtslos. Sobald sie ein Insekt weggeschlagen hatte, landeten schon zwei weitere. Fiona wusste, dass sie überall Insektenstiche haben würde, aber sie würde am Leben sein. Ihre Füße taten auch weh. Sie hatte sich bereits mehrmals an Baumstämmen und anderen Dingen auf dem unebenen Boden die Zehen gestoßen, aber sie wollte sich nicht beschweren. Fiona weigerte sich, darüber zu meckern. Sie war aus diesem Höllenloch herausgekommen und würde alles ertragen, was nötig war, um diesem Land zu entfliehen.

Fiona war jedoch besorgt über den Drogenentzug, von dem sie wusste, dass er ihr noch bevorstand. Ihr Körper hatte bereits angefangen zu zittern und ihr war klar, dass es nur eine Frage der Zeit war, bis das Verlangen nach den Drogen, die ihre Entführer ihr eingeflößt hatten, schlimmer werden würde. Sie hatte keine Ahnung, welches Teufelszeug sie in ihren Körper gespritzt hatten, aber sie hatte jede Sekunde davon gehasst. Das Gefühl, dass ein unbekannter Drogencocktail durch ihre Adern floss, war schrecklich. Sie hatte ihre Entführer jedes Mal wie ein wildes Raubtier bekämpft, wenn sie mit einer Spritze hereinkamen. Sie hielten sie aber einfach fest und schoben die Nadel in ihren Arm. Fiona hatte mehrmals unter Entzugserscheinungen gelitten, seit sie angefangen hatten, sie zu spritzen. Ihre Entführer hatten sie jedoch nur ausgelacht. Sie hatten sie beobachtet und darauf gewartet, dass sie um die Drogen bettelte, aber Fiona hatte sich geweigert. Auf keinen Fall würde sie diese Arschlöcher anflehen, mehr Gift in ihren Körper zu injizieren. Schließlich hatte ihr kleines Spiel angefangen, sie zu langweilen, und sie spritzten ihr die Droge regelmäßig, ohne sich weiter darum zu kümmern, dass sie sich dagegen wehrte.

Fiona musste sich von der Reaktion ihres Körpers auf den Drogenentzug ablenken. Sie tat also dasselbe, was sie getan hatte, als sie noch an den Boden gefesselt gewesen war. Sie konzentrierte sich darauf, langsam von tausend rückwärts zu zählen. Wenn sie sich auf die Zahlen konzentrierte, schien alles andere einfacher zu sein. *Eintausend, neunhundertneunundneunzig, neunhundertachtundneunzig ...*

Als Fiona bis etwa dreihundert heruntergezählt hatte, blieb der Soldat stehen. Die Morgensonne schien jetzt durch die Bäume und der Dschungel heizte sich schnell auf.

»Wir machen hier eine Pause«, sagte er zu den Frauen.

Julie setzte sich sofort. »Bitte«, sagte sie mit weinerlicher Stimme, »ich bin so hungrig, hast du was zu essen?«

Cookie sah die Frau an, die zu seinen Füßen saß. Natürlich hatte sie Hunger, aber er hatte sie erst so weit wie möglich von den Entführern wegbringen wollen, bevor sie Rast machten. Er erinnerte sich an das Höllenloch, in dem er Julie gefunden hatte, und musste daran denken, wie sie Fiona hatte zurücklassen wollen. Er versuchte, seinen Ärger zurückzuhalten.

Um Himmels willen, Julie war doch auch entführt worden!

»Natürlich, Julie. Ich habe ein paar Müsliriegel.«

Julie fragte gereizt: »Das ist alles? Nur Müsliriegel? Weißt du, wie lange es her ist, dass ich etwas *Richtiges* gegessen habe?«

Cookie hielt inne, als er in seinen Rucksack greifen wollte, und starrte die Frau einfach an. Langsam wurde er sauer. Meinte sie das ernst? Natürlich meinte sie es ernst. Er versuchte, höflich zu bleiben.

»Ja, das ist alles. Du wirst noch früh genug von hier wegkommen und dann in der Lage sein, eine richtige Mahlzeit zu dir zu nehmen. Es wäre im Moment ohnehin keine gute Idee, eine große Mahlzeit zu essen, wenn dein Magen nicht daran gewöhnt ist. Du musst langsam anfangen, dich wieder an normales Essen und größere Portionen zu gewöhnen. Ich habe auch etwas Wasser dabei. Ihr beide«, fuhr er fort und schloss Fiona mit einer Geste in seine Ansprache ein, »müsst ausreichend trinken.«

Fiona lief unkontrolliert das Wasser im Mund zusammen. Sie stand neben Julie und dem Mann und lehnte sich an einen Baum. Sie wollte sich nicht setzen, wohlwissend, dass sie vielleicht nicht wieder aufstehen könnte. Außerdem fühlte es sich gut an, aufrecht stehen zu können, wozu sie eine ganze Weile nicht in der Lage gewesen war. Die Kette um ihren Hals hatte es verhindert. Ihr Rücken schmerzte vom Gehen und der ungewohnten Anstrengung, aber es fühlte sich so gut an, an der frischen Luft zu sein und sich aufrecht fortzubewegen, dass sie sich nicht darüber beschweren wollte.

Und Müsliriegel. Gott! Es war so lange her, dass Fiona etwas Richtiges gegessen hatte, genau wie Julie es gesagt hatte. Natürlich war *ihre* »lange Zeit« viel länger gewesen als die von Julie. Manchmal hatten ihr die Entführer Kartoffelchips oder Ähnliches gebracht, aber meistens war es nur ein Stück hartes Brot gewesen. Fiona war sich nicht sicher, wie lange es her war, dass sie etwas zu sich genommen hatte, das nicht schimmelig oder abgestanden war.

Und frisches Wasser? Sie war im Himmel. Es war erstaunlich, wie viel einem solch kleine Dinge bedeuten konnten, wenn man sie lange nicht gehabt hatte. Sie konnte sich kaum noch daran erinnern, wann sie das letzte Mal frisches Wasser getrunken hatte. Zuerst war sie von dem dreckigen Wasser krank geworden, das ihre Entführer ihr gegeben hatten, aber irgendwann hatte sich ihr Körper an die Bakterien und was sonst noch an Organismen in dem Wasser schwamm gewöhnt. Sie hatte immer noch Magenschmerzen von den Parasiten, von denen sie wusste, dass sie wahrscheinlich in ihrem Körper waren, aber zumindest musste sie sich nicht mehr ständig übergeben. Fiona hätte den Mann am liebsten angesprungen, sich den Müsliriegel geschnappt und ihn sich so schnell wie möglich in den Mund gestopft. Aber sie konnte nicht. Sie wusste nicht, wie viele Nahrungsmittel er mitgebracht hatte, und sie war nur zusätzlicher Ballast. Sie hatte so lange gewartet, also ging Fiona davon aus, dass sie es nun auch noch etwas länger aushalten würde, bevor sie etwas zu essen bekam ... vermutlich.

Cookie ging zu Fiona hinüber, die an einen Baum gelehnt war. Er hatte vorher schon geglaubt, dass sie schlecht aussah, aber im Licht des neuen Tages sah sie noch schlechter aus, als er angenommen hatte. In dem Gebäude hatte er sie nicht sehr gut sehen können und bisher waren sie im Dunkeln unterwegs gewesen. Aber jetzt, wo Cookie sie wirklich betrachten konnte, war er sich nicht sicher, wie lange sie es noch durchhalten würde.

Die Metallmanschette war teilweise von seinem schwarzen T-Shirt verdeckt, aber er konnte sehen, dass Fionas Haut darunter rot und schmerzhaft aussah. Cookie konnte kein Blut entdecken, aber es hätte ihn nicht überrascht, wenn ihr Hals an der Stelle, wo der Kragen in ihre Haut schnitt, geblutet hätte. Ihre Beine waren schmutzig und er konnte sehen, dass sie von Insektenstichen und Striemen übersät waren. Ihre Füße in den Flip-Flops waren total verdreckt und die Beine bis zu den Knien mit Schlamm und anderem schwarzen Zeug verkrustet. Ihr Haar hatte sie irgendwann nach hinten gestrichen und es mit einer Ranke von einem der Bäume zusammengebunden, an denen sie vorbeigegangen waren. Es war stumpf und schlaff und benötigte dringend eine Reinigung. Ihr Gesicht und ihre Hände waren ebenfalls mit Schmutz bedeckt und Schweiß lief ihr die Schläfen hinunter.

Außerdem war sie sehr dünn, zu dünn. Sie hatte offensichtlich für eine viel zu lange Zeit nicht genug zu essen bekommen. Cookie holte ein Feuchttuch aus seiner Tasche und hielt es Fiona wortlos entgegen.

Fiona sah den Mann und das feuchte Tuch an, das er in der Hand hielt. Sie wollte es ihm aus der Hand reißen und etwas Sauberkeit genießen, aber sie zögerte.

Cookie sah ihr Zögern und missinterpretierte ihre Zurückhaltung. »Ich weiß, es ist nicht viel, aber wir können kein Vollbad riskieren, bis wir weiter weg sind.« Fiona nickte. Es war albern, aber sie wollte auch nicht teilweise sauber sein. Es würde ihr nur noch klarer machen, wie verdreckt und stinkend der Rest ihres Körpers war, wenn sie sich nur teilweise säuberte.

Als könnte er ihre Gedanken lesen, sagte der wunderschöne Mann vor ihr: »Wenigstens für deine Hände, Fiona. Dann kannst du etwas essen, ohne dir Gedanken über Keime machen zu müssen.«

Fiona lachte emotionslos. »Ich glaube nicht, dass ich mir Sorgen um Keime machen muss. Ich möchte nicht dein letztes Tuch nehmen«, sagte sie ehrlich zu ihm.

»Ich habe noch mehr«, entgegnete Cookie und hielt ihr immer noch das Tuch hin.

Fiona griff schließlich langsam und verlegen nach dem feuchten Tuch, da ihre Hände so stark zitterten. Sie versuchte, den Mann anzulächeln, in der Hoffnung, dass er es nicht bemerken würde. Natürlich bemerkte er es trotzdem.

»Bist du in Ordnung?«, fragte Cookie leise mit zusammengekniffenen Augen. »Deine Hände zittern.«

Fiona konzentrierte sich darauf, ihre Hände mit dem Tuch abzureiben und ihm nicht in die Augen zu schauen, während sie versuchte, den Dreck von ihren Händen zu scheuern, der sich dort während der letzten drei Monate angesammelt hatte. »Mir geht es gut. Ich will nur endlich hier rauskommen.«

Cookie beobachtete die Frau vor ihm. Heiliger Himmel. Woher nahm sie nur die Kraft? Er kannte einige Männer, die große Schmerzen ertragen konnten und eine unglaubliche Ausdauer hatten. Er hatte es immer wieder bei seinen eigenen Teamkollegen gesehen. Aber während er dastand und diese Frau beobachtete, die fast unbedarft versuchte, ihre Hände zu reinigen, und dabei ihren Hunger ignorierte sowie die Tatsache, dass sie gerade erst ihren Entführern entkommen war, die sie wer weiß wie lange festgehalten hatten, musste Cookie unweigerlich denken, dass sie eine der stärksten Frauen war, die er je getroffen hatte ... und das schloss Wolfs Frau Caroline mit ein.

Cookie hätte beinahe vergessen, dass er ihr einen Müsliriegel geben wollte, erinnerte sich aber schließlich noch daran. »Wenn du fertig bist, gib mir das Tuch zurück. Wir wollen keine Spuren zurücklassen.« Er sah, wie Fiona nickte, ihn aber immer noch nicht anschaute. »Danach kannst du deinen Müsliriegel essen, bevor wir uns wieder auf den Weg machen.«

Endlich blickte sie auf, aber nicht zu ihm, sondern zu dem Riegel, den er ihr entgegenhielt. Fiona starrte den Gegenstand in seiner Hand an, als ob er sich einfach in Luft auflösen könnte. Er konnte förmlich sehen, wie ihr das Wasser im Mund zusammenlief. Cookie konnte erkennen, wie ihre Kiefermuskeln zuckten, als sie die Zähne zusammenbiss und mehrmals schluckte. Sie konnte vielleicht äußerlich versuchen, den Eindruck zu erwecken, dass es ihr egal wäre, ob sie etwas aß, aber in ihren Augen konnte Cookie sehen, wie verzweifelt sie sich nach diesem kleinen Stück Nahrung sehnte. Ihre Atmung hatte sich beschleunigt und er konnte fast sehen, wie ihr das Herz in der Brust schlug. Sie schluckte noch zweimal und kämpfte mit sich selbst.

Fiona wollte diesen Müsliriegel mehr, als sie jemals zuvor etwas gewollt hatte, abgesehen davon, aus diesem Dschungel herauszukommen. Sie senkte den Blick und zuckte mit den Achseln, um desinteressiert auszusehen. Dann schaute sie wieder auf ihre Hände, die sie jetzt abwesend rieb, und sagte zu ihm: »Es ist okay, ich habe keinen Hunger, du kannst ihn für später aufheben.«

Cookie wäre beinahe die Kinnlade heruntergeklappt. Diese Frau bestand nur noch aus Haut und Knochen. Er wusste, wie hungrig sie war. Trotzdem lehnte sie diese Mahlzeit ab und hungerte freiwillig? Was zum Teufel?

»Fiona, du brauchst die Kraft, um weiterzumachen. Du musst etwas essen.«

Gerade als Fiona den Mund öffnete, um zu antworten, unterbrach Julie sie. »Ich esse den Müsliriegel, wenn sie ihn nicht will.«

Fiona schluckte schwer und versuchte, die Tränen zu unterdrücken. Ihr Magen rebellierte bei dem Gedanken daran, den Müsliriegel aufzugeben, aber sie beherrschte sich und zwang sich, Cookie zuzuflüstern: »Julie kann ihn haben. Ich werde nur etwas Wasser trinken.«

Oh nein! Cookie nahm Fiona am Arm und brachte sie ein paar Schritte weit weg. Über seine Schulter sagte er zu Julie: »Wir sind gleich wieder da, bleib, wo du bist.«

»Was ist los mit dir?«, fragte Cookie Fiona mit einem ungeduldigen Ton in der Stimme. Er hatte keine Zeit für so etwas. Deshalb hatte er keine feste Freundin. Er würde diese Spiele, die Frauen spielten, niemals verstehen, selbst wenn er hundert Jahre alt wäre. »Ich muss euch beide bis zum vereinbarten Treffpunkt bringen. Du musst selbst laufen, ich kann nicht dich *und* Julie gleichzeitig tragen«, schimpfte Cookie unverblümt. »Ich kann immer nur eine von euch tragen.«

»Du musst mich nicht tragen. Ich habe dir gesagt, dass ich dich nicht aufhalten werde. Ich weiß, ich bin nur zusätzlicher Ballast, mit dem du nicht gerechnet hast. Ich werde dich nicht behindern, ich werde dich nicht aufhalten und ich werde euch nicht das Essen wegnehmen. Du hast nur für zwei geplant, ich war nicht mit eingerechnet.«

Cookie beruhigte sich. Also darum ging es. Sie versuchte nicht, Spielchen mit ihm zu spielen, sondern sie wollte ihm nur keine Umstände machen. Er wollte ihr diese Illusion nur ungern zerstören, aber so würde das nicht funktionieren.

»Schau«, versuchte Cookie Fiona zu beruhigen und legte ihr kurz eine Hand auf die Schulter, »es ist nicht mehr sehr weit bis zum Treffpunkt. Ich habe genug zu essen für uns alle, auch wenn ich dich nicht eingeplant hatte. Ein Müsliriegel erschöpft nicht meine Ressourcen. Ich wollte eigentlich abwarten, um es euch beiden gleichzeitig zu erzählen, aber jetzt muss ich es dich wohl sofort wissen lassen. Ich bin Teil eines Navy SEAL-Teams, das hier abgesetzt wurde, um Julie zu retten. Meine Teamkollegen sind in der Nähe und wir treffen uns an einer vereinbarten Stelle, um ausgeflogen zu werden. Du wirst jetzt also keinen Unsinn mehr erzählen, dass es dir gut geht, und diesen Müsliriegel nehmen, da du die Energie und die Kalorien für den Weg brauchst, Fiona.«

Fiona sah nicht so aus, als würde sie ihm glauben, weder in Bezug auf die Verstärkung noch bezüglich der Menge an Nahrungsmitteln, die er dabeihatte, aber sie verhungerte buchstäblich. Cookie sah erneut die offensichtliche Unentschlossenheit in ihrem Gesicht, freute sich aber innerlich in dem Moment, in dem sie ihre Entscheidung traf.

Fiona konnte sich zunächst nicht dazu durchringen, nach dem Müsliriegel zu greifen, als er ihn ihr erneut hinhielt, aber sie wusste, dass sie Nahrung brauchte, um weitergehen zu können. Sie sah zu dem Mann auf und ihre Augen flehten ihn förmlich an, ihr die Entscheidung abzunehmen.

Cookie nahm sanft eine ihrer zitternden Hände und hielt sie fest, als Fiona versuchte, sie zurückzuziehen. Er wartete, bis sie ihn ansah. »Fiona, ich schwöre dir, du bist kein zusätzlicher Ballast. Ja, wir wurden wegen Julie hierhergeschickt, aber ich wäre auch gekommen, wenn ich gewusst hätte, dass du dort gefangen bist. Ich wäre auch für *dich* gekommen.«

Fiona starrte ihn fassungslos an und rang mit den Tränen. Nachdem sie so lange kein freundliches Wort gehört hatte, waren seine Worte wie Balsam für ihre geschundene Seele. Er hatte keine Ahnung, wie viel ihr das, was er gerade gesagt hatte, bedeutete.

Cookie wollte noch mehr sagen. Er wollte sagen, dass er sie bewunderte, dass er von ihr beeindruckt war, aber er wusste, dass es weder die richtige Zeit noch der richtige Ort dafür war. Er ließ ihre Hand los und Fiona blieb mit dem Müsliriegel in der Hand zurück. Cookie sah, wie sie versuchte, den Snack zu öffnen. Sie fummelte an dem Plastik herum, hatte aber nicht die Kraft, um die Verpackung aufzureißen. Cookie nahm ihn ihr aus der Hand, riss ihn für sie auf und gab ihn ihr ohne Verpackung zurück.

Fiona nahm einen kleinen Bissen und schloss die Augen. Es schmeckte wie das Beste, das sie jemals gegessen hatte. Sie versuchte, die Aromen zu genießen und nicht zu schnell zu kauen. Sie beendete schließlich den ersten Bissen, schluckte und öffnete die Augen, um einen weiteren kleinen Bissen zu nehmen, wobei sich Cookies und ihre Blicke trafen. Fiona wandte sich verlegen ab. Gott, sie war so eine Idiotin. Sie sollte einfach das dumme Ding essen und fertig damit werden, aber sie wollte den Geschmack des Riegels genießen, solange es ging.

Cookie schluckte seinen Zorn herunter. Er war wütend. Nicht über Fiona, sondern über diese Unmenschen, die sie so lange festgehalten hatten. Die Erleichterung in ihrem Gesicht von diesem kleinen Bissen traf ihn hart. Er war noch nie in seinem Leben so hungrig gewesen, dass ein Bissen von einem Müsliriegel so ein Glücksgefühl ausgelöst hätte. Natürlich hatten er und seine Freunde während der Ausbildung zum SEAL *geglaubt*, dass sie verhungern würden, aber von dem Ausdruck auf Fionas Gesicht konnte er schließen, dass sie nicht annähernd das Gleiche durchgemacht hatten wie sie.

Er drehte sich weg, um Fiona etwas Privatsphäre zu geben, und ging zurück zu Julie. Cookie wusste, dass er härter klang als beabsichtigt, als er den Frauen etwas später mitteilte, dass es Zeit war, sich wieder auf den Weg zu machen. Julie stöhnte und jammerte darüber, welche Schmerzen sie hatte, aber sie stand schließlich auf, klammerte sich an seinen Rucksack und sie waren bereit zum Aufbruch.

KAPITEL VIER

Fiona schwieg, während sie weitergingen. Sie versuchte, den Müsliriegel so langsam wie möglich zu essen. Sie nahm nur kleine Bissen und zählte beim Kauen. Auf diese Weise hielt der Riegel nicht nur länger vor, sondern er lenkte sie auch davon ab, wie schrecklich sie sich fühlte.

Ihr Magen schmerzte, aber Fiona wusste, dass sie weiteressen musste. Sie hatte solange nichts Festes zu sich genommen, dass es jetzt wehtat, etwas in den Magen zu bekommen. Das Wasser, das der Soldat ihr zu trinken gegeben hatte, war das beste Wasser, das sie jemals getrunken hatte. Sie hatte beobachtet, wie Julie ihre Ration heruntergeschlungen hatte, aber Fiona hatte ihre genossen. Es war nicht einmal annähernd kalt gewesen und es war nicht eines dieser besonderen

Designer-Wasser, aber es war sauber, und das war bereits ein enormer Fortschritt gegenüber dem, was sie in den vergangenen Wochen hatte trinken müssen. Fiona spürte nach dem Trinken keine Krümel im Mund und obwohl es von der Reinigungstablette, die der Soldat verwendet hatte, um sicherzugehen, dass es sauber und verträglich war, einen leicht metallischen Geschmack hatte, schmeckte es einfach fantastisch.

Es war für Fiona einfacher, sich beim Essen des Müsliriegels Zeit zu nehmen, wenn Julie und der Mann sie nicht bei jeder Bewegung beobachteten. Fiona hatte keine Ahnung, wie er hieß, er hatte ihnen seinen Namen nicht genannt. Sie wollte ihn in ihrem Kopf unbedingt etwas anderes als »Mann« oder »Soldat« nennen, aber sie glaubte, es wäre unhöflich, ihn direkt zu fragen. Fiona kam plötzlich ein Gedanke. Wenn er ein Navy SEAL war, sollte sie ihn wahrscheinlich nicht einmal »Soldat« nennen. Waren die nicht eigentlich »Matrosen« oder waren sie »Seeleute«? Verdammt. Fiona tat der Kopf weh. Wenn er wollte, dass sie seinen Namen kannten, würde er es ihnen sagen. Vielleicht durfte er es ihnen nicht einmal verraten. Vielleicht war es Teil der Geheimhaltung, dass SEALs den Menschen, die sie retteten, nicht mitteilen durften, wer sie waren.

Fiona wusste, dass ihre Gedanken ohne Sinn und Verstand von einem Thema zum anderen sprangen, aber sie konnte nicht anders. Ihr Verstand hing nur noch an einem seidenen Faden. Sie wollte sich am liebsten auf den Boden fallen lassen und sich zu einer kleinen Kugel zusammenrollen, die Augen schließen, mit der Nase wackeln und sich in ihrer Wohnung in El Paso wiederfinden ... aber das würde nicht funktionieren. Natürlich konnte sie das nicht tun. Fiona hatte dem Soldaten geschworen, dass sie ihm keine Probleme bereiten würde. Sie würde noch ein bisschen länger durchhalten können ... hoffentlich.

Ihre Hände zitterten nach wie vor und Fionas Körper hatte immer noch Entzugserscheinungen von den Drogen, die ihr verabreicht worden waren. Solange sie sich aber auf etwas anderes konzentrieren konnte als den Giftcocktail, der in ihren Körper injiziert worden war, konnte sie die Folgen des Drogenentzugs noch etwas länger ertragen. Fiona wollte nicht, dass der Mann wusste, was mit ihr los war. Er würde sie sonst auf jeden Fall zurücklassen. Er musste Julie da rausholen und in die USA zurückbringen. Oder er würde vielleicht entscheiden, dass sie nicht weitergehen könnten, wenn sie auf halber Stecke stehen blieb, und das war inakzeptabel. Fiona wollte aus diesem Dschungel heraus. Sie würde noch ein bisschen länger durchhalten. Es war bestimmt nicht mehr so weit bis zu dem Ort, an dem sie abgeholt werden sollten.

Nachdem sie scheinbar eine Ewigkeit gelaufen

waren, blieb der Mann stehen und bedeutete ihr und Julie, sich hinter ein paar umgefallenen Bäumen zu verstecken. Fiona ahnte sofort, dass etwas nicht stimmte. Sie beobachtete den Soldaten genau. Er hatte nichts gesagt, aber er sah angespannt aus. Er hockte sich neben sie. Direkt hinter den Bäumen lag eine gerodete Fläche. Bedingt durch die vielen Tiergeräusche war es nicht wirklich still im Dschungel, aber Fiona fand es trotzdem unheimlich ... offensichtlich empfand der Soldat genauso.

Er sah auf die Uhr und in den Himmel. Fiona vermutete, dass sich ihr Transport verspätete oder gar nicht kam. Sie kratzte sich geistesabwesend mit zitternden Fingern am Bein. Ihre Entzugserscheinungen wurden schlimmer. Wenn sie nicht bald hier rauskamen, würde er es bemerken. Fiona wusste nicht, wie er reagieren würde. Sie zurücklassen? Angewidert von ihr sein? Sauer auf sie? Sie konnte es nicht riskieren, es ihm zu sagen. Sie musste es einfach überstehen, genau wie alles andere, was sie allein durchgemacht hatte.

»Worauf warten wir noch?«, jammerte Julie leise. »Mein Hintern tut weh und ich will nach Hause.«

Cookie seufzte. Scheiße. Wenn etwas schiefging, dann im großen Stil.

Er drehte sich zu den Frauen um. Julie liefen Krokodilstränen übers Gesicht und Fiona starrte ihn nur an, als wüsste sie bereits, dass er ihnen mitteilen würde, dass etwas nicht stimmte.

»Planänderung«, sagte er unverblümt und traf damit eine Entscheidung. »Der Hubschrauber ist nicht zu sehen und ich komme nicht zu meinen Teamkollegen durch. Wir müssen zum Backup-Treffpunkt gehen.«

Cookie wusste, dass manche Leute davon ausgehen würden, dass sich das Team einfach nur verspätet hatte, SEALs kamen aber nicht einfach zu spät. Irgendetwas stimmte nicht und es war an der Zeit, den Backup-Plan zu aktivieren, den sie vor Beginn der Mission besprochen hatten. Cookie teilte den Frauen bewusst nicht mit, wo sich der Backup-Treffpunkt befand, aber Julie wollte sich mit seinen vagen Erklärungen nicht zufriedengeben.

»Aber wo ist der Treffpunkt? Wie weit müssen wir noch gehen? Ich dachte, wir werden hier abgeholt.«

Julie sprach mit weinerlicher Stimme und raubte Cookie den letzten Nerv. Er presste die Zähne zusammen, um sein Temperament im Zaum zu halten. Er war es gewohnt, sein Team als Puffer bei sich zu haben. Immer wenn eine der geretteten Personen zu anstrengend wurde, wechselten sie sich im Team ab. Ihm fehlte sein Team. Cookie arbeitete lieber zusammen mit seinen Freunden als allein. So arbeiteten die SEALs normalerweise, und diese Mission machte

Cookie erneut klar warum. Es fiel ihm schwer, mit Julie umzugehen.

Er seufzte und rieb sich mit einer Hand übers Gesicht. »Es ist ein langer Weg, aber wir müssen nicht mehr heute dorthin. Wir haben ein paar Tage ...«

Cookie wurde von Julie unterbrochen. »Ein paar Tage?«, kreischte sie viel zu laut für den ruhigen Dschungel. »Wovon zum Teufel redest du? Ich dachte, du bist hier, um mich zu retten, wir müssen mmph...«

Für einen Mann, der einen riesigen Rucksack trug, bewegte Cookie sich verdammt schnell. Seine Hand war auf Julies Mund, noch bevor sie die letzten Worte herausbekam.

»Schhhhh«, befahl er wütend. »Die Männer, die dich entführt haben, könnten überall sein. Außerdem ist dieser Dschungel voll mit Drogenlieferanten und anderen Verbrechern, denen wir definitiv nicht begegnen wollen. Wir sind hier nicht sicher. Merk dir das!« Cookie sah, wie Julie ängstlich und mit aufgerissenen Augen nickte.

Fiona konnte sehen, wie verärgert der Soldat war. Die gesamte Rettungsaktion war bereits voller Überraschungen gewesen, leider keine guten. Zuerst ihre Anwesenheit und jetzt war ihr Rettungsflug anscheinend nicht gekommen. Sie wollte den Mann beruhigen, wusste aber nicht, was sie sagen sollte, also schwieg sie.

Cookie nahm langsam die Hand von Julies Mund.

»Hier ist der Plan. Wir gehen nach Süden in Richtung Fluss, kehren dann wieder um und gehen in Richtung Westen. Sie werden denken, dass wir dem Fluss folgen, also machen wir genau das Gegenteil. Bleib einfach in meiner Nähe und alles wird gut gehen«, sagte er zu Julie, wohlwissend, dass er Fiona nicht extra sagen musste, dass sie bei ihm bleiben soll. Er wusste, dass sie von selbst alles Nötige tun würde.

Cookie warf einen raschen Blick hinüber zu Fiona. Sie hatte ihn nicht aus den Augen gelassen und ihre ruhige Art, die Situation zu akzeptieren, wie sie war, beruhigte ihn etwas. Immerhin musste er sich nicht mit zwei hysterischen Frauen herumschlagen. Er nickte Fiona bestätigend zu und sagte: »Lasst uns gehen.«

Cookie hatte keine Ahnung, wo Mozart abgeblieben war. Über das Satellitentelefon konnte er ihn nicht erreichen und offensichtlich war etwas mit dem Hubschrauber schiefgegangen, sonst wären Dude und Benny da gewesen. Es könnte sein, dass sie Mozart abholen mussten, weil er in Schwierigkeiten geraten war. Was auch immer der Grund war, Cookie konnte keine Zeit damit verschwenden, darüber nachzudenken. Genau aus diesem Grund hatte das Team einen alternativen Plan für die Evakuierung entworfen. Manchmal liefen die Dinge einfach nicht wie ursprünglich geplant und das Vorgehen musste angepasst werden.

Das Trio ging zurück in den Dschungel. Sie hatten einen langen Weg vor sich, bevor sie in Sicherheit waren.

Nach über einer Stunde hatte Julie endlich aufgehört, sich zu beschweren, bevor sie für die Nacht Rast machten. Cookie dachte, dass sie das Recht hatte, müde zu sein, aber sie saßen alle im selben Boot ... nun, eigentlich taten sie das nicht. Er warf Fiona einen Blick zu. Sie hatte eine ganze Weile nichts gesagt. Sie hatte geschwiegen und mit ihnen Schritt gehalten, so wie sie es versprochen hatte. Er wünschte sich sehr, dass Julie die gleiche innere Stärke hätte wie Fiona.

Cookie wusste nicht, wie lange Fiona in Gefangenschaft gewesen war, aber er war sich sicher, dass es wesentlich länger gewesen sein musste als Julie. Er wusste, dass etwas mit ihr nicht stimmte, aber er hatte keine Zeit gehabt, sich danach zu erkundigen ... bis jetzt.

Nachdem sie angehalten hatten, setzte sich Julie sofort auf den Boden, zog die Knie an die Brust und schlang die Hände darum. Sie legte den Kopf auf die Knie und bewegte sich nicht vom Fleck, während Cookie ihr Nachtlager aufbaute. Es war nicht viel. Sie konnten es nicht riskieren, ein Feuer anzuzünden, das möglicherweise andere auf sie aufmerksam gemacht hätte, die in dem dunklen Dschungel lauerten. Nachdem sie sich niedergelassen hatten, erinnerte sich Cookie an das kurze Gespräch, das er mit Fiona geführt hatte. Sie hatte gefragt, ob sie ihm in irgendeiner Weise helfen könnte. Er hatte sich bei ihr bedankt, ihr aber ehrlich gesagt, dass sie ihn vermutlich nur ausbremsen würde. Sie hatte weder geschmollt noch Anstalten gemacht, sondern genickt, als hätte sie seine Antwort bereits erwartet. Danach hatte sie sich an einen nahe gelegenen Baum gesetzt, um ihm aus dem Weg zu gehen.

Jetzt, wo sie für die Nacht Rast machten, wollte er mit ihr reden. Es war keine große Sache gewesen, drei anstatt der geplanten zwei Lager einzurichten. Im Dschungel gab es reichlich Material, wie zum Beispiel Blätter und Stöcke. Cookie hatte keine Zelte in seinem Gepäck. Er hatte nicht damit gerechnet, dass sie überhaupt welche brauchen würden. Aber selbst wenn er mehrere Nächte im Dschungel verbringen musste, zog er es vor, seinen Rucksack so leicht wie möglich zu halten, und Zelte wären einfach zu schwer gewesen. Cookie hatte jeder Frau einen weiteren Müsliriegel ausgehändigt und zwei Fertiggerichte erhitzt. Sie teilten das Essen untereinander auf, aber Fiona aß nur ein bisschen und behauptete dann, dass ihr Magen wehtäte von der schweren Mahlzeit, an die sie nicht gewöhnt war. Jetzt ruhten sich die Frauen aus.

Cookie sah zu Fiona hinüber. Sie lehnte immer noch mit den Armen um ihre Beine gegen den Baum. Ihr Kopf ruhte auf ihren Knien und ihre Augen waren geschlossen. Sie war in der gleichen Position wie Julie, aber irgendwie sah sie verletzlicher aus.

Cookie dachte noch einmal darüber nach, was ihm an Fiona »merkwürdig« vorkam. Waren es ihre Füße? Sie sahen ziemlich mitgenommen aus. Waren sie von den Ästen und dem anderen Unrat, durch den sie gegangen waren, verletzt worden? Sie hatte keine Hose an. Vielleicht hatten die Männer sie in der letzten Nacht verletzt, bevor er dort angekommen war. Scheiße, sie musste vergewaltigt worden sein und hatte wahrscheinlich Angst, sich in seiner Nähe aufzuhalten.

Bei diesem letzten Gedanken zuckte Cookie sichtbar zusammen und ihm wurde übel. Er hatte schon früher einmal mit Vergewaltigungsopfern zu tun gehabt, aber aus irgendeinem Grund war es diesmal etwas anderes. Vielleicht lag es daran, dass er der einzige Mann in der Nähe war. Vielleicht lag es daran, dass Fiona sich so sehr bemühte, mutig zu sein. Was auch immer es war, Cookie wusste, dass allein der Gedanke daran, dass Fiona auf diese Weise verletzt worden war, ihn innerlich zur Weißglut trieb.

Leider mussten sie noch ungefähr fünfzehn Kilometer weiterlaufen, bevor sie den Backup-Treffpunkt erreichten. Fünfzehn verdammte Kilometer. Sie hatten noch zwei Tage Zeit, um dorthin zu gelangen, was zwei weitere Tage Strapazen bedeutete. Wenn ihm vorher jemand gesagt hätte, dass er mit zwei entführten Frauen fünfzehn Kilometer weit durch den mexikanischen Dschungel laufen müsste, hätte er denjenigen für verrückt erklärt. Aber hier waren sie nun. Cookie war sich nicht sicher, ob beide Frauen es schaffen würden, und das machte ihm Sorgen.

Julie war die Gesündere von beiden, aber sie war schwach. Sie war nicht an die Anstrengung gewöhnt und beklagte sich bei jedem Schritt. Es war offensichtlich, dass sie in ihrem »richtigen« Leben sofort aufhören konnte, wann immer es etwas »härter« wurde. Cookie war nicht in der Lage, diesen Gedanken aus seinem Kopf zu bekommen, und war sich nicht sicher, ob *er* es zwei weitere Tage aushalten würde, sich die ganze Zeit Julies unaufhörliche Beschwerden anhören zu müssen.

Er dachte, Fiona müsste es schaffen, aber er war sich nicht sicher. Wenn sie hundertprozentig fit gewesen wäre, hätte Cookie keinen Zweifel daran gehabt, dass sie den Fünfzehn-Kilometer-Marsch mit Leichtigkeit geschafft hätte. Verdammt, sie hätte ihn wahrscheinlich an einem Tag geschafft. Aber sie war *nicht* hundertprozentig fit. Verflucht, sie war wahrscheinlich noch nicht mal zu fünfzig Prozent fit. Sie war viel länger gefangen gewesen als Julie und sie sah nicht gut aus. Aber sie hatte bis jetzt nicht aufgegeben. Sie war den ganzen Tag ohne ein einziges Wort der Klage hinter ihm hergelaufen. Cookie war wahnsinnig beeindruckt.

Die Flip-Flops, die Fiona trug, machten ihm

Sorgen. Verdammt, wem wollte er etwas vormachen, alles an ihr besorgte Cookie. Die fehlende Hose, der Metallkragen um ihren Hals, ihre zitternden Hände, ihre Dehydrierung, ihr offensichtlicher Hunger … Cookie musste noch heute Abend herausfinden, was mit ihr los war, damit er für alle bessere Entscheidungen treffen konnte.

Nachdem Julie sich für die Nacht eingerichtet hatte, ging Cookie zu Fiona hinüber. Sie ruhte immer noch still am Baum. Wenn Cookie nicht gesehen hätte, dass ihre Brust sich leicht auf und ab bewegte, hätte er befürchtet, dass sie tot wäre. Als er auf sie zukam, öffnete sie die Augen, bewegte sich aber nicht. Cookie setzte sich neben sie.

»Wie geht es dir?«, fragte Cookie leise.

»Mir geht es gut«, sagte Fiona zu ihm. »Ich werde dich nicht bremsen.«

Cookie nickte und entgegnete: »Ich weiß, du hast bisher großartige Arbeit geleistet.« Er machte eine Pause und fuhr dann fort: »Ich glaube nicht, dass ich mich dir schon vorgestellt habe. Ich heiße Cookie.« Er machte sich nicht die Mühe, ihr seine Hand für einen Handschlag zu reichen. Solche sozialen Nettigkeiten hatten sie schon lange hinter sich gelassen.

»Cookie?« Fiona starrte den gut aussehenden Mann an, der neben ihr saß und versuchte, ein Gespräch zu führen. Am liebsten hätte sie angefangen zu weinen. Er bemühte sich sehr, ihr ein normales

Gefühl zu vermitteln, und das schätzte sie mehr, als sie sagen konnte.

»Ja, in meinem Team haben wir alle einen Spitznamen. Dude, Mozart, Wolf, Abe, Benny und ich ... Cookie.«

»Sagst du mir auch, warum du Cookie genannt wirst?«

»Wirst du mich auslachen, wenn ich das tue?«

Fiona liebte diesen lockeren Scherz. Allein jemanden in ihrer Muttersprache mit ihr reden zu hören war großartig. »Wahrscheinlich. Zumal du es mir scheinbar nicht verraten willst.«

Cookie lächelte. Er wusste, dass es unangemessen war, aber er genoss dieses Gespräch, besonders nach der Anspannung und den stundenlangen Beschwerden von Julie. Er brauchte offensichtlich zu lange, um zu antworten, denn Fiona redete weiter.

»Willst du, dass ich rate?«

»Das würdest du nie erraten, Fee.«

Fiona riss den Kopf von den Knien, um ihn anzusehen. Wie hatte er sie gerade genannt?

»Was? Meinst du, du *kannst* es erraten?« Cookie hatte ihre Reaktion bemerkt und richtig vermutet. Sie war überrascht, dass er sie »Fee« genannt hatte. Er wusste nicht, woher es kam, aber er hatte es genau in seinem Kopf gehört. Sie sah aus wie eine »Fee«.

»Äh, okay, deine Mutter hat dir jede Woche Kekse geschickt, während du in der Grundausbildung warst.«

»Bootcamp, nicht Grundausbildung. Und gut geraten, aber nein. Das war der erste Versuch.« Cookie sah, wie Fiona die Augen zusammenkniff. Offensichtlich hatte er ihren Wettbewerbsgeist geweckt. Das musste er sich merken, um es später, wenn nötig, benutzen zu können, um sie auf den Beinen zu halten.

»Als du klein warst, hast du zu Weihnachten zu viele Kekse gegessen und du musstest dich übergeben.«

Ein leises, überraschtes Lachen kam zwischen Cookies Lippen hervor, bevor er es zurückhalten konnte. »Wow, ich glaube, jetzt bin ich verletzt. Nein, das ist es auch nicht. Letzter Versuch.«

Fionas ganzer Körper tat weh, sie war erschöpft und durstiger, als sie es sich jemals hätte vorstellen können, aber aus irgendeinem Grund hatte sie Spaß. Dieser Mann hatte sie überrascht. Sie hatte geglaubt, dass er nur stur und nüchtern seinen Job erledigte, aber jetzt zeigte er sich von einer anderen Seite. Mal sehen ... warum sollte man jemandem den Spitznamen »Cookie« geben? Fiona beschloss, sich jetzt wirklich mit ihm anzulegen. Warum auch nicht, sie hatte nichts zu verlieren.

»Als du zur Navy kamst, warst du noch Jungfrau, und nach dem *Bootcamp* sind deine Kumpels mit dir ausgegangen und haben dich zu einer achtzigjährigen Hure namens Cookie gebracht, um dich zu entjungfern.«

Cookie fing leise an zu lachen und konnte nicht mehr aufhören. Es dauerte einige Momente, bis er wieder sprechen konnte.

»Jesus, Fee, ich muss mir wohl merken, mich in Zukunft nicht mit dir anzulegen. Ich wurde von meiner siebzehnjährigen Verabredung nach dem Highschool-Ball *entjungfert*, als ich vierzehn Jahre alt war. Dein letzter Versuch war also auch falsch. Obwohl er viel kreativer ist als der eigentliche Grund für meinen Spitznamen. Ich war das letzte Mitglied, das dem Team beigetreten ist. Normalerweise werden Neulinge als Nuggets, FNGs oder Cookies bezeichnet. Cookie ist hängen geblieben.«

Für einen Moment saßen sie einfach nur da und sahen sich an.

Da Fiona nicht wusste, was ein »FNG« war, beschloss sie, es dabei zu belassen. Es war sowieso egal. »Hast du auch einen richtigen Namen?« Fiona wusste nicht genau warum, aber sie wollte es wissen.

»Hunter. Hunter Knox.«

»Ist das dein Ernst?«

»Todernst. Warum?«

Fiona konnte nicht glauben, dass das wirklich sein echter Name war. »Weil es sich anhört wie der Name eines Strippers oder eines Superhelden.« Sie errötete sofort. Verdammt. Hatte sie das wirklich gerade laut gesagt? Jesus, sie war *so* eine Idiotin.

»Ich denke, ich fasse das als Kompliment auf, Fee,

aber ich ziehe es in der Regel vor, mich nur vor einer einzelnen Person auszuziehen.«

»Bitte, ignorier einfach, was ich gesagt habe. Ich weiß nicht, was ich daherrede. Lass es mich noch einmal versuchen.« Fiona blickte auf. Sie war verlegen, aber entschlossen, es auszusprechen. »Es ist schön, dich kennenzulernen, Hunter. Nein, es ist verdammt *großartig*, dich kennenzulernen. Ich war noch nie in meinem Leben so froh, jemanden kennengelernt zu haben.«

Cookies Augen wurden schlagartig wieder ernst. Er verstand genau, was sie sagte. »Ich bin glücklicher, dich getroffen zu haben als jede andere, die ich in *meinem* ganzen Leben zuvor getroffen habe, Fee.«

Zwischen ihnen entstand eine angenehme Stille. Fiona legte den Kopf zurück auf die Knie und schloss wieder die Augen.

Als Cookie bemerkte, dass ihre Fingerknöchel von dem festen Griff weiß anliefen, fragte er sie schließlich, was ihn bereits den ganzen Tag beschäftigt hatte. »Ich muss wissen, was los ist, Fee.« Er sah, wie sie zusammenzuckte. »Ich weiß nicht, was dir durch den Kopf geht, aber ich werde dich nicht zurücklassen. Ich werde auch nicht sauer sein. Ich muss es nur wissen, damit ich dafür sorgen kann, dass wir das alle gemeinsam durchstehen und sicher nach Hause kommen. Wenn deine Füße Probleme machen, kann ich sie bandagieren, um dir zu helfen. Scheiße, das hätte ich schon längst tun sollen. Deine Beine können wir mit Schlamm einreiben, um sie ein bisschen besser zu schützen. Ich kann die vielen Insektenstiche erkennen. Ich wünschte, ich hätte eine zusätzliche Hose für dich.«

Fiona sagte nichts und setzte sich schweigend neben ihn. Cookie war frustriert. Er wollte ihr helfen, aber er konnte es nicht, wenn sie nicht mit ihm redete. Schließlich glaubte er zu wissen, was er sagen musste, um Fiona dazu zu bringen, sich ihm gegenüber zu öffnen. Nach nur einem Tag in ihrer Nähe wusste Cookie, dass sie dickköpfig und eigensinnig war. Außerdem hatte sie die wochenlange Quälerei durch ihre Entführer überstanden. Er dachte darüber nach, was er sagen konnte, um sie zu erreichen. Endlich wusste er es. Es war dasselbe, das ihn veranlassen würde, sich zu öffnen und ehrlich zu sein, wenn jemand es zu ihm gesagt hätte.

Cookie senkte die Stimme und sprach direkt aus seinem Herzen. »Ganz ehrlich, Fiona, mein eigenes Leben hängt von dir ab. Ich werde dich *nicht* zurücklassen. Wenn ich nicht weiß, was mit dir los ist, und du zurückbleibst oder nicht weitergehen kannst, könnte mich das ebenfalls in Gefahr bringen, weil ich bei dir bleiben und versuchen werde, dir zu helfen. Nachdem ich dich so weit gebracht habe, werde ich dich verdammt noch mal um nichts in der Welt zurücklassen. Du wirst mich nicht los. Egal was passiert.«

Er wartete. Cookie dachte, dass Fiona entweder eingeschlafen war oder sich weigerte, mit ihm zu sprechen.

Schließlich antwortete Fiona leise, ohne die Augen zu öffnen: »Ich bin auf Drogenentzug.«

KAPITEL FÜNF

Was auch immer Cookie von Fiona zu hören erwartet hatte, das war es nicht.

»Was?«, fragte er in härterem Ton als beabsichtigt. Die Gedanken drehten sich in seinem Kopf. Wie konnte er das übersehen haben? Cookie konnte es nicht glauben. Nun, in dem Raum, in dem er sie gefunden hatte, war es dunkel gewesen und jetzt trug sie ein langärmeliges Hemd, sodass er keinen guten Blick auf ihre Arme hatte werfen können.

Fiona hielt die Augen geschlossen und fuhr fort: »Ich wurde unter Drogen gesetzt. Ich bin mir nicht sicher womit. Es war nicht genug, um durchzudrehen, aber genug, um mich ruhigzustellen, um mich gefügsam zu machen. Ich denke, sie hatten vor, mich abhängig zu machen, damit ich am Ende alles tun würde, um die nächste Dosis zu bekommen. Aber ich habe mich geweigert, zu betteln oder mich zu unterwerfen. Die letzte Dosis ist jetzt schon eine Weile her. Ich weiß nicht genau, wie lange. Ich schwöre, wenn es zu schlimm wird, wenn ich dich behindere, dann lasse ich dich allein weitergehen. Ich weiß, dass du nicht darauf eingestellt warst, auf mich ... es tut mir leid. Es tut mir so leid. Ich hätte es dir sagen sollen, bevor du mich aus dieser Hütte geholt hast.« Fionas Stimme brach ab. Während ihres gesamten Geständnisses hatte sie die Augen geschlossen gehalten. Fiona erwartete, dass Hunter angewidert aufstehen und sie sitzen lassen würde. Sie war nicht nur dreckig, stinkend und abstoßend, sie war auch noch drogenabhängig.

Cookie schluckte schwer. Er musste noch einmal schlucken, bevor er etwas sagen konnte. Auf der einen Seite war er erleichtert, dass es nichts Schlimmeres war, andererseits wusste er, dass Drogenentzug sehr schlimm sein konnte. Er wusste, wie wichtig das war, was er als Nächstes sagen würde.

»Darf ich mal sehen?« Cookie wartete. Als Fiona leicht nickte, kniete er sich vor sie. Er nahm sanft ihre Hände in seine und fädelte seine Finger zwischen ihre. Cookie wartete, bis Fiona die Augen öffnete, um zu sehen, was er tat.

Er hielt Augenkontakt mit ihr, während er den Ärmel an ihrem rechten Arm bis zum Ellbogen hochschob. Erst als er ganz hochgezogen war, schaute er nach unten. Beim Anblick der Einstichspuren biss er die Zähne zusammen. Selbst im nachlassenden Licht der Abenddämmerung konnte er es deutlich sehen. Er zog den Ärmel wieder herunter und schob den anderen hoch, um dort dieselben Spuren vorzufinden. Die Blutergüsse auf ihren Armen waren ein Zeichen dafür, wie sie gegen ihre Entführer angekämpft hatte und dass sie beim Setzen der Spritzen nicht sanft gewesen waren.

Cookie zog ihr Hemd wieder herunter und nahm beide Hände in seine. Fiona beobachtete ihn jetzt vorsichtig. Er konnte das Zittern ihrer Hände fühlen.

Er schaute ihr in die Augen und sagte: »Fee, es tut mir so leid. Es tut mir leid, dass ich nicht schneller da gewesen bin. Es tut mir leid, dass ich nicht einmal wusste, dass du da warst. Es tut mir so verdammt leid.«

Als Fiona Luft holte, um etwas zu sagen, unterbrach Cookie sie. »Nein, sag nichts und verdammt noch mal entschuldige dich nicht wieder. Hör mir zu. Ich kenne dich erst seit einem Tag, aber du bist einer der stärksten Menschen, die ich kenne. Nicht nur die stärkste *Frau*, die ich kenne, sondern einer der stärksten *Menschen*. Du hast mir nicht erzählt, wie lange du in diesem verdammten Verließ gefangen warst, aber ich weiß, dass es zu lange war. Du hast heute ohne Hilfe, und ohne dich zu beschweren, einen langen Fußmarsch zurückgelegt. Ich weiß nicht, wie lange es her ist, dass du etwas Anständiges getrunken oder gegessen hast. Und trotzdem interessierst du dich nur dafür, dass diese Mission erfolgreich ist und du mir nicht im Weg bist. Du bist mir *nicht* im Weg. Selbst wenn zehn Frauen in dieser Hütte gewesen wären, dann hätte ich sie alle da rausgeholt, selbst wenn ich nur mit einer gerechnet habe.«

Cookie machte eine Pause und ließ seine Worte auf sie wirken. Dann fuhr er fort: »Wir haben noch zwei Tage anstrengenden Fußmarsch vor uns. Wir haben nur zwei Tage, um den vereinbarten Backup-Treffpunkt zu erreichen. Ich kann dir offenkundig nichts geben, um dir bei dem Entzug zu helfen. Ohne zu wissen, was genau sie dir verabreicht haben, kann ich nicht riskieren, dir das Falsche zu injizieren. Ich habe ein paar Schmerzmittel in meinem Rucksack, aber es ist keine gute Idee, sie mit unbekannten Betäubungsmitteln zu mischen. Ich habe nichts, was ich dir gegen die Entzugserscheinungen geben könnte, aber ich kann dich auf jeden Fall ablenken oder andere Maßnahmen ergreifen, von denen du glaubst, dass sie helfen könnten, okay? Schließ mich nur nicht aus.« Dann lachte er leise und sagte scherzhaft: »Bitte lass mich nicht allein mit Julie als meiner einzigen Gesprächspartnerin.«

Fiona lächelte bei seinen Worten, wurde aber schnell wieder ernst und starrte Hunter mit großen Augen an. Die Besorgnis stand ihr ins Gesicht geschrieben.

Cookie fuhr fort: »Ich bin kein Therapeut und

kann mir kaum vorstellen, was du durchgemacht haben musst, aber wenn du jemanden zum Sprechen brauchst ...«

Fiona nickte und unterbrach Hunter. Sie wusste, dass sie ihm niemals erzählen könnte, was sie durchlebt hatte. Es war schon schlimm genug, es durchgemacht zu haben. Sie könnte es nicht ertragen, wenn er sie noch mehr bemitleiden würde. Sie mochte Hunter. Sie mochte ihn wirklich. Sie kannte nicht viele Angehörige des Militärs, aber sie hatte sie sich stets als grunzende, sexhungrige Idioten oder Arschlöcher vorgestellt, die sich selbst für wichtiger hielten als alle anderen um sie herum. Offensichtlich hatte sie Vorurteile gehabt, denn Hunter schien nicht so zu sein. Zumindest glaubte sie das. Er klang wirklich besorgt um sie. Und das fühlte sich wunderbar an.

Cookie drückte ihre Hand. »Versuche, etwas zu schlafen, Fee. Wir brechen morgen früh auf. Ich möchte losgehen, bevor es zu heiß wird. Und vergiss nicht, ich bin hier, wenn du reden willst.«

Fiona drückte seine Hand zurück und ließ sie dann fallen, um wieder ihre Beine festzuhalten. Sie durfte sich nicht allein auf ihn verlassen. Sie wusste, dass sie wahrscheinlich schon bald den Verstand verlieren würde, und sie musste sich darauf konzentrieren, sich selbst zu kontrollieren. Sie rutschte in den kleinen Unterschlupf, den Hunter für sie gemacht hatte, ohne noch etwas zu sagen, und rollte sich zu einer Kugel zusammen. Fiona merkte, wie es ihr immer schlechter ging. Ihre Entführer hatten sie nie so lange ohne eine neue Dosis der Drogen gelassen. Sie wusste, dass Hunter versprochen hatte, ihr zu helfen, aber er konnte nichts tun. Fiona musste sich ablenken. Sie begann wieder, von tausend rückwärts zu zählen.

Am nächsten Morgen weckte Cookie die Frauen um vier Uhr. Jede bekam einen Müsliriegel und er überprüfte ihr Wasser. Vorsichtig musterte er Fiona. Sie sah nicht gut aus. Sie weigerte sich, ihm in die Augen zu sehen, und das Zittern ihrer Hände war schlimmer geworden, obwohl sie versuchte, es vor ihm zu verbergen. Sie war auch sehr blass. Sie aß den Müsliriegel mit dem gleichen Genuss wie am Tag zuvor, genauso wie Julie ihren mit dem gleichen Abscheu verspeiste. Als sie fertig waren und sich in den Büschen in der Nähe erleichtert hatten, machten sie sich auf den Weg.

Die Hitze war brutal. Die Tatsache, dass sie sich nicht in der Nähe des Flusses aufhielten, bedeutete, dass sie sich keine Sorgen um Tiere machen mussten, die dorthin zum Trinken kamen. Es bedeutete aber auch, dass sie mit dem Wasser haushalten mussten, das sie bei sich hatten. Außerdem war es heiß, heißer, als wenn sie sich ab und zu in dem schnell fließenden Fluss hätten abkühlen können.

Julie sagte nicht viel, aber wenn sie es tat, jammerte sie nur darüber, wie weit sie noch gehen mussten und wie heiß es war. Sie beklagte sich auch darüber, dass ihre Füße wehtaten, über Käfer und dass ihr Blätter ins Gesicht schlugen ... die Liste war endlos. Aber Fiona war still. Zu still. Wortlos stapfte sie hinter Julie her. Cookie schaute oft zurück, um nach ihr zu sehen, und bemerkte, dass Fiona durchhielt ... noch. Er wusste, dass sie schwach war, aber nachdem er von den Drogen erfahren hatte, die ihre Entführer ihr verabreicht hatten, war er noch besorgter.

Als sie für eine kurze Pause anhielten, legte sich Fiona sofort in den Schatten eines Baumes und rollte sich zu einer Kugel zusammen, ihre bevorzugte Ruheposition. Cookie war mit seinem Rucksack beschäftigt und bemerkte es nicht, bis Julie sarkastisch stöhnte: »Oh großartig, jetzt werden wir niemals ankommen.«

Cookie sah, wie Fiona sich aufrichtete, als sie Julies Worte hörte. Er ging hinüber und legte ihr die Hand auf den Rücken.

»Bleib liegen. Ruh dich aus. Wir werden noch früh genug weitergehen.« Er sah Julie an und sagte in einem forschen Ton, ohne sich die Mühe zu machen, netter zu klingen: »Du solltest dich auch hinlegen und dich ausruhen. Wir haben heute noch einiges vor uns.«

Fiona schaute mit flehendem Blick zu Hunter auf, als er sich wieder zu ihr umdrehte. »Es tut mir leid.«

Cookie unterbrach sie. »Schluss damit. Scheiße, Fiona, du bist keine Superheldin. Ruh dich einfach ein bisschen aus und dann werden wir weitergehen. Und bevor du es sagst, du hältst uns nicht auf. Wir brauchen alle eine Pause und hier ist es einigermaßen sicher.«

Fiona nickte und kniff die Augen wieder zusammen. Sie hörte, wie Hunter wegging. Sie wusste, dass er wahrscheinlich um ihretwillen gelogen hatte, aber sie konnte sich im Moment nicht darum sorgen. Fiona fühlte sich beschissen. Ihr ganzer Körper rebellierte gegen sie. Sie wünschte, diese verdammten Entführer wären da, um ihr die Drogen zu geben. Sie war so weit, darum zu betteln. Sie hatte endlich den Punkt erreicht, an dem sie alles getan hätte, um den nächsten Schuss zu bekommen. Fiona wusste, dass sie böse waren, auch ohne genau zu wissen, was für einen Mist sie in ihren Körper injiziert hatten, aber sie hätte alles getan, um das Verlangen und die schreckliche Übelkeit loszuwerden.

Mit dem Zittern hätte sie umgehen können, aber das Gefühl, dass Insekten auf ihrer Haut herumkrabbelten, war schrecklich. Es juckte sie auch heftig, aber sie versuchte, dem Drang zu widerstehen, sich zu kratzen. Fiona wusste, dass sie nicht aufhören könnte, wenn sie erst einmal angefangen hätte. Verdammt, der Juckreiz war wahrscheinlich größtenteils auf Insektenstiche zurückzuführen und nicht auf die Drogen, aber das war im Moment auch egal. Juckreiz war Juckreiz.

Fiona würgte ein Schluchzen herunter. Warum hatten sie sie nicht einfach getötet? Warum? Sie hatten die Chance gehabt. Mehr als ein Mal. Sie konnte keinen klaren Gedanken mehr fassen. Sie holte tief Luft. Sie musste aufhören, so zu denken. Sie wusste, dass Hunter sie nicht im Dschungel zurücklassen würde, und wenn er sie nicht zurücklassen würde, würde keiner von ihnen so bald hier herauskommen, vielleicht niemals. Das könnte sie mit ihrem Gewissen nicht vereinbaren. Fiona holte tief Luft, um sich zu sammeln und sich nicht der Verzweiflung hinzugeben, die versuchte, sie in den Abgrund zu ziehen. Dann begann sie erneut, rückwärts zu zählen ... diesmal von zweitausend.

Cookie beobachtete Fiona. Sie hatte nicht geschlafen. Er konnte sehen, wie sich ihre Lippen bewegten. Endlich bemerkte er, dass sie zählte. Zur gleichen Zeit hörte er Julie böse sagen: »Das ist alles, was sie tut, seit wir aus diesem verdammten Gebäude raus sind. Sie zählt rückwärts. Es treibt mich noch in den Wahnsinn.«

Cookie sah Julie nur ungläubig an. Sie konnte doch nicht wirklich so gefühllos sein, oder?

»Was? Es ist so!«, verteidigte sich Julie, nachdem sie den Ausdruck auf Cookies Gesicht gesehen hatte, verstummte aber bei seinem anhaltenden bösen Blick.

Ja, sie konnte tatsächlich so gefühllos sein. Cookie wusste, dass sie nicht länger warten konnten. Es war Zeit, sich wieder auf den Weg zu machen. Er stand auf und wollte rübergehen, um Fiona zu helfen, aber sie hatte sich bereits allein aufgesetzt. Sie hatte mitbekommen, dass er aufgestanden war, und wusste, dass es Zeit war aufzubrechen. Die erbärmliche kleine Gruppe sammelte ihre Habseligkeiten ein und machte sich wieder auf den Weg.

Ein paar Stunden später begann Fiona, einen Brechreiz zu verspüren. Außer ein paar Bissen von einem Müsliriegel hatte sie keine feste Nahrung im Magen, die sie hätte erbrechen können, aber ihr Körper versuchte, alles wieder loszuwerden, was sie zu sich genommen hatte. Sie blieb mitten auf dem Weg stehen und würgte. Sie hatte versucht, es zu unterdrücken, aber es war unmöglich. Die Würgegeräusche, die sie machte, waren schrecklich.

Julie sprang zur Seite und schrie: »Ekelhaft!«

Es tat Cookie nicht leid, dass er Julie gerettet hatte, schließlich war sie auch ein Mensch und eine Frau, aber er *wünschte* sich, dass sie für eine verdammte Sekunde still sein würde. Offensichtlich war sie verwöhnt und kümmerte sich nur wenig um die Logistik, der es bedurfte, um gerettet zu werden. Cookie dachte nicht weiter darüber nach. Wahrscheinlich hatte er es schon mit Gefangenen zu tun gehabt, die sich schlechter benommen hatten als Julie, aber wenn er Julies Verhalten mit dem von Fiona verglich, fiel es ihm schwer, Sympathie für Julie zu entwickeln.

Cookie ging zu Fiona. Sie wedelte mit der Hand, als wollte sie ihn abwehren, aber er nahm einfach ihre

Hand und kam näher. Er führte sie weg von Julie und hielt sie aufrecht, während sich ihr Magen verkrampfte.

Fiona war so verlegen, dass sie nichts weiter wollte, als sich auf den Dschungelboden zu legen und zu sterben, aber sie konnte nicht. Sie holte tief Luft und richtete sich mit Hunters Hilfe auf.

»Mir geht es gut«, flüsterte sie. »Wir müssen weitergehen.«

»Jesus, Fee, du musst eine Sekunde verschnaufen. Ich bin bei dir.«

Wenn sie noch einen einzigen Tropfen Extraflüssigkeit in ihrem Körper gehabt hätte, hätte Fiona geweint. Sie zitterte und lehnte sich gegen Hunter. Er hielt sie seitlich, falls sie sich noch einmal übergeben musste, aber sie wusste, dass sie fertig war ... für den Moment.

Cookie beugte sich vor und sah Fiona in die Augen. »Ich wünschte, ich könnte dir diese Last abnehmen.«

Fiona konnte nur leise sagen: »Das würde ich meinem schlimmsten Feind nicht wünschen.«

Cookie fuhr mit seiner Hand über Fionas Kopf und strich ihr Haar zurück. Wortlos beugte er sich vor und küsste sie leicht auf den Kopf, bevor er leise fragte: »Bereit?«

Fiona nickte kurz und entschied, dass sie im Moment nicht darüber nachdenken konnte, was Hunter tat. Vielleicht würde sie sich später an seine

Berührung und seinen Kuss erinnern und sein Verhalten analysieren. Aber vorerst musste sie sich darauf konzentrieren, aufrecht zu stehen und weiterzugehen. Um Hunters willen.

Cookie wusste, dass Fiona recht hatte, als sie sagte, dass sie weitergehen mussten, aber er war nicht glücklich darüber. Sie brauchte sofortige medizinische Versorgung. Aber das würde nicht so schnell passieren. Er hatte nicht vorgehabt, sie zu küssen, aber er hatte sich nicht zurückhalten können. Cookie wollte Fiona in die Arme nehmen und sie an einen sicheren Ort bringen, aber das war nicht so einfach. Er hatte sich selbst mit der Liebkosung durch seine Hand und den flüchtigen Kuss darüber hinweggetröstet.

Als sie schließlich weitergingen, ging Cookie neben Fiona, diesmal mit seinem Arm um ihre Taille geschlungen. Sie mussten noch einige Male anhalten, sobald sie wieder würgen musste. Schließlich entschied Cookie, dass sie für diesen Tag weit genug gegangen waren. Sie lagen gut in der Zeit, um pünktlich zum Evakuierungspunkt zu gelangen, also hielt er an und richtete das Nachtlager her. Sie hatten ihr Ziel von acht Kilometern erreicht. Insgeheim hatte er allerdings gehofft, dass sie heute etwas weiter kommen würden, damit sie es morgen nicht mehr so weit hätten.

Nachdem Cookie Julie versorgt hatte und sie sich Gott sei Dank nicht weiter an ihn klammerte, sondern für den Moment zufrieden war, dass sie sicher untergebracht waren, ging er zu Fiona. Sie hatte sich kaum gerührt, seit er sie auf dem Boden abgesetzt hatte, und er machte sich Sorgen um sie.

Sie hatte auch nichts gegessen und wollte es ihren eigenen Worten nach auch nicht »verschwenden«, wenn sie es gleich wieder erbrechen würde, sobald sie etwas zu sich nahm. Cookie wusste nicht genau, was ihn so sehr dazu bewegte, an Fionas Seite sein zu wollen. Nun, eigentlich *wusste* er es doch. Es waren ihr Mut und ihre innere Stärke.

Cookie hatte das schon einmal mit Caroline erlebt. Als Wolfs Frau von Terroristen entführt und mit gefesselten und mit Gewichten beschwerten Füßen über Bord geworfen worden war, war er es gewesen, der mit dem lebensrettenden Sauerstoff zu ihr getaucht war, während Wolf und der Rest des Teams die Terroristen ausschalteten. Cookie war damals beindruckt gewesen von Carolines Standhaftigkeit und Willensstärke und er war es auch heute noch. Er kannte niemanden wie sie – bis jetzt.

Cookie hatte sich selbst versprochen, sollte er jemals jemanden wie Caroline treffen, würde er sie festhalten und niemals wieder gehen lassen. Als Cookie dieses stille Gelübde ablegte, hatte er nicht wirklich damit gerechnet, eine andere Frau zu finden, die er so sehr bewundern würde wie Caroline. Es war aber nicht wirklich Bewunderung, die er für Fiona empfand.

Cookie war auf Befreiungsmissionen gewesen, die viel schlimmer waren als diese. Kugelhagel war das Schlimmste, aber meistens bestand die Schwierigkeit darin, dass die geretteten Personen keine innere Stärke besaßen. Cookie und sein Team machten es ihnen natürlich nie zum Vorwurf, schließlich war eine Entführung niemals eine einfache Erfahrung, aber die Tatsache, dass diese Frau, die länger in Haft gewesen war als alle, die er jemals zuvor gerettet hatte, mit den Folgen des Drogenentzugs zu kämpfen hatte und wusste, dass sie nur gerettet wurde, weil er für jemand anderen geschickt worden war ... brachte ihn dazu, sie zu respektieren. Respekt und Stolz. Das war es, was er für diese Frau empfand.

Es gab nur sehr wenige Menschen in Cookies Leben, die er wirklich respektierte. Die Tatsache, dass er Fiona erst seit zwei Tagen kannte und bereits Respekt für sie empfand, sagte viel über sie aus. Außerdem war er auch verdammt stolz auf sie. Fiona behauptete sich in einer schrecklichen Situation. Sie hatte eine verdammte Medaille verdient. Cookie setzte sich neben sie.

Fiona war wie immer zu einer Kugel zusammengerollt. Die Frau stank zum Himmel, war voller Dreck und Schmutz und trug einen Metallkragen um den Hals. Trotzdem wollte Cookie so nahe wie möglich bei ihr sein, um ihr Trost zu spenden. Um sie wissen zu lassen, dass sie nicht allein war. Vermutlich sollte er das nicht tun, besonders während Julie sie von der anderen Seite mit ihren Blicken tötete, aber er konnte nicht anders, als dieser Frau zu helfen.

Fiona spürte, wie Hunter sich neben ihr auf den Boden legte und sie in die Arme nahm. Er drückte sich von hinten gegen ihren Rücken und versuchte, sie nicht zu bewegen. Sie war immer noch zu einer Kugel zusammengerollt, aber sie schmiegte sich besser an seinen Körper, als sie es jemals von einem Mann erwartet hätte. Fiona war ziemlich groß für eine Frau, ungefähr einen Meter und fünfundsiebzig Zentimeter, und hatte nie zuvor einen Mann gekannt, der so gut zu ihr »passte« wie Hunter.

Fiona wusste, dass Hunter spürte, wie sie zitterte, aber sie konnte es nicht unterdrücken.

Cookie fühlte sich hilflos. Er war ein Navy SEAL. Er konnte fast jedes Problem lösen, das sich ihm stellte. Er konnte die gefährlichsten Verbrecher bekämpfen, durch den breitesten Ozean schwimmen, vom Himmel fallen und schießen, aber er konnte nichts für diese Frau tun, die zitternd in seinen Armen lag. Nicht eine verdammte Sache. Es blieb ihm nur, mit ihr zu reden.

»Du machst das gut, Fee.«

Fiona schüttelte den Kopf. »Ich glaube nicht, dass ich es schaffen werde, Hunter«, flüsterte sie ängstlich, als würde es irgendwie wahr werden, wenn sie es lauter sagte.

»Willst du mich veräppeln? Du hast es schon geschafft.«

»Worüber redest du? Hast du gestern vielleicht einen verdorbenen Pilz gegessen?« Fiona versuchte, mit Hunter zu scherzen. Wenn sie nicht versuchen würde zu scherzen, müsste sie wahrscheinlich weinen.

Cookie fuhr Fiona mit der Hand über den Kopf und wischte ihr dabei den Schweiß von der Stirn. »Du bist echt lustig. Ich meine, du hast es geschafft, diesen Arschlöchern zu entkommen. Das war der schwierigste Teil. Der Rest ist ein Kinderspiel.«

Fiona schloss die Augen und sprach ihre größte Angst aus: »Was ist, wenn ich durchdrehe und du meinetwegen draufgehst?«

Cookie brach es das Herz. Fiona hatte nicht gesagt: »Was ist, wenn ich durchdrehe und sie mich zurückholen?« Sie machte sich mehr Sorgen um ihn. Herr im Himmel!

»Du wirst nicht durchdrehen, Fee.«

»Das weißt du nicht.«

Cookie stützte sich auf einen Ellbogen und drehte ihren Kopf gerade weit genug herum, sodass er Fiona in die Augen sehen konnte. »Ich weiß, dass wir uns gerade erst kennengelernt haben, aber ich kenne dich bereits gut genug, um zu wissen, dass du durchhalten wirst, bis wir in Sicherheit sind. Ich *weiß*, dass du es schaffen wirst.« Cookie beobachtete, wie Fiona die Augen schloss, fuhr aber fort und berührte mit seiner Hand ihr Gesicht. »Und selbst wenn du dich nicht länger kontrollieren kannst und durchdrehst, wirst du mich dadurch nicht umbringen, und ich werde nicht zulassen, dass sie dich zurückbringen. Das schwöre ich dir.«

»Ich will nicht, dass du meinetwegen verletzt wirst, Hunter. Du bist so viel wertvoller als ich.«

Cookie konnte es nicht mehr ertragen. Jedes Mal wenn er versuchte, Fiona zu beruhigen, fiel ihr etwas anderes ein. Das machte ihn fertig.

»Schhhh, Fee. Ruh dich aus. Du bist bei mir sicher. Entspann dich.«

Sie lagen noch eine Weile auf dem Boden. Cookie wusste, dass Fee nicht schlief. »Was zählst du?«, fragte er sie unerwartet.

»Was?«, stammelte Fiona verlegen. Sie hatte nicht bemerkt, dass Hunter ihr leises Zählen gehört hatte. Es war das Einzige, was sie während ihrer Gefangenschaft bei Verstand gehalten hatte. Und jetzt war es das Einzige, das sie davon abhielt, aufgrund des Drogenentzugs durchzudrehen.

»Ich weiß, dass du gezählt hast, um dich abzulenken«, sagte Cookie leise. »Lass mich helfen.«

»Wirklich, Hunter«, sagte Fiona, »du solltest dich selbst etwas ausruhen ... außerdem rieche ich schrecklich und du hast andere Sorgen ...«

Cookie unterbrach sie. »Was zählst du?« Seine Worte waren hart und unerbittlich.

Fiona seufzte. Sie wusste nicht, wie es sie ablenken sollte, wenn Hunter ebenfalls zählte, aber sie sagte es ihm schließlich. »Normalerweise beginne ich einfach bei tausend und zähle rückwärts. In letzter Zeit fange ich aber bei zweitausend an.«

Cookie sagte nichts, sondern beugte sich vor, küsste sie auf die Schläfe und drückte einen Moment seine Lippen auf ihre Haut. Dann legte er seine Lippen an ihr Ohr und begann, leise zu zählen. »Zweitausend, eintausendneunhundertneunundneunzig, eintausendneunhundertachtundneunzig …«

Fiona zählte im Kopf mit und ihr gefiel der leise, grollende Klang von Hunters Stimme. Sie war tief, sanft und beruhigend. Bald fiel ihr erschöpfter Körper in einen unruhigen Schlaf, während Hunters Stimme in ihrem Kopf immer weiterzählte.

KAPITEL SECHS

Am nächsten Morgen wachte Cookie früh auf. Er genoss das Gefühl von Fiona in seinen Armen, selbst in ihrer gegenwärtig nicht so guten Situation. Er hasste es, sie aufwecken zu müssen und dass sie einen weiteren harten stundenlangen Fußmarsch durch den Dschungel vor sich hatten. Fiona hatte ihm mit ihren Worten am vergangenen Abend fast das Herz gebrochen. Sie versuchte verzweifelt, durchzuhalten und mutig zu sein, aber Cookie merkte, dass es ihr schwerfiel.

Die Situation war alles andere als ideal. Fiona war nicht in Bestform, wobei das eine hoffnungslose Untertreibung war, aber Cookie fühlte sich trotzdem zu ihr hingezogen. Sogar stinkend, verschwitzt, voller Dreck und unter dem Entzug von weiß Gott was für Drogen fand Cookie sie einfach beeindruckend. Er rutschte langsam zur Seite, nahm seinen Arm von Fionas Taille und stand auf. Cookie strich eine Haarlocke von Fionas Wange und steckte sie sanft hinter ihr Ohr, dann drehte er sich um, um sich auf den Tag vorzubereiten. Cookie wusste, dass sie noch einen anstrengenden Marsch vor sich hatten, bevor sie den Evakuierungsort erreichten, und wollte die Frauen etwas länger schlafen lassen, bevor er sie wecken musste.

Nachdem er so lange wie möglich gewartet hatte, weckte Cookie sie schließlich auf. Julie war gereizt und hatte kein Problem damit, es Cookie spüren zu lassen. Sie schimpfte über den harten Boden, den Mangel an gutem Essen, sogar darüber, dass sie keine verdammte Toilette hatten. Cookie ignorierte sie, so gut er konnte. Er musste nur noch einen Tag durchhalten, bevor sich jemand anderes mit ihr abgeben musste. Es war nicht nett, so über sie zu denken, nach allem, was sie durchgemacht hatte, aber er konnte sich nicht helfen.

Nachdem Fiona aufgestanden war, hatte Cookie den Eindruck, dass sie tatsächlich ein bisschen besser aussah als am Vortag, aber sie war nach wie vor weit davon entfernt, gut auszusehen. Er konnte immer noch sehen, wie ihre Hände zitterten. Sie hatte einen halben Müsliriegel bei sich behalten können und Cookie betrachtete das als gutes Zeichen. Langsam gingen ihm die Vorräte aus, aber hoffentlich würde das heute Abend keine Rolle mehr spielen. Auf keinen Fall würde Cookie Fiona wissen lassen, dass nur noch ein einziger Müsliriegel übrig war. Sie hätte darauf bestanden, dass er oder Julie ihn aßen, obwohl es offensichtlich war, dass sie diejenige war, die die Nährstoffe am meisten brauchte.

Fiona war froh, dass sie etwas hatte essen können, ohne es sofort wieder erbrechen zu müssen. Sie hoffte, dass sie die schlimmsten Entzugserscheinungen langsam überstanden hatte, war sich aber noch nicht sicher. Sie roch immer noch schrecklich und sah höchstwahrscheinlich aus wie ein Flüchtling aus einem Drittweltland. Fiona war froh, keinen Spiegel zu haben. Sie glaubte nicht, dass sie ihr Spiegelbild in naher Zukunft ertragen könnte. Außerdem war sie mit Insektenstichen übersät. Es juckte wahnsinnig. Die Flip-Flops an ihren Füßen waren ebenfalls nicht besonders förderlich, aber Fiona wusste, dass sie keine andere Wahl hatte. Hunter hatte versucht, ihre Füße mit Klebeband zu umwickeln, bevor sie gestern losgegangen waren, aber es hatte nicht sehr lange gehalten. Sie hatte Blasen zwischen den Zehen, weil das Plastik der Flip-Flops die Haut wund gerieben hatte, aber ehrlich gesagt war das im Moment ihr geringstes Problem. Fiona hatte Hunter absichtlich nicht gefragt, wie lange sie heute laufen mussten, weil sie es nicht wissen wollte.

Nach der Mittagspause teilte Cookie den Frauen mit, dass sie sich jetzt auf den gefährlichsten Teil ihres

Marsches begeben würden. Es gab schließlich einen Grund, warum Plan B nur die zweite Wahl war. Erstens war der Treffpunkt viel weiter vom Lager der Entführer entfernt und zweitens befand er sich in einem dichter besiedelten Gebiet in der Nähe eines bekannten Drogenumschlagplatzes. Sie mussten versuchen, so leise wie möglich zu sein, und durften nicht reden, es sei denn, es war absolut notwendig. Cookie sagte ihnen, sie sollten aufpassen, wohin sie treten, und versuchen, so wenig Geräusche wie möglich zu machen. Er glaubte nicht, dass sie sich Sorgen machen müssten, so weit entfernt noch von den Entführern gefasst zu werden, aber auf keinen Fall wollte er auf der Flucht vor den Sexhändlern am Ende von Drogenhändlern aufgegriffen werden.

Nach einigen langen, stummen Stunden des Marsches blieb Cookie schließlich stehen. »Okay, meine Damen, hier ist der Plan«, sagte er leise. »Der Hubschrauber sollte in ungefähr einer Stunde hier sein. Wir müssen jetzt die Stellung halten und warten. Ihr könnt euch ausruhen und so viel Kraft wie möglich tanken. Wenn der Hubschrauber in Reichweite kommt, müsst ihr auf alles vorbereitet sein. Wenn irgendetwas passiert, und ich meine *irgendetwas*, müsst ihr beide so schnell wie möglich zu diesem Hubschrauber gelangen. Ich werde euch den Rücken frei halten und dafür sorgen, dass ihr sicher dort ankommt. In Ordnung?«

Wie erwartet nickte Julie sofort enthusiastisch und stimmte allem zu, solange es sie aus dem Dschungel brachte. Fiona war nicht so schnell mit dem Plan einverstanden. Irgendwie hatte Cookie geahnt, dass sie protestieren würde.

Fiona hatte sich im Laufe des Tages etwas besser gefühlt. Jetzt, wo sie anhielten, um auf den Hubschrauber zu warten, stand sie aber wieder etwas wackelig auf den Beinen. Ihr gefiel nicht, was Hunter gesagt hatte, und sie ließ es ihn unverblümt wissen. »Nein, nicht in Ordnung«, sagte sie trotzig.

»Halt die Klappe«, zischte Julie gemein, ohne darauf zu warten, dass Cookie etwas sagen konnte. »Er ist *meinetwegen* hier. Ohne *mich* wärst du nicht einmal gerettet worden. Also lass ihn seinen Job machen und halt zum Teufel noch mal den Mund!«

Fiona sah Julie ungläubig an. »Das stimmt. Ohne Hunter wärst *du* immer noch in diesem stinkenden Verließ oder bereits auf dem Weg, als Sexsklavin verkauft zu werden. Und jetzt hast du keine Skrupel, ihn für dich *sterben* zu lassen?«

Ohne auf eine Antwort auf diese offenbar rhetorische Frage zu warten, drehte Fiona sich zu Hunter. »Nun sind wir schon so weit gekommen, es kommt gar nicht infrage, dass wir dich jetzt zurücklassen. Sag uns, wonach wir Ausschau halten sollen, und wir können dir helfen.«

Cookie schüttelte den Kopf und versuchte, in

einem ruhigen, aber bestimmten Ton zu sprechen. Er konnte nicht leugnen, dass es sich gut anfühlte, wenn Fiona sich für ihn einsetzte, auch wenn er es nicht nötig hatte. Nicht viele Frauen hätten den Mut, für ihn zu kämpfen. Zumindest keine, an die er sich in jüngerer Vergangenheit erinnern konnte.

»Nein, Fiona, so funktioniert das nicht. Ich bin hier der Profi, nicht du. Du wirst meine Anweisungen befolgen und ohne weitere Fragen in diesen Hubschrauber einsteigen. Ich kann mit jeder Situation umgehen, die sich hier ergibt. Ich bin ein Navy SEAL, ein Berufssoldat. Wenn ich weiß, dass ihr in Sicherheit seid, kann ich mich besser konzentrieren. Ohne euch an meiner Seite habe ich bessere Chancen.«

Seine Worte taten ihr weh, aber Fiona wusste, dass Hunter die Wahrheit sagte. Sie wollte aber noch nicht aufgeben.

Bei dem störrischen Blick in ihren Augen senkte Cookie die Stimme etwas. »Fee, das ist nicht meine erste Mission. Ich weiß, was ich tue. Selbst wenn es dazu kommt, dass ich aus irgendeinem Grund nicht in diesen Hubschrauber einsteigen kann, weiß ich, was zu tun ist. Ich werde mich verstecken und warten, bis meine Teamkameraden zurückkehren und mich rausholen. Und sie *werden* zurückkommen, um mich rauszuholen. SEALs lassen niemals einen anderen SEAL zurück. Es ist viel einfacher für mich, mich allein zu verstecken und abzuwarten, als wenn ich mich auch noch um dich oder Julie kümmern müsste.«

Fiona hörte, was Hunter sagte, aber es gefiel ihr nicht. Nun, Hunter konnte sagen, was er wollte. Sie würde ihn nicht im Dschungel zurücklassen, wenn sie es irgendwie verhindern konnte, auch wenn sein Team für ihn zurückkehren würde. Fiona wusste, wie es war, zurückgelassen zu werden, und sie hatte sich geschworen, dass sie niemals jemanden im Stich lassen würde.

Die Zeit verging langsam. Die Stunde, die sie warten mussten, war eine der längsten Stunden in Fionas Leben. Endlich, *endlich* hörten sie das Geräusch eines Hubschraubers näher kommen.

»Es geht los«, war alles, was Cookie sagte. Er marschierte ihnen voran durch den Dschungel und hackte auf dem Weg die Äste und das Gebüsch herunter. Er achtete nicht mehr darauf, leise zu sein, denn er wollte sie so schnell wie möglich zur Landezone bringen.

»Es ist ungefähr einen halben Kilometer geradeaus durch die Bäume in diese Richtung«, hatte er ihnen zuvor gesagt und dabei nach Westen gezeigt. »Kein Problem.«

Es *wurde* jedoch zu einem Problem. Sobald der Hubschrauber in Hörweite war, wurden ganz offensichtlich auch die Drogenschmuggler darauf aufmerksam. Obwohl sie nicht genau wussten, wo er landen würde, hatten sie eine ziemlich sichere Vermutung, da es in der Umgebung nicht sehr viele Orte gab, an denen sich der Hubschrauber sicher dem Boden nähern konnte.

Als Cookie, Julie und Fiona endlich die Lichtung erreichten, von der sie abgeholt werden sollten, brach dort das Chaos aus. Die Drogenhändler hatten das Gebiet zur gleichen Zeit erreicht, sie entdeckt und das Feuer auf sie eröffnet. Cookie zögerte nicht, das Feuer zu erwidern. Das laute Geräusch der Schüsse erschreckte Fiona.

Im Vergleich zu der Stille, in der sie die ganze Zeit unterwegs gewesen waren, war der Lärm unerträglich. Cookies Teamkollegen begannen, aus dem Hubschrauber heraus das Deckfeuer zu eröffnen. Sie gaben Cookie ein Zeichen und er brachte Julie und Fiona zu einer kleinen Öffnung zwischen den Bäumen. Es würde schwierig werden. Sie mussten auf eine Leiter klettern, die herabgelassen wurde, um hochgezogen zu werden. Der Hubschrauber konnte nicht landen und sie mussten in Deckung bleiben, während sie an Bord geholt wurden.

Julie war zuerst dran. Cookie und Fiona bezogen Deckung in einem dichten Gebüsch. Cookie schoss in die Richtung, in der sich die Drogenschmuggler im Dschungel um sie herum versteckt hatten. Er hatte seinen Rucksack abgenommen, um mehr Bewegungsfreiheit zu haben.

Es dauerte eine Weile, bis Julie auf der Leiter Halt

gefunden hatte. Fiona wollte frustriert aufschreien. Warum hielt sie sich nicht einfach an dem verdammten Ding fest und ließ sich hochziehen? Cookie ging langsam die Munition aus, er hatte nicht unbegrenzt viele Kugeln. Sie wussten beide, dass Julie verletzt werden könnte, sollte er das Feuer einstellen müssen.

Auch wenn Cookie es hätte besser wissen sollen, war er überrascht, als Fiona ihm seine zweite Pistole nachgeladen hinüberschob und ihm zurief: »Hier!« Sie hatte die Pistole unbemerkt nachgeladen, während er mit seiner anderen Waffe weiter gefeuert hatte. Cookie sagte nichts, sondern ergriff die Pistole und schoss weiter.

Fiona lud die Pistole nach, die Hunter ihr gerade gegeben hatte. Ihre Hände zitterten stark, daher war es schwierig, aber sie wusste, dass Hunter sich konzentrieren musste, sonst wären sie alle bald tot. Sie wusste, wie man Pistolen lädt und schießt, weil sie während ihrer Zeit in El Paso beschlossen hatte, selbst für ihren Schutz zu sorgen. Sie hatte alleine gelebt und musste sicher gehen, dass sie mit einer Waffe umgehen konnte, um sich zu schützen. Sie hatte einen Kurs zum sicheren Umgang mit Waffen besucht und besaß selbst eine Pistole. Diese einfache Entscheidung, die sie vor so langer Zeit getroffen hatte, zahlte sich jetzt aus.

Schließlich hatte Julie es in den Hubschrauber und in Sicherheit geschafft. Fiona hatte nicht gesehen, wie sie hochgezogen wurde. Sie hatte sich darauf konzentriert, die Waffe nachzuladen. Es war wahrscheinlich besser so. Wenn sie es gesehen hätte, hätte es sie vielleicht erschreckt.

Plötzlich war es so weit und Fiona war an der Reihe. Ohne ein Wort zu verlieren, schob Cookie sie nach vorne, um sie zur Leiter zu bringen, als er plötzlich nach hinten fiel.

Fiona sah entsetzt hinunter. Hunter lag auf dem Boden und irgendwo aus seiner Brust kam Blut. Er war angeschossen worden!

Fiona sah sich schnell um und traf in Sekundenschnelle eine Entscheidung. Hunter musste leben, verdammt. Er hatte es nicht verdient, hier in diesem verfluchten Dschungel zu sterben. Er hatte sein Leben für Julie und sie riskiert und sie würde ihn nicht zum Sterben hier zurücklassen. Fiona wusste, dass sie niemals damit leben könnte, sich selbst in Sicherheit zu bringen und Hunter blutend auf dem Boden zurückzulassen. Sie hatte gesehen, wie Julie sich an der Leiter festgeschnallt hatte, und dachte, dass sie das Gleiche mit Hunter machen könnte ... aber er müsste ihr dabei helfen. Sie konnte ihn nicht tragen.

Verzweifelt schüttelte sie ihn. »Steh auf, Hunter, steh auf!« Nachdem sie ihn noch ein paar Mal angeschrien hatte, bewegte er sich schließlich benommen.

Fiona versuchte weiter, ihn aufzurichten und ihn zum Aufstehen zu bewegen. »Hunter, wir müssen zum

Hubschrauber. Ich brauche deine Hilfe.« Sie appellierte an den Soldaten in ihm, dessen Job es war, Menschen zu retten. »Bitte, du musst mir helfen, zur Leiter zu kommen«, flehte Fiona und hoffte, dass die Verzweiflung in ihrer Stimme ihn überzeugen würde.

Und das tat sie. Mit Fionas Hilfe kam Hunter wieder auf die Füße und mit ihrem Arm um seine Taille stolperte er neben ihr zu der herabhängenden Leiter. Fiona versuchte, mit einer Hand Hunter festzuhalten, während sie mit der anderen willkürlich Schüsse aus seiner Pistole abfeuerte. Sie wusste, dass sie niemanden treffen würde, hoffte aber, dass der Kugelhagel die Verbrecher davon abhalten würde, ihre Deckung aufzugeben. Hunters Teamkollegen im Hubschrauber schossen ebenfalls fieberhaft um sich und versuchten somit, das Gewehrfeuer der Drogenhändler zu unterdrücken. Fiona hoffte, dass sie ihrem Ruf als gute Schützen alle Ehre machten. Nach allem, was sie durchgemacht hatte, wäre es sehr ärgerlich, von einer fehlgeleiteten Kugel getötet zu werden.

Nach einer gefühlten Ewigkeit, die tatsächlich aber nur etwa zehn Sekunden gedauert hatte, erreichten sie die Leiter. »Hilf mir, Hunter«, flehte Fiona ihn erneut an. »Du musst die Leiter für mich festhalten, damit sie stabil genug ist.«

Fiona machte ihm natürlich nur etwas vor, um ihn nahe genug an die erste Sprosse zu bekommen, damit sie ihn festschnallen konnte. »Stell dich auf die

Sprosse, Hunter.« Sie sah, wie er blind auf die Leiter stieg. Schnell legte Fiona das Seil um seinen Rücken und befestigte es wieder an der Leiter. Es war nicht sehr fest und würde ihn wahrscheinlich nicht halten, wenn er auf dem Weg nach oben ohnmächtig wurde, also betete sie, dass er in der Lage sein würde, sich für die kurze Zeit festzuhalten.

»Halt dich fest«, flehte Fiona Hunter verzweifelt an. »Für mich! Halt dich fest und lass nicht los.« Bei ihren Worten schien Hunter für einen Moment klarer zu werden und während seine Kameraden ihn hochzogen, versuchte er, nach ihrer Hand zu greifen.

Fiona trat aus dem Weg und rannte zurück in Richtung der Bäume, wo sie sich versteckt hatten. Sie hörte ihn fluchen, als er zum Hubschrauber hochzogen wurde.

»Gott sei Dank«, schluchzte Fiona, während sie immer noch blind Schüsse aus seiner Pistole abfeuerte. Gerade als sie die letzte Kugel abschoss, sah sie, wie Hunter auf wundersame Weise den Hubschrauber erreichte und von mehreren Händen hineingezogen wurde. Die Drogenhändler hatten sich schließlich aufgrund der Feuerkraft aus dem Hubschrauber zurückgezogen.

Fiona war sich nicht sicher, was die Männer im Hubschrauber jetzt tun würden. Sie wusste, dass sie nicht damit gerechnet hatten, mehr als zwei Personen zu retten. Sie wusste nicht einmal, ob sie noch Platz für sie hätten. Aber sie mussten gesehen haben, wie sie Hunter auf die Leiter geholfen hatte. Sie mussten gesehen haben, dass sie nicht zu den Feinden gehörte. Fiona wünschte sich sehnlicher als alles andere, dass die Leiter ein weiteres Mal für sie heruntergelassen würde, aber sie hatte keine Ahnung, wie viel Gewicht der Hubschrauber tragen konnte und ob es überhaupt möglich war, dass Hunters Teamkollegen sie retteten.

Fiona griff nach Hunters Rucksack und wollte ihn sich über den Rücken werfen, wie sie es immer bei ihm gesehen hatte, fiel bei dem Versuch jedoch fast rückwärts über. Das Ding war verdammt schwer! Sie hatte keine Ahnung, wie Hunter ihn so weit hatte tragen können, ohne dass es ihm etwas ausgemacht hatte. Einerseits wollte Fiona ihn dort stehen lassen, wo Hunter ihn abgestellt hatte. Sie fühlte sich ehrlich gesagt nicht stark genug, ihn zu tragen. Sie wusste aber, dass sie ihn nicht zurücklassen konnte. Fiona vermutete, dass sich wahrscheinlich elektronische Geräte und andere streng geheime Dinge darin befanden.

Außerdem wusste sie nicht, ob etwas darin war, das eventuell Hunters Identität verraten könnte, und sie wollte auf keinen Fall, dass jemand vielleicht Vergeltung an ihm üben würde. Sie hatte keine Zeit, den ganzen Rucksack zu durchsuchen, um sicherzugehen. Auf keinen Fall wollte sie, dass diese Drogendealer in Mexiko herausfanden, wer Hunter war, und ihm möglicherweise in die Staaten folgten. Sie hatte keine Ahnung, wie wahrscheinlich das war, sie hätte aber auch niemals damit gerechnet, entführt und als Sexsklavin verkauft zu werden.

Fiona legte den Rucksack auf den Boden und legte sich mit dem Rücken darauf. Sie schob die Arme durch die Gurte und bemühte sich aufzustehen. Sie schob ihre Füße zur Seite und rutschte herum. Schließlich schaffte sie es, die Beine unter ihren Körper zu bekommen, und rappelte sich mit Hilfe eines Baumes in der Nähe unter Schmerzen auf. Sie stolperte nach hinten, aber zum Glück stand dort ein Baum, der sie davon abhielt umzufallen. Fiona verlagerte ihr Gewicht nach vorne, bis sie ihr Gleichgewicht fand.

Sie blickte nervös zu dem Hubschrauber zurück, der immer noch über ihr schwebte. Es war Zeit für die Millionen-Dollar-Frage. Würden sie sie zurücklassen? Sie hatten ihren Mann und die gerettete Geisel, wegen der sie ursprünglich gekommen waren. Sie hatten ihre Mission erfüllt. Würden sie sie auch retten? Oder war sie zu unwichtig?

Fiona hielt den Atem an. Wenn sie ohne sie davonflogen, okay, sie konnte jetzt nicht weiter darüber nachdenken, aber vielleicht ... nur vielleicht ... die Sekunden verrannen. Gerade als Fiona glaubte, der Hubschrauber würde abheben und sie im Dschungel allein zurücklassen, senkte sich die Leiter wieder. Gott sei Dank! Fiona schluchzte fast vor Erleichterung, als sie realisierte, wie knapp die ganze Sache gewesen war. Diese Leiter bedeutete für sie buchstäblich Leben oder Tod. Fiona würgte ein Schluchzen herunter. Jetzt war weder die richtige Zeit noch der richtige Ort, um zusammenzubrechen. Sie musste es noch nach oben bis in den Hubschrauber schaffen.

KAPITEL SIEBEN

Fiona taumelte auf die Leiter zu und kämpfte gegen den durch die Rotorblätter des Hubschraubers verursachten Wind an. Wegen des schweren Rucksacks auf ihrem Rücken war sie nicht in der Lage, geradeaus zu gehen. Sie versuchte auch weiterhin, willkürlich Schüsse auf die Drogenhändler abzugeben, aber sie hatte fast keine Munition mehr. Fiona dachte, dass sie erbärmlich aussehen musste, doch sie interessierte sich nur dafür, aus diesem verdammten Dschungel herauszukommen.

Sie schaute nach oben. Männer hingen aus der offenen Helikoptertür und schossen mit ihren Waffen immer noch auf die Drogenschmuggler, aber Fiona nahm alles nur noch verschwommen war.

Nur noch ein kleines Stück, sagte Fiona zu sich selbst

und versuchte, sich so klein wie möglich zu machen, was wirklich lächerlich war, da sie einen riesigen Rucksack auf dem Rücken trug.

Schließlich erreichte Fiona die Leiter und packte sie, bevor sie vornüberfiel. Sie trat auf die erste Sprosse und hielt sich fest. Zusammen mit dem Rucksack war es unmöglich, das Seil um sich zu binden, also schlang sie einfach die Arme um beide Seiten der Leiter, vergrub den Kopf dazwischen und hoffte, dass Hunters Teamkollegen sie so schnell wie möglich hochziehen würden. Und das taten sie auch.

Fiona hörte, wie eine Kugel den Rucksack auf ihrem Rücken traf und glaubte, dass ihr Bein getroffen wurde, aber erstaunlicherweise tat es nicht weh. Ihr gesamter Körper war taub und zitterte von dem Adrenalinschub, als wären draußen Minusgrade und nicht fünfunddreißig Grad Hitze. Fiona vermutete, dass sie es im Moment nicht einmal gespürt hätte, wenn eine Kugel sie in den Kopf getroffen hätte.

Sie öffnete die Augen, um zu sehen, wie weit sie es bis hoch zum Hubschrauber geschafft hatte, und sah, dass sie bereits mit hoher Geschwindigkeit von der Lichtung wegflogen. Erschrocken holte sie tief Luft, kniff die Augen zusammen und betete, dass die Männer sie schnell in den Hubschrauber ziehen würden.

Nach einer scheinbaren Ewigkeit spürte Fiona, wie

jemand ihre Arme packte und sie förmlich ins Innere des Hubschraubers schleuderte. Sie suchte den Innenraum sofort nach Hunter ab. Er lag etwas weiter hinten in der kleinen Kabine und ein Mann in einem Tarnanzug leistete erste Hilfe.

Fiona sah sich nach Julie um, ihr schien es gut zu gehen. Sie saß an der Seite und hatte ihren Kopf an der Brust eines anderen Mannes in Tarnkleidung vergraben.

Die beiden Männer, die sie an Bord des Hubschraubers gezogen hatten, bedeuteten ihr mit ein paar Gesten, dass sie neben den Mann, der Julie tröstete, an die Seite kriechen sollte. Fiona deutete auf ihren Rücken. Sie wusste, dass sie sich mit Hunters Rucksack auf dem Rücken nicht bewegen konnte. Einer der Männer half ihr dabei, den Rucksack abzunehmen, als wären darin nur Federn, anstatt mindestens fünfzig Kilogramm Ausrüstung. Danach kroch sie zu der Stelle, auf die sie gezeigt hatten.

Es war zu laut, um sich zu unterhalten. Niemand würde sie hören können, wenn sie es trotzdem versuchte. Fiona sah, dass die Männer Headsets trugen, also nahm sie an, dass sie trotz des Lärms miteinander kommunizieren konnten. Sie sah, wie ihre Lippen sich bewegten, konnte aber nur den Rotor des Hubschraubers hören. Fiona war es egal. Sie war aus dem verdammten Dschungel entkommen und alle schienen in Ordnung zu sein. Im Moment war das alles, was ihr wichtig war.

Sie beobachtete, wie eines der Teammitglieder Hunters Schulter verband. Er war bewusstlos, aber zumindest schienen sie die Blutung stoppen zu können. Fiona wurde mit einem Schlag klar, dass sie in ihrem Leben noch nie so viel Angst gehabt hatte wie in dem Augenblick, in dem Hunter zu Boden ging und Blut aus seiner Brust sickerte. Nicht einmal, als sie gepackt und aus dem Schlaf gerissen worden war, um ... ja, nicht einmal dann. Zu sehen, wie Hunter angeschossen zu Boden fiel, war beängstigender gewesen als das. Fiona konnte nicht sagen warum, es war einfach so.

Der Hubschrauber flog weiter und weiter und landete schließlich auf einer unbefestigten Landebahn. Fiona sah ein kleines Flugzeug dort stehen und nahm an, dass sie damit weiterfliegen würden. Gerade als Fiona den Mut aufbringen wollte, um zu fragen, was los war, fiel Julie ihr ins Wort und stellte die Frage für sie.

»Wohin fliegen wir?«, fragte sie böse. »Ich dachte, ihr holt uns hier raus. Warum fliegen wir nicht weiter? Wo ist das Flugzeug meines Vaters?«

Der Mann, an den Julie sich geklammert hatte, antwortete: »Mach dir keine Sorgen, Julie, du wirst bald wieder zu Hause sein. Dein Vater wird sich freuen, dich wiederzusehen.«

Und damit fing Julie wieder an, dramatisch zu weinen.

Fiona wandte sich ab. Sie zog die Blicke eines anderen Mannes auf sich und musste ihre Frage loswerden. »Wie können wir ohne Reisepass in die USA zurückkehren?« Sie wollte nicht in dem Moment, in dem sie das Land verlassen wollten, alles ruinieren. Fiona hatte die Frage allgemein gestellt. Sie nahm an, dass sie *Julies* Pass wahrscheinlich dabeihatten, da sie damit gerechnet hatten, sie zu retten, aber sie wussten nicht einmal, wer Fiona war. Wie würde *Fiona* zurück in die USA kommen? Sie würden sie doch nicht einfach am Flughafen zurücklassen, oder? Sie hatte keine Ahnung, wie diese Dinge funktionierten, und wünschte, Hunter wäre bei Bewusstsein. Fiona wusste, dass er ihr alles erklären und sie sich danach besser fühlen würde.

»Nun, wir werden nicht auf die herkömmliche Art und Weise einreisen.« Der Mann musste sich ein Lachen verkneifen, als er antwortete.

Bei Fionas angeschlagenem Blick ergänzte er schnell: »Keine Sorge, alles wird gut.«

Fiona hielt den Mund. Was auch immer. Sie war froh, dass jemand anderes die Dinge handhabte. Sie glaubte nicht, dass sie noch viel länger durchhalten konnte, überlegte aber trotzdem, was sie als Nächstes tun sollte. Das Adrenalin ließ langsam nach und Fiona wurde wieder schlecht. Sie fühlte sich beschissen, ihr

Bein war verletzt, sie stank bis zum Himmel und sie konnte das Zittern ihrer Hände nicht mehr kontrollieren. Aber sie lebte. Hunter lebte. Das sollte im Moment genug sein.

Sie stiegen alle gemeinsam in das kleine Flugzeug um. Hunter lag hinten im Flugzeug auf einem kleinen Feldbett, während Julie und der Typ, den sie nicht loslassen wollte, vorne saßen. Zwei der Männer stiegen ins Cockpit, während die beiden anderen sich um Hunter kümmerten und sich schließlich selbst einen Platz suchten.

Fiona stieg in das Flugzeug und sah sich um, um zu entscheiden, wo sie sitzen sollte. Sie wollte nicht in der Nähe von Julie sitzen, soviel war klar. Das Gefühl beruhte auf Gegenseitigkeit. Sie wollte auch nicht zu weit weg von Hunter sitzen, um sichergehen zu können, dass es ihm gut ging. Aber sie wollte auch nicht in der Nähe der anderen Männer sitzen, weil sie wusste, wie abstoßend sie war. Sie stank und war voller Dreck. Fiona fühlte sich außerdem unwohl in Anbetracht der offensichtlichen Präsenz der Männlichkeit dieser SEALs. Testosteron strömte förmlich aus jeder ihrer Poren und jetzt, da Fiona aus dem Dschungel und der unmittelbaren Gefahr entkommen war, musste sie wieder daran denken, was die anderen Männer ihr während ihrer Gefangenschaft angetan hatten.

Fiona wusste auch, dass ein weiterer Kampf gegen

ihre Entzugserscheinungen bevorstand. Sie konnte das Zittern ihres Körpers nicht mehr wie zuvor kontrollieren. Außerdem tat ihr Bein weh, aber Hunter brauchte mehr Aufmerksamkeit als sie. Daher schwieg sie. Sie konnte sich später darum kümmern.

Der Flug dauerte ungefähr drei Stunden. Hunter war ein Mal aufgewacht und Fiona hatte gehört, wie er mit einem der Männer, der in seiner Nähe saß, gesprochen hatte. Sie hatte nicht gehört, worüber sie sich unterhielten. Da sie zu diesem Zeitpunkt aber ohnehin so tief in sich selbst versunken war, hätte es keinen Unterschied gemacht.

Fiona konnte das Zittern nicht mehr unterdrücken und während der letzten Stunde hatte sie sich mehrfach in die Tüte an der Rückseite des Sitzes vor ihr übergeben müssen. Sie vermutete, dass die Männer sie nur für reisekrank hielten, und das war in Ordnung für sie. Sie betete, dass Hunter ihnen nichts über die Drogen erzählt hatte. Fiona war es so schon peinlich genug. Wenn sie nur in ein Hotel oder irgendwohin kommen und einfach allein gelassen werden könnte, würde sie sich damit beschäftigen. Die Symptome würden schließlich von allein aufhören. Sie musste nur abwarten.

Cookie war hinten im Flugzeug aufgewacht. Er versuchte, sich aufzusetzen, wurde von Wolf und Dude aber zurückgehalten.

»Beruhige dich, Cookie, es ist alles okay«, sagte Wolf mit leiser, ruhiger Stimme.

Cookie hatte höllische Schmerzen, aber da war etwas, an das er sich erinnern musste.

Wolf sah die Verwirrung in seinen Augen und versuchte, ihn zu beruhigen. »Die Frauen sind in Sicherheit, keine Sorge. Du hast sie da rausgeholt. Ich weiß nicht genau, wer die zweite Frau ist, aber beide sind in Ordnung. Das schaffst auch nur du, Cookie, im Dschungel eine Frau aufzureißen!«

Das war es! Cookie packte Dude am Arm, als der sich über ihn beugte, um seine Schulterwunde zu überprüfen. Wolf beugte sich ebenfalls zu seinem Teamkollegen herunter, um zu hören, was er zu sagen hatte.

Cookie sah seine Teamkameraden fest an und sagte eindringlich: »Fee. Helft ihr, lasst sie nicht gehen.« Das war alles, was er herausbekam, bevor er wieder ohnmächtig wurde.

Dude legte Cookies Arm zurück an seine Seite. Er und Wolf sahen sich an und ihnen wurde klar, dass es Cookie um die zweite Frau ging. Sie hatten keine Ahnung, was im Dschungel passiert war, aber er machte sich insbesondere Sorgen um diese Frau, die er Fee genannt hatte, und nicht um Julie.

Auch wenn Cookie ihn nicht hören konnte, sagte Dude leise zu ihm: »Mach dir keine Sorgen, Cookie, wir kümmern uns solange um sie, bis du selbst nach ihr sehen kannst.«

Mit einem Poltern und quietschenden Rädern landete das Flugzeug. Fiona holte tief Luft. Das war's. Es war an der Zeit, mit ihrem Leben weiterzumachen. Sie wusste nicht, wo sie waren, aber sie würde es bald herausfinden. Das hatte sie bisher immer getan.

Julie stieg mit einem der Männer zuerst aus dem Flugzeug aus, dann die beiden Piloten, dann sie und dann Hunter, der von den beiden Männern gestützt wurde, die sich um ihn gekümmert hatten. Fiona wusste, dass die Männer zu Hunters Team gehörten. Sie hatte ihre Namen erkannt, denn Hunter hatte ihr von ihnen erzählt. Es fühlte sich an, als wäre seitdem eine Ewigkeit vergangen.

Einer der Männer, der hinten bei Hunter gesessen hatte, wurde von den anderen Wolf genannt. Sie war so froh, dass Hunter wieder mit seinen Teamkameraden zusammen war. Sie würden auf ihn aufpassen.

Fiona kniff aufgrund des hellen Sonnenlichts die Augen zusammen, als sie aus dem Flugzeug stieg. Sie befanden sich wieder auf einer verlassenen Landebahn, aber diesmal wartete ein Kleintransporter auf sie. Es war heiß, aber die Sonne fühlte sich wundervoll auf ihrem Gesicht an. Fiona hatte die Sonne schon seit Monaten nicht mehr gesehen. Außerdem fror sie. Sie wusste, dass es nicht kalt war, aber trotzdem fror sie.

Fiona fing an zu taumeln und Wolf kam an ihre Seite, um sie am Arm zu stützen.

»Bist du okay?«, fragte er.

Fiona mochte den prüfenden Blick des großen Mannes nicht, also nickte sie nur und entfernte sich von ihm. Sie wollte nur allein sein.

Alle acht stiegen in den Kleintransporter und die zwei Männer, die Hunter schon zuvor geholfen hatten, rangierten ihn auf einen der Sitze und stiegen hinter ihm ein. Fiona schaffte es, ohne Hilfe hineinzukriechen, und sah, wie Julie und die anderen ebenfalls ihre Sitzplätze einnahmen. Das alles geschah, ohne dass ein einziges Wort gewechselt wurde. Selbst Julie schwieg. Es war eigenartig, aber Fiona hatte nicht die Zeit, sich darüber Gedanken zu machen. Sie war nicht mehr in Mexiko. Das war alles, was sie im Moment interessierte. Sie fuhren die Straße entlang und entfernten sich von dem kleinen Flugzeug.

Es spielte keine Rolle, wohin sie fuhren, solange sie sich weit weg von diesem Dschungel begaben. Ihre Füße schmerzten höllisch, hoffentlich mussten sie nicht weit laufen. Fiona sah auf ihre Füße herab und hatte keine Ahnung, wie sie jemals aus diesen verdammten Flip-Flops herauskommen sollte. Hunter hatte sie so fest mit Klebeband umwickelt, um ihr etwas Schutz zu geben.

Nachdem sie eine Weile gefahren waren, erreichten sie ein heruntergekommenes kleines Haus mitten im Nirgendwo, wo ein weiterer Kleintransporter wartete. Sie wiederholten die Übung von vorhin, bis alle wieder auf ihren Sitzen waren. Die Männer hatten Hunter diesmal hinten in den Wagen gesetzt und er lag ausgestreckt auf der Rückbank. Wolf saß in seiner Nähe und vergewisserte sich, dass alles in Ordnung war. Fiona hoffte, dass sie ihn in ein Krankenhaus bringen würden. Es gefiel ihr nicht, dass er so ruhig und schweigsam war.

Nachdem sie noch etwa fünfzehn Minuten gefahren waren, bemerkte Fiona schließlich Anzeichen von Zivilisation. Ein paar Häuser hier und da, dann endlich ein paar Läden. Schließlich fuhren sie zu einem anderen kleinen Flughafen, auf dem sich hinter einem kleinen Gebäude eine betonierte Landebahn befand. Fiona hatte keinen Reisepass. Sie hatte also keine Ahnung, wie sie mit einer Linienmaschine fliegen könnte, aber sie schwieg einfach und wartete darauf, dass die SEALs ihr sagten, was los war und was sie tun sollte.

Als der Kleintransporter anhielt, beobachtete Fiona, wie alle Männer ausstiegen, bis auf Wolf, der weiterhin Hunter überwachte. Niemand bat sie, sitzen zu bleiben, also stieg sie auch aus, blieb aber in der Nähe des Wagens ... und Hunter. Sie wusste, dass sie ihn irgendwann verlassen musste, aber solange sie nicht darum gebeten wurde, würde sie es nicht tun. Allein in seiner Nähe zu sein tröstete sie.

Sie wusste, es lag daran, dass er sie gerettet hatte, aber sie spürte auch, dass da noch mehr war. Was genau, konnte sie nicht sagen ... aber da war noch mehr.

Fiona beobachtete, wie in der Nähe eine Limousine hielt. Ein älterer Mann stieg aus und schließlich machte es Klick. Das musste Julies Vater sein. Er war es. Julie schrie, warf sich dem Mann um den Hals und drückte ihn fest an sich. Sie sah zu, wie der Mann die Augen schloss und seine Tochter umarmte. So nervtötend Julie auch gewesen sein mochte, Fiona schossen die Tränen in die Augen. Wenn es diesen Mann und seine Tochter nicht gegeben hätte, würde sie immer noch in diesem Höllenloch sitzen, und zwar ohne Hoffnung auf Rettung.

Sie blieb wie angewurzelt an der Seite des Wagens stehen und beobachtete, wie sich vor ihr das Drama abspielte. Ein Teil von ihr wollte sich bei dem Mann bedanken, aber sie fühlte sich einfach nicht bereit dazu. Sie müsste von dem Kleintransporter weggehen, den Weg bis zur Limousine zurücklegen, erklären, wer sie war, und ... Fiona hörte auf zu überlegen. Es hatte einfach keinen Sinn.

Fiona sah zu, wie einer der Männer, die sie gerettet hatten, auf den Senator und Julie zuging. Der Senator führte ein kurzes Gespräch mit dem Soldaten, ohne seine Tochter loszulassen. Dann gaben sie sich die Hand, nickten sich zu und das war's. Der Mann führte

Julie weg. Sie stiegen in die Limousine und die Tür schloss sich hinter ihnen.

Fiona seufzte. Sie hatte die Frau nicht gemocht, aber es war fast enttäuschend, sie einfach weggehen zu sehen, ohne dass diese einen einzigen Blick zurückwarf. Fiona lief ein Schauer über den Rücken. Sie verdrängte die Gedanken an Julie und wandte sich den Männern zu, als sie zum Kleintransporter zurückkehrten. Sie hatte keine Ahnung, was als Nächstes passieren würde. Sie musste aber nicht lange warten, um es zu erfahren.

»Steig wieder ein, Fiona«, rief Wolf aus dem Transporter. Er streckte die Hand aus, um ihr wieder in den Wagen zu helfen.

»Aber ...«, sagte Fiona und schaute zwischen dem Flughafen und Wolf in dem Wagen hin und her. Sie zuckte mit den Schultern. Offensichtlich würde sie nirgendwo hinfliegen, nicht so wie sie aussah oder roch, und schon gar nicht ohne Papiere.

Ohne Wolfs Hilfe stieg sie wieder ein. Als der Kleintransporter wieder unterwegs war, fragte Fiona schließlich: »Bringen wir ihn ins Krankenhaus?«, und deutete auf Hunter.

Zunächst antwortete ihr niemand. Schließlich sagte einer der anderen Männer im Wagen: »Nein, wir haben eine eigene medizinische Einrichtung hier in der Nähe. So wie wir manchmal aussehen, ist es eher unüblich, in einem öffentlichen Krankenhaus aufzutauchen. Mach dir keine Sorgen. Wir werden uns gut um ihn kümmern.«

Fiona nickte, als wäre das vollkommen normal, ohne zu wissen, dass ihre gerunzelte Stirn ihre Verwirrung verriet. Nichts ergab einen Sinn. Sie hatten nicht gefragt, wer sie war, sie hatten nicht gefragt, wo sie herkam, sie hatten nicht kommentiert, wie sie aussah oder roch, sie hatten ihr eigentlich überhaupt keine Fragen gestellt. Es war wie selbstverständlich, dass sie da war. Das alles verwirrte Fiona ungemein und obendrein hatte sie kein gutes Gefühl dabei. War sie bei ihnen in Sicherheit? Was, wenn sie sie irgendwo aussetzten?

Gerade als sie wieder ausflippen wollte, sagte Wolf: »Mach dir keine Sorgen, Fiona.«

Beim zweiten Gebrauch ihres Namens wurde Fiona unruhig.

Wolf bemerkte es und versuchte, sie zu besänftigen. »Cookie hat uns von dir erzählt, als wir ihn in den Hubschrauber gezogen haben, zumindest deinen Namen hat er uns verraten. Er hat furchtbar geflucht, dass du ihm nicht gehorcht hast. Wir dachten erst, er hätte halluziniert, bis er uns deinen Namen genannt hat, als er im Flugzeug kurz aufwachte.«

Sie lachten und Fiona sah auf ihren Schoß hinunter. Fiona wusste, Hunter würde sauer sein, dass sie ihn reingelegt hatte, um ihn in den Hubschrauber zu bekommen. Aber ehrlich gesagt war es wohl zu seinem eigenen Besten gewesen.

Wolf fuhr in ernstem Ton fort: »Er hat uns außerdem gebeten, auf dich aufzupassen, bis es ihm besser geht. Und daher ist es uns ehrlich gesagt egal, wer du bist oder woher du kommst, Fiona. Du hast ihm das Leben gerettet, und das macht dich zu einer von uns. Und wir kümmern uns um unsere Leute. Den Rest werden wir zu gegebener Zeit herausfinden, und bis dahin kümmern wir uns um ihn und um dich.«

Fiona starrte Wolf nur an. »Was?«, fragte sie ungläubig. Sie konnte ihr Gehirn nicht dazu bringen, richtig zu funktionieren. Sie war müde, verängstigt, krank und verletzt.

»Entspann dich einfach«, beruhigte Wolf sie und sah, wie gestresst sie war. »Wir werden dir nichts tun und du wirst dich schon bald ausruhen können. Ich weiß, dass du verwirrt, hungrig und müde bist und wahrscheinlich auch Angst hast. Ich möchte dir kurz das ganze Team vorstellen, damit du dich besser fühlst, okay?«

Fiona nickte. Was blieb ihr auch anderes übrig?

»Ich bin Wolf. Der Fahrer ist Benny. Dude und Mozart sitzen vor dir und das neben dir ist Abe. Ich vermute, du kannst dir wahrscheinlich denken, dass wir alle zum selben Navy SEAL-Team gehören. Und was ich gerade gesagt habe, war mein Ernst. Du hast

Cookie das Leben gerettet und damit gehörst du jetzt zu uns.«

Fiona nickte sanftmütig. Sie hatte keine Ahnung, wovon zum Teufel Wolf redete. Sie fühlte sich wie in einem Paralleluniversum. Sie war nicht eine von ihnen. Sie *kannte* sie nicht einmal. Was auch immer. Solange sie sich um Hunter kümmerten, war ihr egal, was sie sagten. Fiona wünschte nur, sie hätten sich etwas damit beeilt, dorthin zu kommen, wo sie hinwollten. Sie wollte ... nein, sie *musste* sich hinlegen.

KAPITEL ACHT

Der Kleintransporter kam schließlich vor einem Tor zum Stehen. Benny gab einen Code ein und fuhr hindurch. Fiona beobachtete alles aufmerksam. Wurde sie in ein Gefängnis gebracht? Sie wollte es nicht glauben, aber der Drogenentzug forderte seinen Tribut. Sie war nervös und unruhig und konnte ihren eigenen Sinnen nicht trauen. Fiona drehte sich der Kopf und sie bekam Angstzustände. Lieber Gott, sie wollte einfach nur allein sein.

Fiona stieg aus, sobald der Wagen stehen blieb. Sie sah ein riesiges, schönes Haus. Es war ein zweistöckiges Gebäude mit Fenstern rund um das gesamte Obergeschoss. Auf der Vorderseite befand sich eine altmodische Veranda mit drei Schaukelstühlen. Die Haustür war dunkelrot gestrichen und sie konnte rote Vorhänge an den Fenstern im Erdgeschoss erkennen.

Sie hatte keine Ahnung, wessen Haus es war. Es sah sehr idyllisch aus, aber aus irgendeinem Grund machte es Fiona höllisch nervös.

Fiona beobachtete, wie die Männer aus dem Transporter stiegen und Wolf und Dude Hunter ins Haus brachten. Fiona sah sich noch einmal im Vorgarten um, bewunderte den gepflegten Rasen und die Sträucher und humpelte den anderen Männern langsam hinterher. Bevor Wolf hinter Hunter den Flur entlangging, nahm er Fionas Arm und führte sie zu einer Tür.

»Fiona, das ist dein Zimmer. Es hat ein angeschlossenes Bad. Bitte nimm dir alle Zeit, die du brauchst, um dich zu waschen und umzuziehen. Ich bringe dir gleich eine Schere, damit du das Klebeband von deinen Füßen lösen kannst. Ich werde auch ein paar Klamotten für dich auftreiben, die du nach dem Duschen anziehen kannst. Sie werden wahrscheinlich etwas zu groß sein, aber dafür sauber. Sobald du fertig bist, können wir etwas essen.« Wolf öffnete die Tür und sah, wie Fiona durch den Raum ging. Er lächelte sie an und schloss dann die Tür.

Gütiger Himmel, Fiona wusste nicht, was hier los war. Eben hatte sie noch in ihrem eigenen Dreck gelegen und in einen Eimer gepinkelt und jetzt stand sie in dem schönsten Zimmer, das sie jemals gesehen hatte. Es war absolut großartig. Es war riesig und der Teppich war makellos weiß. Fiona hatte Angst, ihn auf dem Weg zur Dusche schmutzig zu machen. Was hatte Wolf sich nur dabei gedacht, sie hierzulassen?

Fiona stolperte schließlich zum Badezimmer und ignorierte die Dreckspur, die sie hinter sich im Raum zurückließ. Sie trat ein, schloss vorsichtig die Tür hinter sich und verriegelte sie fest. Das Bad war genauso schön wie der Rest des Zimmers. Es gab zwei Waschbecken und einen riesigen Waschtisch aus Marmor. Es gab einen Whirlpool und eine separate Dusche mit mindestens drei Duschköpfen.

Fiona hätte alles noch länger bewundert, wenn sie nicht kurz davor gestanden hätte umzukippen. Sie hatte einfach zu viel durchgemacht und ihr Körper war am Ende. Sie sank neben dem Waschbecken auf den Boden, schob geistesgegenwärtig noch den weichen, weißen Teppich zur Seite und fiel um. Sie fühlte sich so elend. Fiona konnte nur noch daran denken, dass sie hoffte zu sterben.

Cookie erlangte endlich das Bewusstsein zurück. Wolf hatte dreißig Minuten lang neben ihm gesessen und sich vergewissert, dass die Infusion vollständig geöffnet und die Wunde in seiner Schulter richtig vernäht war. Mozart hatte sehr gute Arbeit geleistet. Wolf wusste, dass er der Beste im Team dafür war. Als Wolfs Caroline verletzt gewesen war, hatte Mozart sie auch genäht. Die Narbe an Carolines Seite war kaum noch zu sehen. Mozart war wirklich gut.

Die Kugel in Cookies Schulter war glücklicherweise ein glatter Durchschuss gewesen, sodass Mozart sie nicht herausholen musste. Mit etwas Glück war keine größere Arterie getroffen worden, sondern es waren nur zwei Löcher in Cookies Arm zurückgeblieben. Sie hatten ihm ein paar sehr starke Schmerzmittel verabreicht, aber Cookie war ein SEAL durch und durch. Trotz des Medikamenteneinflusses war er voll funktionsfähig, zumal er sich Sorgen um Fiona machte.

»Erzähl mir, was passiert ist«, forderte Cookie seinen Freund und Teamkollegen auf. »Ich erinnere mich nur noch, dass Julie es bis zum Hubschrauber geschafft hat. Danach ist alles verschwommen. Fee hat es auch geschafft, oder?«

Wolf nickte. »Die kurze Version ist, dass Fiona dich zur Leiter gebracht und festgeschnallt hat, nachdem du angeschossen wurdest. Wir haben dich hochgezogen, während sie zurückgegangen ist, um deinen Rucksack zu holen. Während wir die Leiter wieder abgesenkt haben, hat sie weiter auf die Drogenschmuggler geschossen. Zusammen mit dem Rucksack ist sie zur Leiter getaumelt und wir haben sie hochgezogen, während wir uns aus dem Staub gemacht haben. Dann sind wir in ein Flugzeug umgestiegen, hierher nach Texas geflogen, haben Julie auf dem Weg an ihren Vater übergeben und jetzt sind wir in dem Unterschlupf, den Tex für uns organisiert hat. Und jetzt ... sag du *mir*, was zum Teufel da draußen passiert ist.«

Cookie wusste, was Wolf meinte. Sie hatten nicht mit einer zweiten Geisel gerechnet. Cookie erzählte Wolf das, was er wusste, was nicht viel war. Er wollte ihm noch nicht zu viel über Fionas Zustand erzählen, da er wusste, wie peinlich es ihr war. Aber ihm war klar, dass seine Teamkollegen es irgendwann erfahren mussten. Sie könnten ihr nicht beim Drogenentzug helfen, wenn sie nichts davon wussten. Bevor er jedoch mit Wolf darüber sprach, wollte Cookie mehr über Fiona in Erfahrung bringen, woher sie kam und wie sie in dieses Höllenloch gekommen war, in dem er sie gefunden hatte.

Die Tür zu Cookies Zimmer ging auf und Benny steckte den Kopf hinein.

»Ich wollte die Schere und Kleidung zum Wechseln in Fionas Zimmer bringen, aber sie hat die Tür nicht geöffnet. Also habe ich nachgesehen. Sie hat sich im Bad eingeschlossen. Als ich an die Badezimmertür geklopft habe, um sie wissen zu lassen, dass ich ihr ein paar Sachen mitgebracht habe, hat niemand geantwortet. Ich habe stärker geklopft, aber sie antwortet nicht. Sie ist auch nicht unter der Dusche und ich mache mir Sorgen.«

Cookie stand sofort auf, als er Bennys Worte hörte.

Wenn Benny sich schon Gedanken machte, dann hatte Cookie verdammt noch mal Angst. Wolf hielt ihn auf. »Ich kümmere mich darum«, sagte er zu seinem verletzten Teamkollegen, aber Cookie hörte nicht auf ihn.

»Hilf mir aufzustehen«, verlangte er von Wolf. Er wusste nur, dass er nicht herumliegen konnte, wenn Fiona verletzt sein könnte. Wolf machte keine weiteren Anstalten, sondern seufzte nur und half Cookie auf die Füße und zu Fionas Zimmer.

Abe stand vor Fionas Badezimmertür, als die anderen Männer ankamen. »Wir wollten nicht einfach eindringen, wenn sie vielleicht in der Wanne liegt«, erklärte Abe, »aber wir können sie nicht dazu bringen, die Tür zu öffnen. Sie sagt, es ginge ihr gut, aber sie hört sich nicht gut an.«

Wolf klopfte erneut an die Tür und als keine Antwort kam, half er Cookie, näher zu kommen. Wolf bedeutete ihm, dass er es versuchen sollte.

»Fiona?«, rief Cookie. »Kannst du mich hören? Mach die Tür auf, Süße.« Die Zärtlichkeit in seiner Stimme kam einfach heraus, ohne dass er darüber nachgedacht hätte.

Fiona konnte nicht aufhören zu zittern. Ihr Körper lehnte sich gegen sie auf. Sie bekam schlecht Luft und sie wusste, dass etwas ernsthaft nicht stimmte. Sie dachte, sie hätte Hunters Stimme gehört, aber das konnte ja nicht sein. Er war bewusstlos, oder?

Cookie versuchte es noch einmal, seine Stimme war ein bisschen kraftvoller als zuvor. »Fee, mach jetzt die Tür auf oder wir kommen rein.« Er machte eine Pause. »Ich mache mir Sorgen um dich. Komm schon, öffne die Tür, damit ich sehen kann, dass es dir gut geht.«

Fiona rappelte sich wieder auf. Er war es. »Hunter?«, fragte sie schwach. »Geht es dir gut?« Sie hörte ihn lachen.

»Zur Hölle, Fee, mir geht es gut, *du* bist es, um die wir uns Sorgen machen. Jetzt mach die Tür auf.« Den letzten Satz sagte er etwas rauer, als er beabsichtigt hatte.

»Ich kann jetzt nicht zur Tür kommen, Hunter«, versuchte Fiona zu erklären, ohne wirklich zu wissen, was sie sagte. »Vielleicht später.« Sie legte den Kopf zurück auf den kalten Fliesenboden und schloss die Augen.

Cookie deutete auf Benny. Er war unter ihnen der beste Schlösserknacker. Sie alle konnten fast jede Tür und jedes Schloss öffnen, aber Benny war ein Meister darin. Er konnte es immer viel schneller schaffen, ein Schloss zu öffnen, als der Rest des Teams. Und dies war sicherlich eine Situation, in der Zeit von entscheidender Bedeutung war. Benny hatte die Tür innerhalb weniger Sekunden geöffnet. Die Tür schwang weit auf und Cookie rutschte das Herz in die Hose.

Wolf war bereits an Fionas Seite, bevor Cookie sich

wieder bewegen konnte. Sie lag regungslos auf den Badezimmerfliesen, genauso schmutzig wie das letzte Mal, als Cookie sie gesehen hatte. Sie hatte es bis ins Bad geschafft, war jedoch nicht mehr in der Lage gewesen, etwas an ihrem Zustand zu ändern. Es war, als wäre sie sofort zu Boden gesunken, nachdem sie den Raum betreten hatte. Wolf hob Fionas bewusstlosen Körper hoch und ging in Richtung Krankenzimmer mit Cookie dicht auf den Fersen.

Wolf legte Fiona vorsichtig auf das Bett, aus dem Cookie gerade aufgestanden war, und sah zurück zu Benny und Abe. »Ich brauche warmes Wasser. Viel davon. Bevor wir irgendetwas anderes tun, müssen wir sie säubern. Bringt auch die Schere mit, damit wir die Schuhe von ihren Füßen bekommen.«

Cookie sah hilflos zu. Er fühlte sich schwach und schwankte auf seinen Füßen.

Wolf machte eine kurze Pause in seiner Sorge um Fiona, zog einen Stuhl ans Bett und befahl Cookie, Platz zu nehmen. »Setz dich, Cookie«, sagte er streng, »bevor du umfällst, du störrischer Esel.«

Abe und Benny kamen mit Wasser, Handtüchern und einer Schere zurück. Sie fingen gemeinsam an, Fionas Gliedmaßen abzuwischen, und versuchten, so viel Schmutz wie möglich herunterzubekommen, wie es ohne Vollbad oder eine vollwertige Dusche möglich war. Sie arbeiteten schnell und professionell. Fiona stöhnte, protestierte aber in keiner Weise.

Benny kümmerte sich um ihre Füße. Er schnitt das Klebeband ab und zog die Flip-Flops von ihren Füßen. Ihre Füße waren total verdreckt. Er konnte sehen, dass Fiona Blasen an den Zehen hatte, wo das Gummi der Flip-Flops an ihrer Haut gerieben hatte. Es war kaum zu glauben, wie viel Schmutz und Dreck an ihren Füßen klebte. Benny ließ die Schuhe auf den Boden fallen und zog vorsichtig ihre Shorts aus. Er achtete nicht einmal darauf, wie sie aussah, sondern konzentrierte sich ausschließlich darauf, diese Frau etwas sauberer zu bekommen, damit sie ihr die medizinische Hilfe zukommen lassen konnten, die sie benötigte.

Cookie sah abwesend zu, wie seine Teamkollegen Fiona säuberten. Er war nicht verärgert, dass sie sie berührten oder dass Benny ihr die Hose ausgezogen hatte. Er war zu besorgt darüber, warum Fiona bewusstlos war und was mit ihr nicht stimmte.

Abe und Wolf schnitten Cookies langärmeliges schwarzes Hemd von Fionas Körper herunter, was nicht schwer war, da es ihr viel zu groß war. Beim ersten Blick auf den Metallkragen um ihren Hals fluchten sie. Das Hemd hatte ihn bis jetzt verdeckt.

»Jesus«, hörte Cookie Abe leise murmeln. Sie alle konnten sehen, wie wund ihr Hals war. Das verrostete Metall hatte in ihre Haut eingeschnitten. Wahrscheinlich war ihr Hals schon wund gewesen, bevor sie entkommen waren, aber jetzt, nach der Flucht durch den Dschungel, mussten ihre Schmerzen jenseits von

Gut und Böse sein. Die Haut war rot und entzündet und die Menge an getrocknetem Blut war alarmierend.

Abe zog ihr weiter das Hemd aus und zog es unter ihr hervor. Während der ganzen Zeit behielt Cookie Fionas Gesicht im Auge. Sie hatte sich nicht bewegt, sie hatte nicht gestöhnt, sie hatte nicht geweint. Sie lag einfach auf dem Bett, völlig bewegungslos.

Die Männer setzten ihre Reinigung fort. Sie hatten warme Waschlappen, mit denen sie versuchten, den schlimmsten Schmutz von Fionas Körper zu beseitigen. Mit jeder Runde wurden die Waschlappen schmutziger. Das Wasser, in dem sie die Lappen ausspülten, war praktisch schwarz von dem Schmutz, der von ihrem Körper herunterkam.

Plötzlich rief Benny aus: »Was zur Hölle?«, während Wolf gleichzeitig fluchte: »Verdammte Scheiße.«

Cookie wandte sich zum ersten Mal von Fionas Gesicht ab und fragte sich, was sie gefunden hatten. Er hatte das Entsetzen in den Stimmen seiner Freunde deutlich gehört.

Benny deutete auf ihr Bein. Sie alle sahen jetzt, was ihnen zuvor entgangen war. Dreck und Schmutz hatten eine Schusswunde verborgen. Es sah aus wie ein Streifschuss, aber jetzt sickerte langsam Blut über ihr Bein und auf das Laken. Der Waschlappen hatte offensichtlich den Schorf abgelöst und die Wunde fing wieder an zu bluten.

Beide Männer sahen nun Abe an und fragten sich, was ihn beunruhigt hatte. Er deutete nur auf ihre Arme. Die Innenseite von Fionas Armen war mit Einstichen und blauen Flecken übersäht. Cookie hatte sie schon einmal gesehen, aber für die anderen Männer war es offensichtlich eine Überraschung.

Niemand fragte Cookie etwas, niemand sah angewidert aus. Schweigend arbeiteten sie weiter, um die Spuren dieser Hölle zu vertreiben, die diese Frau durchgemacht haben musste. Und es war offensichtlich, dass es die Hölle gewesen sein muss. Neben den Spuren, die die Spritzen hinterlassen hatten, kamen an ihrem ganzen Körper Blutergüsse zum Vorschein, als der Schmutz abgewischt wurde. Druckstellen von Händen und Fingern auf den Oberarmen und, was noch alarmierender war, ebenfalls an der Taille. Auf ihrem Rücken war ein verblassender Bluterguss in der Form einer Stiefelsohle zu sehen, aber am beunruhigendsten waren die Blutergüsse in verschiedenen Farbtönen an den Innenseiten ihrer Oberschenkel. Die Männer wussten, dass die Farbnuancen auf das unterschiedliche Alter der Abdrücke zurückzuführen waren.

Die Einstiche an ihren Armen waren hässlich, aber auf lange Sicht war es wirklich egal. Selbst wenn Fiona die Drogen bereitwillig genommen hätte, was ihr keiner von ihnen hätte verdenken können, hatte diese Frau ihrem Teamkollegen das Leben gerettet. Sie hatte ihrem *Freund* das Leben gerettet. Sie alle hatten Fragen, aber sie würden warten, denn im Moment stand ihre Gesundheit an erster Stelle.

Alles lief gut, bis Wolf versuchte, die Nadel für eine Infusion in Fionas Arm zu setzen. Bis vor einer Sekunde hatte sie noch bewegungslos dagelegen und sie hatten ihre Gliedmaßen bewegen können, wie sie wollten, um sie auszuziehen und zu säubern, und im nächsten Moment kämpfte sie, als hinge ihr Leben davon ab.

»Nein, nein, nein, *nein*«, schrie Fiona und kämpfte mit all der Kraft, die sie hatte. Sie trat mit den Füßen und verfehlte Abe, der in ihrer Nähe stand, nur knapp. Sie erinnerte sich offensichtlich wieder daran, wie sie unter Drogen gesetzt oder, noch schlimmer, missbraucht worden war.

»Runter von mir, ihr Arschlöcher«, knurrte Fiona, während sie sich im Griff der Männer drehte und wand. Fiona hätte es beinahe geschafft, sich vom Bett herunter auf den Boden zu rollen, bevor Wolf und Benny ihre Arme und Beine ergriffen und sie festhielten, was sie nur noch energischer dagegen ankämpfen ließ.

Cookie beugte sich schnell zu Fionas Kopf hinunter. »Fiona, hör auf«, sagte er bestimmt und versuchte, zu ihr durchzudringen. Er legte die Hand von seinem unverletzten Arm auf ihre Stirn. Sie beruhigte sich. Cookie fuhr fort und beugte sich vor, bis seine Lippen direkt an ihrem Ohr waren. »Ich bin es, Hunter. Du bist in Sicherheit. Du bist zurück in den USA. Du bist nicht mehr in dieser Hütte. Hörst du mich?«

Fiona antwortete nicht, aber sie kämpfte auch nicht mehr.

»Ich bin bei dir und du bist mit mir im Krankenhaus. Wir verabreichen dir keine Drogen. Ich schwöre bei meinem Leben, du bist in Sicherheit. Hörst du mich? Wir versuchen, dir eine Infusion zu geben. Sie wird dich mit Flüssigkeit versorgen, damit du dich bald besser fühlst. Wir betäuben dich nicht. Ich verspreche es.«

Immer noch keine Reaktion von Fiona. »Vertrau mir, Schatz«, versuchte Cookie es erneut. »Bitte, du musst mir vertrauen.«

Fiona seufzte schließlich und drehte sich zu Hunter um. Ihre Augen öffneten sich einen Spaltbreit, gerade genug, um ihn zu sehen. »Hunter?«, fragte sie vorsichtig. »Bist du wirklich in Ordnung?«

»Mir geht es wirklich gut.« Cookie war so berührt über ihre Selbstlosigkeit, wie er es nie zuvor gewesen war. Sie war verletzt und verwirrt, und trotzdem machte sie sich Sorgen um ihn. Cookie fuhr mit der Hand von ihrer Stirn über die Seite ihres Gesichts. Ihre Haut war heiß und verschwitzt, aber Cookie spürte, wie sie den Kopf in seine Hand legte, als er sprach. Der Gedanke, dass sie ihm vertraute, ließ seinen Magen mit einem ungewohnten, aber nicht ganz unerwünschten Ruck zusammenzucken. »Entspann dich einfach, Fee, es ist alles in Ordnung. Ich bin bei dir und ich werde dich nicht allein lassen.«

Fiona seufzte und nickte. Sie ließ den Blick zu Wolf und den anderen Männern wandern und beeindruckte unwissentlich die kampferprobten Kerle, die um sie herumstanden. »Es tut mir leid, Jungs, ich werde versuchen stillzuhalten, aber ich kann es nicht versprechen.«

Abe war der Erste, der antwortete, und er lächelte sie zuversichtlich an. »Keine Sorge, Fiona. Wir kümmern uns um dich. Hier wird dir nichts geschehen. Entspann dich.«

Wolf konnte ohne weitere Zwischenfälle den Zugang für die Infusion setzen, aber die vier Männer mussten zusehen, wie sie die Augenbrauen verzog und ihr der Schweiß auf die Stirn trat. Ohne ein weiteres Wort fiel Fiona schließlich in einen fiebrigen Schlaf.

Wolf drehte sich zu Cookie um und war sichtlich verärgert über diese Kriminellen, die Fiona offensichtlich unter Drogen gesetzt und missbraucht hatten. Zwischen zusammengebissenen Zähnen sagte er: »Spuck es schon aus.« Sie alle mussten Fionas Geschichte hören. Offensichtlich handelte es sich nicht um einen klaren Fall. Sie alle mussten erfahren, was los war, und sie mussten es ihrem Kommandanten melden.

Cookie seufzte. »Ich hatte gehofft, dass sie das

Schlimmste hinter sich hat, aber anscheinend habe ich mich geirrt. Sie haben sie unter Drogen gesetzt. Ich habe keine Ahnung womit, aber ich gehe davon aus, dass es Heroin war, obwohl ihre Symptome nicht genau passen. Heroinentzug schließt normalerweise Unruhe, Muskelschmerzen, Übelkeit und Erbrechen mit ein. Das hat sie alles bereits durchgemacht und normalerweise dauert es nicht viel länger als dreißig Stunden an. Sie sollte jetzt eigentlich schon darüber hinweg sein.«

»Aber wenn sie das Heroin mit Meth gemischt haben, könnte das definitiv eine substanzbedingte psychotische Störung verursachen. Das macht den Entzug noch schwieriger. Es kommt zu anderen Symptomen, wobei Wahnvorstellungen und Halluzinationen zu den auffälligsten gehören. Fiona hat gesagt, dass sie schon vor Wochen damit begonnen haben, ihr Drogen zu verabreichen. Es ist ihr peinlich und ihr könnt sehen, dass sie so hart kämpft, wie sie kann, aber es ist nicht genug. Ich befürchte, es wird noch schlimmer werden. Ich bin erstaunt, dass sie es überhaupt so lange durchgehalten hat.«

»Sie lässt sich offensichtlich nicht so leicht unterkriegen«, sagte Wolf zu Cookie. »Sie wird es überstehen. Wir werden sie nicht im Stich lassen.«

Wolf hatte Fiona offenbar bereits als eine der Ihren adoptiert. Er hatte zugesehen, wie sie ihr eigenes Leben für das seines Freundes aufs Spiel gesetzt hatte.

Es wäre so gut wie unmöglich gewesen, dass sich einer aus dem Team aus dem Hubschrauber abgeseilt hätte, um Cookie zu Hilfe zu kommen. Fiona hatte buchstäblich ihrer beider Leben gerettet.

»Wir müssen entscheiden, was wir als Nächstes tun werden. Wir können nicht für immer hierbleiben. Tex' Leute gestatten es uns nur, für höchstens eineinhalb Wochen dieses Haus zu nutzen, und wir müssen uns auf dem Stützpunkt melden. Ich werde den Kommandanten anrufen und ihn wissen lassen, was los ist und dass wir nicht alle sofort zurückkehren können. Wir müssen entscheiden, wer bleibt, um auf sie aufzupassen, und wer abreisen wird.«

»Ich werde sie nicht verlassen, Wolf«, sagte Cookie mit stählerner Stimme.

»Davon bin ich auch nicht ausgegangen.« Die Unterhaltung war sachlich, als hätte Wolf diese Möglichkeit nicht einmal in Betracht gezogen.

»Ich werde auch bleiben«, sagte Benny zu ihnen. Bevor Abe sich ebenfalls freiwillig melden konnte, fuhr Benny fort: »Abe, du musst zu Alabama zurückkehren. Du weißt, was für Sorgen sie sich macht, wenn du weg bist. Wolf, du solltest wahrscheinlich auch nach Hause fahren, damit du dem Kommandanten Bericht erstatten und die Stellung halten kannst. Außerdem wird Caroline genauso gespannt auf dich warten wie Alabama auf Abe. Ich werde Dude dazu überreden, hier bei uns zu bleiben.«

»Was ist mit Mozart?«, fragte Abe, der anscheinend keine Probleme mit Bennys Plan hatte.

»Ich denke, er kann auch mit euch nach Hause fahren. Wenn wir ihn brauchen, werden wir uns melden, je nachdem, wie sich die Lage entwickelt.«

»Cookie? Wie klingt das für dich?« Wolf wollte sich davon überzeugen, dass Cookie mit allem einverstanden war, was sie beschlossen hatten. Diese Frau war ihm offensichtlich sehr wichtig, obwohl sie sich gerade erst kennengelernt hatten. Wolf stellte es nicht infrage. Er hatte genauso schnell eine Verbindung zu seiner Caroline hergestellt, und wenn Cookie nur halb so viel empfand wie er damals, als er herausfand, dass Caroline in Not war, dann war Fiona bereits ein fester Bestandteil ihrer eng verbundenen SEAL-Familie, selbst wenn sie es noch nicht wusste.

Cookie fuhr mit der Hand über Fionas Stirn und spürte die Hitze und den Schweiß. Er bewegte sich langsam und vorsichtig und fühlte immer noch die Schmerzen seiner eigenen Wunde. »Ja, ich werde dafür sorgen, dass sie das hier übersteht, und dann werden wir sehen, wo wir stehen.« Seine Stimme senkte sich unter Schmerzen. »Ich weiß gar nichts über sie. Ich weiß nicht, ob sie eine Familie hat, die sich vielleicht fragt, wo sie ist, ob sie verheiratet ist, ob sie Kinder hat …« Seine Stimme brach ab.

Die Stimmung im Raum wurde schwer. Himmel, daran hatten sie gar nicht gedacht. Wolf räusperte sich.

»Im Moment ist die Hauptsache, dass sie wieder gesund wird, Cookie. Um alles andere kümmern wir uns anschließend.«

Cookie nickte. »Okay, Jungs, macht euch fertig. Benny und Dude können hier bei mir bleiben. Wolf, ich würde es zu schätzen wissen, wenn du mit Tex sprechen und ihm mitteilen könntest, dass wir noch etwas länger hierbleiben. Wir werden in Kontakt bleiben und ich werde euch auf dem Laufenden halten, wie es Fiona geht und wie unsere nächsten Schritte aussehen werden.«

Die anderen Männer verließen schließlich den Raum und schauten noch einmal zurück auf die Frau auf dem Bett und ihren Teamkollegen. Sie hofften schweigend, dass sie durchkommen würde und dass sie außerdem ungebunden war. Es war offensichtlich, dass Cookie Fiona bereits als die Seine ansah, und sie hofften, dass sie genauso empfinden würde.

KAPITEL NEUN

Fionas Fieber verschlimmerte sich. Cookie war bei ihr im Zimmer, als sie anfing, sich im Bett herumzuwälzen. Sie fühlte sich extrem heiß an. Cookie griff nach Fionas Hand, um sie zu beruhigen, aber das schien ihren Zustand nur noch schlimmer zu machen. Sie riss sich von ihm los und setzte sich auf. Offensichtlich wollte sie aufstehen und aus dem Bett steigen.

»Duuuude«, brüllte Cookie, als er versuchte, Fiona festzuhalten. Er hatte wenig Erfolg dabei, da seine eigene Schulter durch die Schussverletzung immer noch geschwächt war. Die Tür wurde aufgerissen und nicht nur Dude, sondern auch Benny lief in den Raum und beide erfassten schnell die Situation.

Dude packte Fiona an den Schultern, während Benny ihre Beine festhielt. Cookie hielt ihren Kopf und versuchte, Fiona mit seiner Berührung zu beruhigen.

Die drei Männer schwiegen, als sie sahen, wie Fiona sich drehte und kämpfte, um sich zu befreien. Wie zuvor erschöpfte sie die Anstrengung nur. Dieses Mal konnte auch Cookie sie mit seinen Berührungen und Worten nicht beruhigen. Seine Stimme konnte sie nicht aus dem von den Drogen verursachten Dunst herausholen, in dem sie steckte.

Schließlich, nach einem scheinbar stundenlangen Kampf, der jedoch nur zehn Minuten angedauert hatte, gab Fiona auf. Sie öffnete die Augen und sah sich im Raum um. Mit glasigen Augen wimmerte sie: »Warum? Warum tut ihr mir das an?«, bevor sie wieder verstummte.

»Verdammt«, fluchte Benny leise. »Lass es uns wissen, wenn sie wieder aufwacht«, sagte er zu Cookie und wusste, dass es wahrscheinlich nicht das letzte Mal gewesen war, dass sie gebraucht wurden. »Wir sind gleich nebenan und können sofort hier sein.«

»Das werde ich, danke Jungs. Hoffentlich schläft sie jetzt eine Weile.«

Benny und Dude nickten und ließen Cookie wieder mit Fiona allein.

Während der nächsten vierundzwanzig Stunden machte Cookie kaum ein Auge zu. Er wachte auf, wenn Fiona aufwachte, und versuchte sofort, sie zu beruhigen. Er rief nach Benny und Dude, um ihm zu helfen, Fiona davon abzuhalten, sich im Wahn selbst zu verletzen. Er versuchte zu schlafen, wenn Fiona schlief.

Eigentlich hätten sie Fiona Handschuhe anziehen müssen, weil sie immer wieder anfing, sich die Haut aufzukratzen. Er wusste, dass es sich für sie wahrscheinlich so anfühlte, als würden Insekten unter ihrer Haut krabbeln, aber es war der Entzug, der sie dazu brachte ... okay, und die vielen Insektenstiche natürlich.

Cookie hatte in seinem Leben schon viel schlimmere Dinge gesehen, aber nichts hatte ihn auf die herzzerreißenden Schreie und das Flehen aus dem Mund dieser Frau vorbereitet. Es war umso schrecklicher, da er wusste, wie beschämt *sie* gewesen wäre, wenn ihr bewusst wäre, dass sie es tat. Während sie im Dschungel unterwegs waren, hatte Fiona alles getan, um ihr eigenes Leiden herunterzuspielen, und es bestand kein Zweifel daran, dass sie gelitten hatte.

Als Fiona etwas zu sich kam, versuchte er, sie dazu zu bringen, etwas zu essen. Sie wussten, dass sie nicht mehr dehydriert war, da die Infusion lebensnotwendige Flüssigkeit und Elektrolyte in sie hineinpumpte, aber sie machten sich Sorgen um ihre Kalorienaufnahme.

Sie halfen ihr jetzt öfter beim Aufstehen und sie konnte die Toilette benutzen. Cookie war erleichtert, weil er wusste, dass Fiona *definitiv* nicht wollte, dass sie ihr einen Katheter einführten. Sie waren erstaunt, dass

Fiona so schnell wieder mobil war. Cookie schrieb es ihrer Sturheit und ihrem starken Willen zu.

Sie war immer noch nicht vollständig klar im Kopf, aber sie hofften, dass sie das Schlimmste bald überstanden hatte.

Nachdem drei Tage vergangen waren, öffnete Fiona die Augen und sah Cookie neben ihrem Bett auf einem Stuhl sitzen. Sie sagte nichts, sondern wartete, bis er die Augen öffnete. Als könnte Cookie ihren Blick auf sich spüren, regte er sich und ihre Blicke trafen sich, sobald er aufwachte.

»Wie fühlst du dich heute, Fiona?«, fragte Cookie vorsichtig und überlegte, in welcher Stimmung sie sein würde und wie sich die Entzugserscheinungen heute auswirken würden. Fiona hatte ihre Augen bereits ein Mal geöffnet und war völlig außer sich gewesen, ohne zu wissen, was sie sagte oder tat. Cookie hoffte, dass heute der Tag sein würde, an dem sie den Wahn überwinden und zu ihm zurückkehren würde.

Fiona räusperte sich, bevor sie sprach. »Besser.«

Cookie nickte und behielt sie weiter im Auge. Sie klang schrecklich, aber er war nicht überrascht nach allem, was sie durchgemacht hatte. »Möchtest du aufstehen, um auf die Toilette zu gehen?«

Fiona wurde rot und nickte.

Cookie war begeistert, die Röte auf Fionas Gesicht zu sehen. In den letzten Tagen hatte sie sich wie ein Zombie verhalten und nichts, was sie getan hatte oder was die Jungs mit ihr angestellt hatten, schien sie in Verlegenheit zu bringen. Cookie half Fiona aufzustehen, richtete den Ständer mit der Infusion auf und brachte sie zum Badezimmer. Als er mit ihr ins Bad gehen wollte, hielt Fiona ihn zurück.

»Das kann ich allein«, sagte sie streng, ohne Cookie dabei in die Augen zu sehen.

Cookie war skeptisch, wollte aber nicht Fionas Gefühle verletzen. »Okay, wenn du meine Hilfe brauchst, sag einfach Bescheid. Ich bin gleich hier draußen«, entgegnete er und zeigte auf die Tür. Fiona nickte und schloss leise die Tür.

Cookie hörte, wie sie das Türschloss verriegelte, und runzelte die Stirn. Es war nicht so, als würde das Schloss ihn aufhalten können, aber die Tatsache, dass sie das Gefühl hatte, überhaupt abschließen zu müssen, störte ihn. Er wartete etwas ungeduldig darauf, dass sie fertig wurde, damit er sie wieder ins Bett bringen konnte.

Fiona machte sich nicht die Mühe, sich im Spiegel anzusehen. Sie machte sich auch nicht die Mühe, die Toilette zu benutzen, sie ging sofort zum kleinen Fenster im Badezimmer. Sie musste hier raus. Wer wusste schon, was sie mit ihr vorhatten? Sie wusste, dass sie manchmal nett zu ihr waren, um sie dazu zu bringen, unaufmerksam zu sein, um ihr dann etwas Schreckliches anzutun. »Nie wieder«, murmelte Fiona vor sich hin. Sie wollte hier raus. Sie musste hier raus.

Ihre Hände zitterten, sie fühlte sich schrecklich. Als sie nach dem Fenster griff, bemerkte sie zum ersten Mal, dass eine Infusionsnadel in ihrem Arm steckte. Fiona fühlte sich zurückgeworfen. Wer wusste, was sie jetzt wieder in ihren Körper injizierten. Sie riss die Nadel heraus, ohne dabei besonders vorsichtig zu sein oder darauf zu achten, es auf die »richtige Weise« zu tun. Blut lief über ihren Arm und tropfte langsam auf den Boden, aber sie kümmerte sich nicht darum.

Fiona öffnete langsam das Fenster und sah nach draußen. Zum Glück schien es Nacht zu sein. Sie hatte jeglichen Sinn dafür verloren, welcher Tag oder welche Uhrzeit es war. Als sie gefangen genommen wurde, hatte sie zunächst versucht, den Überblick zu behalten, aber irgendwie liefen die Tage und Nächte ineinander. Doch jetzt würde die Dunkelheit ihr dabei helfen zu entkommen. Fiona sah wieder nach draußen. Leider war sie nicht im Erdgeschoss ... sie schaute nach rechts ... ein Abflussrohr verlief direkt am Fenster entlang die Wand hinunter. Es war nicht perfekt, aber es sollte funktionieren.

Fiona hielt für einen Moment inne, als ihr Unterbewusstsein sich zu regen begann. Irgendwie kam es ihr merkwürdig vor, dass sie sich in einem Obergeschoss befand anstatt zu ebener Erde. Sie ignorierte es. Die Zeit lief ihr davon. Sie musste fliehen. Es könnte ihnen jeden Moment auffallen, dass sie weg war. Sie konnte nur daran denken zu entkommen. Raus hier, sofort. Fiona stieg ungeschickt auf die Toilette, um besser ans Fenster zu kommen, und hob ein Bein an. Sie fühlte sich schwach und wackelig auf den Beinen. Sie zwang ihren Körper zur Mitarbeit und entspannte sich, griff nach dem Abflussrohr und hielt sich fest.

Benny schlief, als er spürte, wie der Alarm an seinem Handgelenk vibrierte. Tex hatte ihnen gesagt, dass das Haus komplett verdrahtet wäre. Niemand konnte unentdeckt ein- oder aussteigen. Niemand hatte geglaubt, dass sie sich wirklich Gedanken darum machen müssten, während Fiona sich erholte, aber es war selbstverständlich, dass sie wachsam waren.

Überrascht sprang Benny aus dem Bett, riss die Schlafzimmertür auf und lief den Flur hinunter in den Kontrollraum. Der Hauptkontrollraum war eigentlich unten in einem bunkerartigen Raum eingerichtet, da sie aber so viel Zeit hier oben mit Fiona verbrachten, hatten sie sich darauf geeinigt, einige der Geräte nach oben zu verlegen, um im Fall der Fälle näher zu sein.

Benny warf einen Blick auf den Bildschirm und fluchte. Scheiße. Er wirbelte herum, lief den Flur entlang und die Treppe hinunter. Ohne Zeit damit zu verlieren, seine Teamkollegen zu kontaktieren oder den Alarm zu deaktivieren, lief Benny um das Gebäude herum, ohne genau zu wissen, was ihn erwarten würde, und sah hinauf. »Oh, verdammt«, murmelte er.

Fiona versuchte, langsam am Abflussrohr herunterzurutschen, aber ihre Hände waren rutschig von dem Blut, das aus der Wunde lief, wo sie die Infusionsnadel herausgezogen hatte. Sie rutschte immer schneller auf den Boden zu. Sie konnte nur noch versuchen, sich irgendwie festzuhalten.

Benny fing Fiona auf, kurz bevor sie den Boden erreichte. Gerade als er sie erwischt hatte, kam Dude auf alles vorbereitet mit gezogener Waffe um die Ecke des Gebäudes.

Fiona spürte, wie jemand sie packte, als sie fliehen wollte. Sie war so nahe dran gewesen. Sie versuchte, sich aus den Armen des Mannes zu befreien, sein Griff war aber zu fest.

»Lass mich los, lass mich *los*«, krächzte sie, während sie versuchte, ihn zu schlagen und ihm die Augen auszukratzen. Benny stöhnte und drückte sie fester an seine Brust. Dude erfasste schnell, was vor sich ging, schaute zum Fenster und brüllte: »Cooookie.«

Cookie hörte, wie Dude nach ihm schrie, und wusste, dass etwas ganz und gar nicht stimmte. Brüllen war nicht ihre übliche Art zu kommunizieren. Wenn Dude also lauthals von draußen herein brüllte, war etwas ernsthaft schiefgegangen. Er musste Fiona beschützen.

Mit einem kräftigen Stoß gegen die Badezimmertür brach er die Tür auf, als wäre sie nie verschlossen gewesen. Sein Herz schlug ihm bis zum Hals. Er versuchte zu verstehen, was der leere Raum zu bedeuten hatte, wobei er den Infusionsständer und das Blut an Wand und Fenster entdeckte ... und natürlich das *offene* Fenster.

Cookie ging zum Fenster und schaute hinaus. »Verdammte Scheiße.« Er sah, wie Benny mit Fiona kämpfte und Dude vor ihr kniete und versuchte, ihre Beine festzuhalten. Sie schrie und kämpfte und wollte sich aus seinen Armen befreien. Er sah das Blut auf ihrem Arm, versuchte aber, es auszublenden. Cookie sagte kein Wort, drehte sich um und stürzte die Treppe hinunter, um zu Fiona zu gelangen.

Als er nach draußen kam, sah Cookie, wie Benny auf dem Boden lag und Fiona im Ringergriff festhielt, damit sie nicht entkommen konnte. Einen Arm hatte er diagonal um ihren Oberkörper gelegt und den anderen um ihren Kopf, um sie ruhigzustellen, ihr aber ausreichend Luft zum Atmen zu lassen. Dude kniete neben ihnen und hielt Fionas Beine mit seinen Händen direkt über ihren Knien fest. Fionas Arme waren in Bennys Griff an ihren Seiten gefangen. Mit Tränen und Wut in den Augen sah sie zu Cookie auf.

»Lasst mich gehen, ihr verdammten Mistkerle. Ihr könnt mich hier nicht festhalten. Lasst mich gehen, lasst mich einfach gehen.«

Benny sah traurig zu Cookie auf. »Ich vermute, sie hat das Schlimmste doch noch nicht überstanden.«

Cookie nickte betroffen bei den eigentlich überflüssigen Worten seines Teamkollegen und hockte sich unbeholfen neben Benny, Dude und Fiona.

»Fiona, ich bin es, Hunter. Du bist in Sicherheit. Alles wird gut werden. Du bist in Texas.« Er musste versuchen, zu ihr durchzukommen.

»Halt die *Klappe*!«, schrie sie böse, während sie gleichzeitig versuchte, sich aus Bennys Griff zu befreien. »Ich glaube dir kein Wort, du Arschloch. Und ich werde dich umbringen. Ich werde dir deine verdammten Arme abreißen und dir die Augen ausstechen, warte nur ab.« Fiona versuchte zu spucken, aber ihr Speichel landete nur ein paar Zentimeter von ihrer Hüfte entfernt anstatt auf Cookie.

»Ich werde es nicht tun. Ich werde nichts von dem tun, was ihr von mir verlangt. Hörst du mich? Ich werde es *nicht* tun. Ihr seid krank. Ihr könnt Leute nicht einfach *verkaufen*. Wir sind keine *Sklaven*. Menschen zu vergewaltigen, sie zu verletzen und unter Drogen zu setzen, bis sie tun, was ihr wollt, ist eine schreckliche Sache.« Sie hielt inne, ihr Atem stockte, aber sie fuhr fort: »Ich werde *niemals* ein ›braves kleines Mädchen‹ sein und mich niemals als Sexsklavin halten lassen. *Niemals*. Hast du mich verstanden? Du kannst mich genauso gut sofort töten. Tu es einfach. *Tu es, verdammt!*«

Cookie stand auf, wütender als jemals zuvor. Nicht über Fiona, sondern über ihre Entführer. *Sie* hatten ihr das angetan. Er wusste, dass sie einen Teil der Hölle, die sie durchgemacht hatte, jetzt noch einmal durchlebte. Er wusste, dass Fiona glaubte, sie wären die Entführer. Cookie wollte sofort in ein Flugzeug steigen, nach Mexiko zurückfliegen und diese Schweine jagen. Sie hatten Fiona verletzt. Sie hatten ihr unaussprechlich grausame Dinge angetan. *Seiner* Fiona. Er wollte sie alle töten. Cookie wusste, dass er sich beherrschen musste. Auch wenn er diese Drecksäcke töten wollte, musste er sich zuerst um Fiona kümmern. Sie stand jetzt an erster Stelle. Für immer. Er hatte keine Ahnung, was die Zukunft für sie bringen würde, er wusste nur, dass er sie mit ihr gemeinsam verbringen wollte.

»Hast du sie?«, fragte Cookie Benny mit zusammengebissenen Zähnen. Er wollte derjenige sein, der Fiona hielt, aber er wusste, dass er noch nicht hundertprozentig fit war, und er wollte nicht riskieren, sie fallen zu lassen oder dass sie sich womöglich befreite und am Ende weiter verletzte.

Benny nickte. Dude half Benny aufzustehen, da er Fiona immer noch festhielt und seine Arme nicht benutzen konnte. Ungeschickt gingen die vier ins Haus und die Treppe hinauf. Fiona schleuderte ihnen Beleidigungen entgegen und drohte ihnen den ganzen Weg über diverse Verletzungen an.

Keiner der Männer sagte ein Wort, während sie die Treppe hinauf und in ihr Zimmer gingen. Keiner von ihnen war angewidert oder hatte Mitleid mit ihr. Sie kannten jetzt Fionas Geschichte. Mit den wenigen Worten, die sie draußen auf sie losgelassen hatte, hatte sie alles enthüllt, was sie durchgemacht hatte. Den Rest hatten sie zwischen den Zeilen lesen können. Die Schimpfwörter und Beleidigungen, die sie auf ihrem Weg nach oben immer wieder herausbrüllte, waren eine Folge der Drogen und der Ereignisse, die ihr widerfahren waren. Das wussten sie und sie verstanden es.

SEAL-Teams haben bekanntermaßen einen engen Zusammenhalt. Bei jeder Mission legen sie ihr Leben in die Hände der anderen. Das wird ihnen bereits während der Grundausbildung eingetrichtert. Aber diese Situation war etwas Neues. Benny, Dude und Cookie hatten sich noch nie so nahe gefühlt wie in diesem Moment. Es wurden keine Worte gewechselt, während Fiona zurück in ihr Bett getragen und festgehalten wurde. Diese Frau hatte die Hölle durchgemacht, hatte aber nicht ihren Willen brechen lassen. Sie war geschlagen worden. Sie kämpfte bis zu ihrem letzten Atemzug. Sie war zahlenmäßig unterlegen und schwach, aber sie kämpfte weiter. Es erfüllte sie mit Demut und Erstaunen. Die drei Männer hatten schon einmal eine mutige Frau gesehen. Sie hatten gesehen, wie Caroline so heftig verprügelt wurde, dass die meisten Männer klein beigegeben hätten. Sie hatten gesehen, wie sie mit zusammengebundenen Beinen ins Meer geworfen wurde. Und trotzdem hatte sie ihre innere Kraft und Ruhe bewahrt. Aber irgendwie war das hier etwas ganz anderes.

Sie wollten Rache für Fiona, obwohl sie wussten, dass sie die vielleicht nie bekommen würden. Aber alle drei Männer schworen still und leise, alles zu tun, damit Fiona sich wieder sicher fühlen konnte. Irgendwie würden sie es schaffen, dass sie sich wieder sicher fühlte.

KAPITEL ZEHN

Fiona kämpfte schwach auf dem Bett gegen die Fesseln an, die sie ihr hatten anlegen müssen. Zumindest war sie nicht mehr am Hals gefesselt. Und sie war nicht auf dem harten Boden. Wieder kam ihr etwas in den Sinn, an das sie sich erinnern sollte ... aber es war bereits wieder verschwunden, sobald ihr der Gedanke durch den Kopf ging. Sie wollten sie verletzen, sie *hatten* sie verletzt. Sie wollten sie verkaufen. Sie wollten sie töten.

Sie sah, wie einer der Männer, die neben ihr standen, eine Spritze aufzog. Er drehte sich dabei um, aber Fiona wusste genau, was er tat. Oh Gott. Nicht schon wieder. Nicht noch mehr Drogen. Fiona würde nicht betteln. Das hatte sie schon versucht und es hatte nichts gebracht, außer dass sie sich noch erbärmlicher gefühlt hatte.

»Ich werde nicht betteln, du Arschloch«, schrie Fiona in den Raum und sah die beiden anderen Männer. Sie blinzelte, um besser sehen zu können, fuhr aber fort, obwohl nach wie vor alles verschwommen war. »Du kannst mich betäuben, soviel du willst, aber es wird nicht helfen. Ich werde nicht tun, was ihr sagt, selbst wenn ich nie hier rauskomme. Ihr werdet alle dafür bezahlen, das schwöre ich bei Gott. Ich kann euch nicht daran hindern, mich mit Drogen vollzupumpen, aber es wird euch nicht helfen, mich zu verkaufen. Ich werde dafür sorgen, dass jeder, an den ihr mich verkauft, es bereuen wird und es auf euch zurückfällt.«

Fionas Stimme brach ab. Ihr Brüllen tat ihr in den Ohren weh. Sie konnte ihr eigenes Atmen hören. Oh Gott, er würde ihr wirklich wieder Drogen verabreichen. Sie schloss die Augen und drehte den Kopf so weit wie möglich zur Seite. Sie konnte nicht mehr kämpfen. Sie hielten sie fest und sie fühlte den Stich der Nadel in ihrem Arm. Scheiße. Fionas Gedanken gingen mehr und mehr durcheinander und sie hieß die Dunkelheit willkommen, die sie überkam. Sie wollte diesmal lieber nicht wissen, was sie mit ihr machen würden, während sie nicht bei Bewusstsein war.

Die Männer seufzten. Gott sei Dank. Das Valium, das Benny ihr gegeben hatte, zeigte schnell Wirkung. Niemand sagte ein Wort. Dude war damit beschäftigt, einen weiteren Zugang für eine Infusion in ihrem anderen Arm zu setzen. Cookie versuchte, das Blut an ihrem Körper abzuwischen. Benny machte sich an die Arbeit und putzte das Badezimmer.

Dude war der Erste, der in sein Schlafzimmer zurückkehrte. Benny und Cookie saßen zu beiden Seiten von Fionas Bett und beobachteten sie. Sie atmete ein bisschen schnell, schien aber sonst ruhig zu sein.

»Heilige Scheiße, Cookie«, sagte Benny schließlich. Cookie nickte nur. Beide stellten sich die Hölle vor, die Fiona durchgemacht hatte. Die Tatsache, dass sie nicht aufgab, dass sie immer noch nicht aufhörte, sich zu wehren, sagte viel über sie aus.

»Weißt du, als ich vom Hubschrauber aus gesehen habe, wie du angeschossen wurdest, habe ich mich einen Moment gefragt, was zum Teufel wir machen sollen. Wir hatten bereits eine Geisel gerettet und du hattest eine unbekannte Person bei dir. Ich hätte sie fast ausgeschaltet.«

Zum ersten Mal, seit er begonnen hatte zu reden, schaute Benny von Fionas Gesicht auf und hinüber zu Cookie. »Wir hatten keine Ahnung, dass sie auch eine Geisel war, und ich konnte nur daran denken, dass sie entbehrlich war und du nicht. Ich hatte meinen Finger am Abzug und war bereit zu schießen, als ich sie mit dir aus dem Busch stolpern sah. Sie hat dich halb gezogen und halb getragen, um dich zur Leiter zu bringen. Sobald ich gesehen habe, dass sie dich gesichert hatte, haben wir dich so schnell wie möglich hochgezogen. Sogar in diesem Moment habe ich noch daran gedacht, sofort zu verschwinden und sie zurückzulassen. Wir wussten nicht, wer sie war, und wir hatten dich und die Geisel gerettet.«

Benny machte eine Pause, holte tief Luft und fuhr fort: »Ich wollte gerade den Mund öffnen, um Wolf zu sagen, er soll uns rausbringen, als ich sah, wie sie mit deinem Rucksack kämpfte. Fiona sah einfach zum Hubschrauber auf und wartete. Sie wusste, wir könnten sie dalassen. Sie hat nicht gebettelt, sie hat uns nicht bedeutet, die Leiter zu senken, sie hat nur gewartet ... und gehofft. Gott, diese Hoffnung. Ich konnte es vom Hubschrauber aus sehen. Als ich vom Hubschrauber auf sie hinabsah und sie zu uns hinauf, konnte ich nur eine einzige Entscheidung treffen. Ich ließ die Leiter herunter. Ich konnte ihre Erleichterung förmlich sehen.« Benny hielt erneut inne.

Cookie nickte und wusste, wie schwer diese Entscheidung gewesen sein musste. Er wartete darauf, dass sein Freund fortfuhr.

»Jetzt, wo wir *etwas* von der Hölle kennen, die Fiona durchgemacht hat, und verdammt noch mal, wir beide wissen, dass wir wahrscheinlich nicht einmal die halbe Wahrheit kennen, fühle ich mich schuldig, dass ich überhaupt darüber *nachgedacht* habe, sie zurückzulassen.«

Stille erfüllte den Raum, nur unterbrochen von dem leisen Keuchen, das Fiona machte, während sie schlief.

Cookie nickte seinem Freund und Teamkollegen zu. »Glaub mir, ich weiß, was du meinst. Ich hatte Julie bereits befreit und wir waren nur einen Schritt davon entfernt, aus diesem Höllenloch zu verschwinden, in dem sie festgehalten worden war, als mich *irgendetwas* dazu veranlasste, mich ein letztes Mal umzusehen. Ich habe nichts gehört, aber etwas beunruhigte mich. Wenn ich darüber nachdenke, was passiert wäre, wenn ich dieses Gefühl ignoriert hätte, dass Fiona dort zurückgeblieben wäre ...« Cookies Stimme dröhnte.

Die Männer wussten beide, was für eine außergewöhnliche Frau Fiona war. Sie gaben ihr nicht die Schuld für das, was heute Abend passiert war. In Wirklichkeit gaben sich beide selbst die Schuld. Sie hätten wissen sollen, dass es ihr noch nicht besser ging, sie hätten wachsamer sein müssen. Aber während sie dort neben Fiona saßen, nachdem sie ihre Qualen, ihre Stärke und ihren Lebenswillen gesehen hatten, gaben sie ein stilles Versprechen ab, dass dieser Frau nie wieder etwas passieren durfte. Egal wohin sie ging oder was sie tat, sie würden auf sie aufpassen. Das war das Mindeste, was sie tun konnten.

Zwei Tage später rollte Fiona sich unter Stöhnen herum. Ihr Körper fühlte sich an, als wäre er durch den Fleischwolf gedreht worden. Sie hatte überall Schmerzen. Ihr Kopf fühlte sich an wie benommen, aber sie holte tief Luft und sah sich um. Sie sah Hunter in einem Stuhl neben ihrem Bett sitzen. Seine Füße lagen auf der Matratze, die Arme waren vor der Brust verschränkt und sein Kopf zur Seite geneigt, während er leise schnarchte. Fiona fragte sich, wie spät es war und warum er hier schlief.

Cookie erwachte aus seinem leichten Schlaf neben dem Bett und sah, dass Fiona ihn anstarrte.

»Hi«, sagte er leise, ohne zu wissen, ob Fiona sich ihrer Umgebung wirklich bewusst war oder nicht.

»Hallo«, antwortete Fiona. »Du siehst ziemlich beschissen aus«, sagte sie ehrlich zu Hunter.

Er lachte. »Du siehst selbst nicht gerade umwerfend aus«, scherzte er vorsichtig. Das Lächeln verschwand aber schnell wieder von seinem Gesicht und er setzte sich auf. Er beugte sich vor und legte seine Hand auf ihre Stirn. Fiona versuchte, nicht zurückzuschrecken oder bei seiner sanften Berührung rot zu werden.

»Wie geht es dir?«, fragte Cookie vorsichtig. Er wollte Fionas Geisteszustand prüfen, bevor er sie wieder selbst etwas tun ließ und sie womöglich erneut aus dem Fenster im Obergeschoss kletterte.

»Ich fühle mich komisch«, antwortete Fiona ehrlich.

»Inwiefern?«, fragte Cookie und legte den Kopf zur Seite, während er auf ihre Antwort wartete.

»Ich fühle mich schwach, mein Mund fühlt sich an, als hätte ich einen ganzen Monat lang Baumwolle gekaut, und ich muss auf die Toilette«, antwortete Fiona aufrichtig.

Cookie starrte sie nur einen Moment an.

»Was?«, fragte Fiona schließlich. »Warum schaust du mich so an?«

»Erinnerst du dich an irgendetwas, das in den letzten Tagen passiert ist?«, fragte Cookie leise.

Fiona spannte sich an. Oh scheiße. Was war passiert? Was hatte sie getan? Sie schüttelte nur den Kopf und wartete darauf, was Hunter zu sagen hatte.

Cookie sah ihr in die Augen und sagte nur: »Okay, ich werde dir aufhelfen und dann sehen wir weiter.«

Fiona fragte sich, was Hunter ihr verschwieg, aber sie musste wirklich auf die Toilette. Die Fragen mussten also warten. Sie ließ sich von Hunter aus dem Bett helfen und zum Badezimmer begleiten. Sie deutete auf die Infusionsnadel, die immer noch in ihrem Arm steckte. »Kann ich das irgendwann entfernen? Ich bin kein großer Fan von Nadeln, die in meiner Haut stecken, auch wenn es mir hilft, es macht mich fertig.«

»Wir werden sehen«, sagte Hunter emotionslos.

Fiona bemerkte, dass die Badezimmertür fehlte. Es sah danach aus, als wäre sie aus den Angeln gerissen worden. Sie erinnerte sich nicht mehr sehr gut an ihre Ankunft im Haus, vermutete aber, dass sie eine fehlende Tür nicht vergessen hätte. Auf keinen Fall würde sie pinkeln, während Hunter ihr dabei zusah.

»Brauchst du Hilfe?«, fragte Hunter.

Fiona schüttelte heftig den Kopf. »Nein!«

»Okay, ich warte gleich hier neben der Tür. Ich werde mich umdrehen. Wenn du fertig bist, lass es mich einfach wissen und ich komme herein und helfe dir.«

Fiona schlurfte ins Badezimmer. Sie dachte nicht weiter darüber nach, ob Hunter vielleicht zugucken könnte, sondern erledigte schnell, was zu erledigen war, und sah sich dann im Spiegel an. Oh. Mein. Gott. Sie sah aus wie die Kreatur aus der schwarzen Lagune. Sie erkannte sich selbst fast nicht wieder. Fiona dachte nicht, dass sie ein Geräusch gemacht hatte, aber plötzlich war Hunter da.

Fiona beobachtete im Spiegel, wie er hinter sie trat, seine Hände zu beiden Seiten ihrer Hüften auf den Waschtisch legte und sich vorbeugte. Sie konnte ihn an ihrem gesamten Rücken spüren. Sein Körper schien ihren vollständig zu bedecken. Fiona hatte vorher gar nicht bemerkt, wie groß er eigentlich war. Ihr Kopf reichte Hunter gerade bis unters Kinn. Er begegnete ihrem Blick im Spiegel.

»Wie geht es dir *wirklich*, Fee?«, fragte er leise.

»Mir geht es gut, Hunter«, antwortete sie ebenso leise. Und so war es auch. Sie lebte, sie war in Sicherheit, sie war nicht mehr im Dschungel. Es war verdammt großartig.

Hunter sah sie weiter an. Fiona blickte auf den Waschtisch hinunter. Mit ihm im Rücken hätte sie sich eingeengt fühlen sollen, aber sie tat es nicht. Es fühlte sich gut an. Sie konnte seine Stärke spüren, und sie wollte sich eigentlich nur fallen lassen und sich ein Mal in ihrem Leben von seiner Kraft besänftigen lassen. Fiona verwarf diesen Gedanken so schnell wieder, wie er gekommen war, und versuchte, aufrecht zu stehen. Sie war stark. Sie musste stark sein.

Hunter nahm ihr die Entscheidung ab. Einen Arm legte er über Fionas Brust und den anderen um ihre Taille. Er zog sie fest an sich heran. Fiona ließ es bereitwillig geschehen. Und schon bald fingen die Tränen an zu laufen. Sie konnte es nicht ändern. Sie war schwach und fühlte sich verwundbar. Die Art, wie er sie hielt, als wäre sie aus Glas, war einfach zu viel für sie.

Cookie drehte sie in seinen Armen herum und hielt sie fest, während sie weinte. Er hasste es, sie so aufgebracht zu sehen, aber er war froh, zum ersten

Mal, seit er sie getroffen hatte, diese ehrliche Emotion zu entdecken.

Er legte einen Arm um ihren Rücken und den anderen um ihren Nacken. Er schob ihren Kopf an seine Schulter. Fiona weinte und zitterte, und Cookie konnte ihre Tränen an seinem Hals spüren. Sie hatte die Arme vor ihrem Körper verschränkt und er konnte spüren, wie sie sich an seinem Hemd festklammerte, als würde sie ihn niemals mehr loslassen wollen.

»Lass es alles heraus, Fee. Du bist in Sicherheit. Ich halte dich«, murmelte Cookie die Worte in Fionas Haar und wusste, dass sie den ganzen Tag so stehen könnten, wenn sie es brauchte.

»I-i-ich weiß nicht einmal, warum ich weine.« Ihre Worte klangen gedämpft an seinem Hals, aber Cookie hörte es trotzdem.

»Es ist Erleichterung. Ich weiß, wie stark du gewesen bist und dass diese Arschlöcher dich während deiner Gefangenschaft wahrscheinlich niemals haben weinen sehen. Aber jetzt musst du nicht mehr stark sein.«

Als ihre Tränen schließlich weniger wurden und Cookie spürte, dass Fionas Zittern nachließ, hob er sie vorsichtig in seine Arme und trug sie mit dem Infusionsständer zurück ins Schlafzimmer.

Cookie setzte Fiona auf einen Stuhl in der Ecke des Raumes und küsste sie auf die Stirn. Er sah ihr in die Augen und befahl: »Bleib einen Moment hier sitzen,

Fee. Ich werde die Bettwäsche wechseln, bevor du dich wieder hinlegst.«

Cookie wartete, bis Fiona nickte, drehte sich dann zum Bett und machte sich schnell und effizient an die Arbeit. Er wollte ihr etwas Zeit geben, um sich zu sammeln. Nachdem er das Bett gemacht hatte, ging er zurück zu Fiona und half ihr vom Stuhl. Er stützte sie am Arm und half ihr, eigenständig zurück zum Bett zu gehen. Cookie deckte sie zu, beugte sich vor und gab ihr einen Kuss auf die Stirn. Er blieb in ihrer Nähe und flüsterte: »Schlaf, Fee. Ich bin hier, wenn du wieder aufwachst. Alles wird gut. Das schwöre ich.«

»Danke, Hunter. Danke, dass du mich gefunden hast. Du hast keine Ahnung ... einfach danke.« Fiona schloss die Augen und schlief in wenigen Augenblicken wieder ein, ohne auf Hunters Antwort zu warten.

Als Fiona erneut aufwachte, war Hunter da, so wie er es versprochen hatte. Sie hatte keine Ahnung, wie lange sie geschlafen hatte. Sie hätte beinahe protestiert, dass Hunter den Babysitter für sie spielte, aber wenn sie ehrlich war, fühlte es sich gut an. Als Fiona aus der Nähe der Tür ein Geräusch hörte, drehte sie sich um und sah, dass Benny ebenfalls im Raum war.

»Hallo Fiona. Fühlst du dich besser?«

»Ja. Vielen Dank für alles, was ihr für mich getan habt.«

»Gern geschehen. Es ist an der Zeit, die Infusionsnadel zu entfernen.« Benny kam gleich zum Wesentlichen.

Bei seiner professionellen Haltung fühlte Fiona sich tatsächlich wohler. Sie hatte es noch nie gemocht, im Mittelpunkt der Aufmerksamkeit zu stehen.

Benny machte sich schnell daran, die Kanüle aus ihrem Arm zu ziehen. Fiona rieb sich die Stelle, wo die Nadel sich befunden hatte.

Ein anderer Mann kam mit einem Tablett voller Speisen ins Zimmer. Fiona lief sofort das Wasser im Mund zusammen. Sie konnte sich nicht einmal daran erinnern, wann sie das letzte Mal etwas Richtiges gegessen hatte. Sie dachte, es wären keine guten Manieren, dem Mann auf halbem Weg das Tablett aus den Armen zu reißen und sich darauf zu stürzen, aber oh, sie wollte es so sehr.

»Fee, ich möchte dich meinen Teamkollegen vorstellen. Der mit dem Tablett ist Dude und Benny hat gerade den Zugang entfernt.«

Fiona runzelte die Stirn. »Benny? Dude? Sind das eure richtigen Namen?«

Dude lachte, als er das Tablett aufs Bett stellte. »Nein, Fiona, das sind Spitznamen. Genau wie Hunters Spitzname Cookie ist.«

Fiona konnte den Blick nicht von dem Tablett abwenden. Die Suppe dampfte und das Brötchen neben der Schüssel sah himmlisch aus. »Ah ... okay.«

Sie wusste nicht wirklich, was sie sagte, die Mahlzeit zog ihre ganze Aufmerksamkeit auf sich.

Benny lachte. »Dude, du solltest dich besser von diesem Tablett entfernen, es sieht so aus, als würde sie gleich darum kämpfen.«

Fiona wurde knallrot und sah auf ihre Hände in ihrem Schoß hinunter. Sie fühlte, wie sich das Bett neben ihr bewegte, sah aber nicht hinüber.

Cookie saß jetzt neben Fiona und schien beunruhigt zu sein, dass es *ihr* peinlich war. Er legte eine Hand an ihre Taille und zog das Tablett so, dass es vor ihm und neben Fiona stand. »Hau rein, Fee, es macht uns nichts aus.«

Fiona zögerte nicht. Sie nahm das Brötchen und riss es in zwei Hälften. Sie kümmerte sich nicht um die Butter, die auf dem Tablett lag, sondern nahm einen großen Bissen vom Brot und stöhnte fast dabei. Jesus, es war sogar warm. Fiona zwang sich, die Brötchenteile wegzulegen und den Löffel zu nehmen. Sie beugte sich vor, um die Suppe nicht zu verschütten, und schlürfte die köstliche Brühe. Wahrscheinlich war sie aus einer Büchse, aber sie schmeckte himmlisch.

Fiona war es nun egal, dass die drei Männer sie beim Essen beobachteten, sie war ausgehungert. Als sie die Mahlzeit zuerst gesehen hatte, hatte sie nicht geglaubt, dass es genug wäre. Nachdem sie die Hälfte des Brötchens und den größten Teil der Suppe aufgegessen hatte, war sie aber überraschend voll. Fiona wusste, dass ihr Körper Zeit brauchte, um sich wieder ans Essen zu gewöhnen. Sie wollte nicht, dass ihr übel wurde, also zwang sie sich, den Löffel wegzulegen.

Fiona fühlte Hunters Hand an ihrem Rücken und bemerkte plötzlich, dass er sie die ganze Zeit dort gelassen hatte, während sie gegessen hatte. Die Wärme seiner Hand fühlte sich gut an. Sie war seit langer Zeit nicht mehr so sanft berührt worden.

Fiona versuchte zu ignorieren, wie Benny und Dude sie betrachteten. Sie wollte gar nicht erst versuchen, ihr Aussehen zu interpretieren. Sie war zu müde und zu erschöpft dafür. Schließlich konnte sie es aber nicht mehr aushalten.

»Es tut mir leid«, sagte Fiona mit so viel Würde wie möglich.

»Was tut dir leid?«, fragte Benny, bevor Cookie es tun konnte.

»Alles, was ich getan habe und was passiert ist, an das ich mich nicht mehr erinnern kann«, sagte Fiona ehrlich. Sie bemerkte, wie die Männer sich anstarrten. »Niemand von euch hat etwas dazu gesagt, aber so wie ihr mich behandelt, kann es nicht gut gewesen sein. Welcher Tag ist heute überhaupt?«, fragte sie plötzlich und wechselte abrupt das Thema. »Wie lange bin ich schon hier?« Sie konnte sehen, dass sie es ihr nicht sagen wollten. Schließlich gab Dude nach.

»Fünf Tage.«

Fünf Tage. Verdammt. »Wow, fünf Tage, okay«, überlegte Fiona laut. »Ich muss wirklich weggetreten gewesen sein, wenn ich mich nicht an fünf Tage erinnern kann. Was auch immer ich getan habe, das euch dazu bringt, mich so zu behandeln, tut mir leid.«

Cookie schüttelte den Kopf. »Fee, es gibt nichts, wofür du dich entschuldigen müsstest. Nichts. Hast du gehört?« Er wartete darauf, dass sie nickte, bevor er fortfuhr: »Du warst krank und wir haben uns um dich gekümmert. Das ist alles.«

Fiona wusste, dass er es beschönigte, aber sie beließ es dabei. »Okay.« Sie machte eine Pause. »Kann ich duschen gehen?«

Das brachte die Männer zum Lachen. »Ich wollte dich gerade fragen, ob du jetzt oder später duschen willst«, sagte Cookie.

»Oh, definitiv jetzt.«

Benny und Dude verließen den Raum und Hunter half Fiona aus dem Bett und stützte sie, als sie auf ihren Füßen schwankte. Fiona sah an sich hinunter und wurde rot. Sie trug ein Hemd mit Knöpfen, offensichtlich von einem der Männer.

Cookie bemerkte ihren verlegenen Gesichtsausdruck und beruhigte sie schnell. »Mein Hemd war am praktischsten, solange du krank warst. Ich kann nicht behaupten, dass wir nichts gesehen hätten, aber wir haben alles so klinisch wie möglich gehalten, um deine Privatsphäre zu wahren.«

Fiona nickte nur und wünschte, sie könnte im

Boden versinken und müsste keinen der Männer jemals wiedersehen.

Cookie legte ihr einen Finger unters Kinn und hob es an, damit sie ihm in die Augen sah. »Du brauchst nicht verlegen zu sein, Fee. Wir alle haben uns Sorgen um dich gemacht und uns wenig für deinen Körper interessiert.«

»Ich bin nicht sicher, ob ich mich dadurch besser fühle.«

»Vielleicht beruhigt es dich, wenn ich sage, selbst wenn du krank warst, halte ich dich immer noch für die schönste Frau, die ich je gesehen habe.«

Fiona sprangen fast die Augen aus dem Kopf. »Willst du mich veräppeln?« Sie versuchte erfolglos, ihr Gesicht aus seinem Griff zu befreien.

Cookie legte beide Hände an ihre Wangen, damit sie sich nicht mehr von ihm entfernen konnte, und hob ihren Kopf noch weiter an. Seine Daumen ruhten auf ihrem Unterkiefer. Cookie senkte den Kopf, bis seine Stirn an ihrer lag. »Nein, ich mache keine Witze. Ich habe noch nie in meinem Leben etwas so ernst gemeint. Es ist nicht nur dein Gesicht, Fee, du bist es. Ich kenne deinen Hintergrund nicht, deine Lieblingsfarbe, wo du aufgewachsen bist oder was du gerne isst, aber ich habe das Gefühl, *dich* zu kennen. Ich weiß, dass du stark bist, einen eisernen Willen hast, dass du mitfühlend bist und ein starkes Gefühl für Recht und Unrecht hast. Und vor allem weiß ich, dass du niemals aufgeben wirst. Die Chancen standen schon seit einiger Zeit gegen dich, aber du hast jedes Hindernis auf dem Weg überwunden. Und wenn du es nicht selbst überwinden konntest, hast du durchgehalten, bis du es mit etwas Hilfe geschafft hast. Das ist es, was deine Schönheit für mich ausmacht, Fee. Du bist atemberaubend schön.«

Heiliger Strohsack.

Cookie lehnte sich ein Stück zurück und gab ihr keine Chance, etwas zu erwidern. »Also, wie wäre es jetzt mit einer Dusche?«

Fiona stand unter der Dusche und genoss das Gefühl des Wassers auf ihrem Körper. Sie wusch sich mindestens dreimal die Haare, bevor sie mit dem Ergebnis zufrieden war. Hunter hatte ihr beim Duschen helfen wollen und gesagt, sie wäre weder stark noch stabil genug, um allein zu stehen, aber Fiona hatte diese Idee entschieden zurückgewiesen. Es war schlimm genug, dass er und seine Freunde sie nackt gesehen hatten, während sie krank war und sich wer weiß wie benommen hat.

Sie stand unter dem Wasserstrahl und dachte zum ersten Mal wirklich über alles nach, was mit ihr passiert war. Es war alles zu viel. Obwohl sie in Hunters Armen einen Weinkrampf bekommen hatte, als sie das erste Mal aufgewacht war, war sie stoisch geblieben, solange sie es hatte aushalten können. Jetzt erlaubte Fiona es sich, wieder zusammenzubrechen.

Sie rutschte die Wand hinunter auf den Boden der Dusche und schluchzte. Sie weinte aufgrund dessen, was die Entführer ihr angetan hatten, der Verletzungen, die sie erlitten hatte, der Angst und schließlich der Rettung.

Als ihre Haut bereits aufgequollen war und nur noch lauwarmes Wasser aus der Dusche kam, stellte Fiona das Wasser ab und stieg aus der Duschkabine, wobei sie darauf achtete, sich mit einer Hand am Handtuchhalter festzuhalten, damit sie nicht stürzte. Hunter hatte irgendwoher ein T-Shirt und eine Trainingshose besorgt, die sie anziehen konnte. Sie trocknete sich ab und schlüpfte in die sauberen Klamotten. Erstaunlicherweise passten sie ganz gut. Sie hatte weder Unterwäsche noch BH, aber nichts fühlte sich besser an als die weiche Baumwolle auf ihrer Haut. Sie konnte sich nicht einmal daran erinnern, wann sie sich das letzte Mal so sauber gefühlt hatte. Sie wusste, dass sie das nie wieder für selbstverständlich halten würde. Wahrscheinlich würde sie zukünftig vom Duschen besessen sein, aber Fiona vermutete, dass es schlimmere Dinge gab, von denen man besessen sein konnte. Sie zuckte mit den Schultern.

Fiona verließ das Badezimmer und stellte fest, dass Hunter neben der kaputten Tür stand. Er sah stark und fit aus und seine Schulterwunde war offensichtlich so gut verheilt, dass sie ihn nicht mehr störte. Fiona hatte keine Ahnung, was sie sagen oder tun sollte, aber sie wusste irgendwie, dass er sie beruhigte, und das nervöse Gefühl in ihrem Bauch ließ nach.

Cookie starrte die Frau an, die aus dem Badezimmer kam. Sie war immer noch so abgemagert wie zuvor und er bemerkte, dass sie geweint hatte. Die Dusche hatte aber auch erstaunliche Dienste geleistet. Ihre Haut strahlte und sah heller aus als je zuvor.

»Du siehst toll aus«, sagte Cookie ehrlich.

Fiona wurde rot und sah auf ihre Füße hinunter. »Danke, ich bin mir nicht sicher, ob ich toll aussehe, aber ich fühle mich hundertprozentig besser.«

»Hast du immer noch Hunger?«, fragte Cookie sie.

»Ich habe die Befürchtung, dass das sehr unweiblich klingt, aber ich könnte eine ganze Kuh verdrücken«, antwortete Fiona ehrlich. »Ich war vorhin satt, aber plötzlich bin ich wieder hungrig.«

»Ich denke, das wird noch eine Weile so gehen. Ich kann mich daran erinnern, wie unser Team einmal auf einer Mission gefangen genommen wurde. Nachdem wir freigelassen worden waren, fühlte ich mich wochenlang nicht satt.«

Unmittelbar war Fiona besorgt um ihn und legte ihre Hand auf Hunters Arm. Sie sah ihn mitleidig an und fragte: »Wie lange warst du gefangen?«

»Ich denke, nicht annähernd so lange, wie du es gewesen bist, Fee. Aber lange genug.«

»Es tut mir leid, Hunter.«

»Ich habe dir das nicht gesagt, um dein Mitgefühl

zu bekommen, aber danke, Fee. Ich wollte damit sagen, ich glaube, du wirst noch eine ganze Weile hungrig sein. Auch wenn du gleich nach dem Essen satt bist, wirst du zwanzig Minuten später wieder Hunger verspüren. Das ist die Art und Weise, wie dein Körper heilt. Daher ist es besser, mehrere kleine Mahlzeiten am Tag zu sich zu nehmen, als sich mit ein oder zwei vollzustopfen. Geh es einfach ruhig an und dein Körper wird dir mitteilen, was richtig ist.«

Fiona trat einen Schritt zurück und fand es schwer, in Hunters Gegenwart klar zu denken. Sie nickte bei seinen Worten. »Ich bin sicher, du hast recht. Ich war ohnehin schon immer eine Liebhaberin von Snacks. Daher wäre es schön, jetzt einen Grund für einen Snack zu haben.«

»Bist du bereit, nach unten zu gehen?«

Als sie nickte, nahm Cookie Fionas Hand und sie verließen leise das Schlafzimmer. Cookie hielt sie fest. Alles, was er zu ihr gesagt hatte, kam von Herzen, aber er hatte sich noch nie zuvor auf diese Art einer Frau geöffnet. Er wollte Fiona. Es gab nichts an ihr, was er nicht mochte. Nichts. Wenn es nach ihm ginge, war sie die Seine. *Seine.* Er verstand jetzt, wie Wolf und Abe für ihre Frauen empfanden. Irgendetwas in ihm sagte ihm, dass sie ihm gehörte. Er würde sich bei seinen beiden Teamkollegen entschuldigen müssen, dass er sie für verrückt gehalten hatte, sich so schnell an eine Frau zu binden.

Cookie wusste, dass er noch einiges vor sich hatte, bevor er Fiona offiziell als die Seine bezeichnen konnte. Sie hatten noch eine Menge zu erledigen und es gab vieles, was er nicht über sie wusste. Aber er würde dafür kämpfen, sie zu der Seinen zu machen. Für immer. Sie wusste es zwar noch nicht, aber ihr Leben hatte eine neue Richtung eingeschlagen, hoffentlich zum Besseren.

KAPITEL ELF

Als Fiona und Cookie das Esszimmer betraten, warteten Benny und Dude bereits auf sie. Der Tisch war mit mehreren Schüsseln gedeckt, die mit wohlriechenden Speisen gefüllt waren. Es gab drei Nudelgerichte mit verschiedenen Soßen, Alfredo-, Tomaten- und Fleischsoße, eine große Schüssel Salat und einen Teller mit Maiskolben, von denen Butter tropfte. Die Männer hatten offensichtlich gute Arbeit geleistet.

Fiona schaute von den Gerichten weg und war plötzlich verlegen. Offensichtlich hatte Hunter dafür gesorgt, dass die Mahlzeit serviert wurde, nachdem sie mit dem Duschen fertig war. Aber die Umstände, die sie ihretwegen hatten, und die Tatsache, überhaupt mit Fremden zusammen zu sein, waren ihr ein bisschen unangenehm. Sie war die einzige Frau hier und immer noch angeschlagen von allem, was passiert war, während sie gefangen gehalten wurde.

Cookie bemerkte ihr Unbehagen und drückte beruhigend ihre Hand. »Bist du okay?«

»Ja.« Fiona sah zu Hunter auf, als ihr ein Gedanke kam. »Du wirst mich doch nicht verlassen, oder?« Sie meinte in diesem Moment am Esstisch, aber nachdem die Worte ihren Mund verlassen hatten, wurde Fiona klar, dass es ihr auch nichts ausmachen würde, wenn Hunter für immer an ihrer Seite bliebe.

Hunters Augen strahlten bei ihren Worten, also führte er ihre Hand zu seinem Mund und küsste sie auf den Handrücken. »Niemals.«

Seine Worte und sein Kuss ließen einen Schauer durch Fionas Körper gleiten. Hatte er ihre Gedanken gelesen? Bei seinen Worten entspannte Fiona sich genug, um weiter in den Raum gehen zu können, als wäre nichts gewesen. Aber sie hielt Hunters Hand weiter fest, um sich zu beruhigen.

Cookie war erneut beeindruckt von Fionas innerer Stärke. Er bemerkte die Anspannung in ihrem Körper, als sie den Raum betraten, und konnte nicht anders, als stolz darauf zu sein, wie sehr sie sich anstrengte, Stärke zu zeigen. Er wusste, dass sie ihn eigentlich darum gebeten hatte, sie nicht mit seinen Teamkollegen allein am Tisch zu lassen, aber er hatte so geantwortet, als hätte sie ihn gebeten, *für immer* bei ihr zu bleiben.

Cookie half Fiona beim Platznehmen, bevor er sich rechts neben sie setzte. Auf dem Tisch wartete ein Festmahl auf sie. Fiona konnte sich nicht erinnern, jemals zuvor so viele Gerichte auf einem Haufen gesehen zu haben.

»Habt ihr das alles selbst gemacht?«

Benny zwinkerte Fiona zu und scherzte: »Ja, das haben wir ganz allein gemacht. Es verbirgt sich eben noch mehr hinter diesen hübschen Gesichtern.«

»Ich habe den Salat gemacht und den Mais gekocht«, sagte Dude mit ernster Miene zu Fiona und beschränkte sich darauf, ihre Frage zu den Gerichten zu beantworten, »aber Benny ist der Koch. Ich habe noch nie etwas von ihm gegessen, das nicht wirklich köstlich war.«

Benny zuckte nur die Achseln und sagte lässig: »Ich koche gern.«

Das Abendessen war lebhaft, alle scherzten miteinander und machten Witze. Für Fiona war es interessant, sich in einer solchen Atmosphäre aufzuhalten, da sie nie eine große Familie gehabt hatte und nicht wirklich wusste, wie sie sich verhalten sollte. Sie lächelte die Männer meistens nur an und beteiligte sich an der Unterhaltung, wenn sie konnte. Sie wusste, dass dieses Glück für sie nicht anhalten würde. Erstens konnte sie nicht für immer in diesem Haus bleiben. Fiona war sich nicht einmal sicher, *wo* sie war. Nur dass sie sich nicht mehr in Mexiko befand. Fiona wusste, dass sie eher früher als später nach Hause musste, und sie nahm an, dass dasselbe für die Jungs galt. Dies war nur ein kurzer Abschnitt in ihrem Leben und sie musste es genießen, solange sie konnte.

Fiona dachte, dass sie irgendwann mit Hunter und seinem Team darüber sprechen musste, was mit ihr passiert war, aber sie würde es nicht erwähnen, wenn sie es nicht taten.

Nachdem sie mit dem Essen fertig war und sie erneut weniger gegessen hatte als erwartet, musste sie daran denken, wie hungrig sie gewesen war, als sie ins Zimmer kam und die Speisen sah. Fiona half Hunter und den anderen, das Geschirr in die Küche zu tragen. Sie bestand darauf, dabei zu helfen, den Geschirrspüler einzuräumen und die Reste im Kühlschrank zu verstauen. Die Männer hatten Protest eingelegt, aber am Ende hatten sie ihr erlaubt zu helfen.

Während Fiona einen gebührenden Abstand zu Dude und Benny einhielt, bemerkte sie, dass Hunter fast die ganze Zeit an ihrer Seite war, als sie sich in der Küche aufhielten. Hin und wieder legte er seine Hand an ihre Taille, um sie zur Seite zu nehmen oder um sie einem seiner Teamkollegen aus dem Weg zu schieben. Seine Hand fühlte sich besitzergreifend an, aber auf eine gute Weise. Hunter blieb seinem Wort treu, ihr nicht von der Seite zu weichen.

Später am Abend saß Fiona auf der Couch, Hunter saß neben ihr und Benny und Dude hatten in zwei

Sesseln ihnen gegenüber Platz genommen. Sie befanden sich in der Bibliothek, einem der bequemsten Räume des Hauses. Fiona wusste, dass die Jungs es bewusst taten, um ihr Raum zu geben und ihr nicht zu nahe zu kommen, aber sie war immer noch nervös.

»Willst du fernsehen, Fiona?«, fragte Dude.

Fiona dachte eine Sekunde darüber nach. Es war eine Ewigkeit her, dass sie das letzte Mal irgendwelche Nachrichten gesehen hatte, und sie hatte plötzlich das heftige Verlangen danach, zu erfahren, was seit ihrer Entführung mit dem Rest der Welt passiert war. »Ich würde gern die Nachrichten sehen ... wenn das in Ordnung ist.«

»Natürlich ist das in Ordnung. Kein Problem.« Dude beugte sich vor und schnappte sich die Fernbedienung, die auf dem kleinen Kaffeetisch lag. Er schaltete den Fernseher ein und zappte durch die Kanäle, bis er einen Nachrichtensender gefunden hatte.

Fiona war begeistert, die Neuigkeiten über Politik und andere Nachrichten zu erfahren, die sie verpasst hatte.

Cookie behielt Fiona im Auge und schätzte ihren mentalen Zustand ein, während sie auf den Fernseher starrte. Cookie dachte nicht weiter darüber nach, wie sie sich dabei fühlte, alles verpasst zu haben, was in der Welt vor sich gegangen war, aber es war offensichtlich, dass sie es genoss, es nachzuholen.

Als Cookie sah, wie Fiona nach Luft schnappte, drehte er sich um und schaute auf den Fernseher. Benny nahm die Fernbedienung vom Tisch, auf dem Dude sie abgelegt hatte, und drehte die Lautstärke auf.

Unser nächster Bericht kommt aus Washington D.C., wo Senator Lytle eine Pressekonferenz gibt, um zu den Gerüchten Stellung zu nehmen, dass seine Tochter Julie Lytle entführt wurde. Wir werden jetzt live dazuschalten ...

Bevor ich näher auf die Geschehnisse bezüglich meiner Tochter eingehe, möchte ich mich öffentlich bei den Mitgliedern des SEAL-Teams bedanken, die nach Mexiko gesendet wurden, um meine Tochter zu retten. Die Männer und Frauen unserer Streitkräfte sind die stillen Helden, die jeden Tag ihr Leben im Kampf gegen das Böse auf der ganzen Welt riskieren. Sexhandel ist ein Problem, das nicht nur in den USA, sondern auf der ganzen Welt existiert. Frauen und Kinder werden entführt und zu Prostitution, Sklaverei und harter Arbeit gezwungen. Ich werde meine Position zukünftig nutzen, um unsere Regierung dazu zu bewegen, etwas dagegen zu unternehmen. Was die Gerüchte angeht, meine Tochter war ...

Der Fernseher wurde schwarz. Benny hatte ihn ausgeschaltet.

Fiona drehte sich um und sah ihn fragend an.

»Das musst du nicht noch einmal hören.«

Fiona nickte nur. Wenn sie selbst etwas mehr darüber nachdachte, wäre es ihr wahrscheinlich sehr unangenehm gewesen zu hören, was Julies Vater über ihre Zeit in Gefangenschaft zu sagen hatte. Es war richtig von Benny gewesen, es auszuschalten.

»Meinst du, du kannst uns deine Geschichte erzählen, Fiona?«

Fiona schluckte, es sah so aus, als wäre es an der Zeit. Sie konnte es nicht mehr hinauszögern.

»Erzähl uns, wer du bist, Fiona«, bat Cookie sanft. »Wie bist du in dieses Höllenloch gekommen und wo kommst du her?«

Fiona holte tief Luft und wusste, dass ihre Zeit an diesem Zufluchtsort langsam zu Ende ging. Sie würden sie nicht rausschmeißen, aber sie musste in die reale Welt zurückkehren, in *ihre* reale Welt, und sie mussten zurückkehren, wo sie hingehörten, um Menschen zu retten. Das war eine Tatsache.

»Ich heiße Fiona Rain Storme.« Sie sah, wie die Männer zusammenzuckten und sich Mühe gaben, sich ein Grinsen zu verkneifen. »Ja, schrecklich, nicht wahr? Meine Mutter war vierzehn, als sie mich bekam ... und sie hat mir erzählt, dass es in Strömen geregnet hat, als ich geboren wurde. Anscheinend war der Sturm plötzlich und unerwartet gekommen. Sie hatte eigentlich geplant, mir Sarah als zweiten Vornamen zu geben, aber als sie ins Krankenhaus eingeliefert wurde und das Unwetter begann, hat sie kurzerhand beschlossen, ihn zu ändern, wo doch ihr Nachname Storme war. Ich gebe zu, es ist nicht sehr kreativ, aber ich bin mir sicher, dass es einem jungen Mädchen sehr einfallsreich vorkam. Meinen Vater habe ich nie kennengelernt. Er hatte schon lange, bevor ich geboren wurde, das Weite gesucht. Für eine Weile lebten wir bei den Eltern meiner Mutter, aber offensichtlich mochten sie mich oder sie nicht. Als sie achtzehn wurde und ich vier Jahre alt war, haben sie uns rausgeworfen. Wir sind viel herumgezogen, kamen in Obdachlosenheimen unter und so weiter, bis ich ungefähr acht war. Eines Tages kam meine Mutter schließlich nicht wie üblich, um mich von der Schule abzuholen. Ich saß bis acht Uhr abends vor der Schule, bis mich einer der Lehrer entdeckte, der länger gearbeitete hatte, und die Polizei rief. Ich habe meine Mutter nie wiedergesehen. Ich habe keine Ahnung, was mit ihr passiert ist, und habe mich damit abgefunden. Danach bin ich ins Kinderheim und später zu Pflegeeltern gekommen, weil meine Großeltern mich nicht wollten ... aber es war in Ordnung.«

»In Ordnung?«, fragte Cookie streng.

»Ja, in Ordnung.«

Cookie wusste, dass er den schlimmsten Teil ihrer Geschichte noch nicht einmal gehört hatte, aber er war bereits so sauer auf ihre Mutter und ihre Großeltern, dass er sich kaum beherrschen konnte. Als Fiona dann ihre Kindheit im Heim und bei Pflegeeltern als »in Ordnung« bezeichnete, gab ihm das den Rest.

»Was genau bedeutet ›in Ordnung‹ für dich? Ich weiß, dass dir in Mexiko schreckliche Dinge widerfahren sind, die du wahrscheinlich herunterspielen und als ›keine so große Sache‹ bezeichnen würdest. Also würde ich gern genau wissen, was ›in Ordnung‹ für dich bedeutet.«

Fiona schaute Hunter an. Er sah nicht glücklich aus. Als sie achtzehn geworden und ihre letzte Pflegeeinrichtung verlassen hatte, hatte sie sich geschworen, ihre Kindheit niemals als Vorwand oder Entschuldigung für all das Schlechte zu nutzen, das ihr in ihrem Leben begegnen würde. Sie wollte von diesen schönen, knallharten Männern definitiv kein Mitleid, oder schlimmer noch, bedauert werden.

Fiona ignorierte die beiden anderen Männer im Raum und ging ein Risiko ein. Sie beugte sich zu Hunter, legte ihm eine Hand aufs Knie und lehnte ihren Kopf an seine Schulter. So würde sie ihn nicht direkt ansehen müssen, aber es tröstete sie auch. Nicht ganz unerwartet fühlte Fiona, wie Hunter sofort seinen Arm um ihre Schultern legte und sie näher an sich zog.

Als Fiona nicht sofort antwortete, forderte Cookie: »Fee?«

»Es bedeutet nur, dass ich keine märchenhafte Kindheit mit Ponys, Herzchen und Blumen hatte, aber es war auch nicht die Hölle, die viele Kinder durchmachen müssen.«

Fiona spürte, wie Hunter nickte und seine Lippen auf ihren Kopf drückte. »Okay. Für den Augenblick.

Kannst du uns erzählen, wie du in dieses Höllenloch in Mexiko gekommen bist?«

Fiona holte Luft und wusste, dass dies der schwierigste Teil war. »Ich lebe zurzeit in El Paso, wo ich als Verwaltungsassistentin an einer örtlichen Universität arbeite. Es ist der perfekt langweilige Job für mein perfekt langweiliges Leben. Die meiste Zeit verbringe ich damit, Studenten zu helfen, sich für Kurse einzuschreiben, oder verrückte Eltern zu beruhigen. Ich war ausgebrannt und brauchte eine Pause. Ich war im Urlaub in Florida, als ich verschleppt wurde.«

Fiona hielt erneut inne und wollte den Jungs nicht wirklich erzählen, wie dumm sie sich verhalten hatte. Sie wollte nichts weiter, als ihre Geschichte abzuhaken und nie wieder darüber nachzudenken, aber sie schuldete diesen Männern eine Erklärung. Sie hatten ihr Leben riskiert, um ihr zu helfen. Sie fühlte sich verpflichtet, es ihnen zu sagen. Fiona spürte, wie Hunter seine Hand auf ihre Hand auf ihrem Bein legte. Er drückte sie beruhigend. Es war erstaunlich, welche Wirkung seine kleinen Berührungen auf sie hatten. Fiona wusste nicht, warum sie Hunters Berührung ertragen konnte. Allein bei dem Gedanken daran, dass ein anderer Mann außer Hunter sie anfasste, flippte sie vollkommen aus. Aber sie war zu müde, um es jetzt zu analysieren. Fiona holte Luft und fuhr fort.

»Ich bin allein in den Urlaub gefahren. Ich hatte mir selbst eingeredet, dass ich erwachsen bin und es vollkommen in Ordnung und sicher ist, allein zu verreisen. Niemand wäre an mir interessiert. Ich bin nicht gerade der hinreißende Typ oder die Art Frau, nach der jemand suchen würde. Ich war drei Tage dort und habe mich nicht wirklich amüsiert, wenn ihr es schon wissen müsst. Es macht keinen Spaß, allein im Urlaub zu sein. Ich bin allein in Restaurants gegangen und ich habe sogar allein geschnorchelt. Aber es ist nicht besonders aufregend, wenn du deine Erfahrungen nicht mit jemandem teilen kannst.«

»Warum bist du überhaupt allein gefahren, Fee?«, fragte Cookie sanft und verstand nicht, wie jemand wie Fiona allein sein konnte.

Fiona sah verlegen nach unten.

»Jesus, es tut mir leid, ich wollte dich nicht in Verlegenheit bringen«, sagte Cookie zu ihr, beschämt, dass seine unschuldige Frage ihr solche Unbeholfenheit bereitete.

»Es ist okay, Hunter. Ich war müde von meinem Job. Die Arbeit ist weder besonders aufregend noch interessant und ich wollte einfach eine Pause machen. Ich habe keine engen Freundinnen, die ich hätte bitten können, mich zu begleiten.«

Dude stellte die Frage, die Cookie schon zuvor hatte stellen wollen, es sich aber verkniffen hatte. »Sollen wir jemanden anrufen und Bescheid sagen, dass es dir gut geht? Dass du am Leben bist. Freund? Mann?«

Fiona nahm ihren Kopf von Hunters Schulter und sah ihn alarmiert an. Obwohl Dude gefragt hatte, sprach sie Hunter direkt an. »Oh mein Gott, nein. Ich bin mit niemandem zusammen. Ich würde nicht ... ich würde nicht ...« Sie setzte sich auf, verlegen darüber, dass Hunter denken könnte, sie wäre verheiratet oder hätte einen Freund, obwohl sie sich so eng an ihn lehnte.

Cookie nahm Fiona wieder in die Arme und hielt sie fest. Er konnte fühlen, wie sie zitterte. »Schhhh, Fee. Niemand will dir irgendetwas unterstellen. Entspann dich.« Er streichelte ihren Rücken und funkelte Dude böse an.

Dude schüttelte nur verlegen den Kopf. »Nun, Fiona, ich wollte dir nur versichern, dass du mit jedem Kontakt aufnehmen kannst, wenn du willst.«

Fiona zog sich gerade so weit von Hunter zurück, dass sie den Kopf drehen und zu Dude hinüberblicken konnte. »Es gibt niemanden.«

Bei ihren gequälten Worten legte Cookie seine Hand auf ihren Kopf und drückte sie fester an seinen Oberkörper. Er liebte das Gefühl, wie Fiona ihre Arme zögernd um seinen Körper legte und ihn festhielt. »Erzähl uns den Rest, Fee. Du bist hier in Sicherheit. Erzähl weiter. Lass alles raus.«

Fiona nickte an Hunters Brust, ohne den Kopf zu heben. »Okay, es war mein vierter Tag in Florida und ich wollte am nächsten Tag abreisen. Ich beschloss, wenigstens ein Mal einen Klub zu besuchen, wenn ich nun schon dort war.«

Fiona hörte Bennys Schnauben und lachte, obwohl es nicht witzig war. »Ja, dumm. Ich weiß. Also, ich ging allein in diesen Klub und dachte, ich mache mir ein paar schöne Stunden. Ich hatte ein paar Drinks und beobachtete die anderen beim Tanzen. Ein Typ fragte mich, ob ich mit ihm tanzen wollte, und ich sagte Ja. Danach ging ich zurück zur Theke und trank weiter meinen Drink.«

Als Benny wieder schnaubte, stimmte Fiona ihm zu. »Ja, ich weiß. Wieder dumm. Wirklich dumm. Ernsthaft dumm. Niemand weiß das jetzt besser als ich. Und ich habe dafür bezahlt. Einen verdammt bitteren Preis.« Es wurde still im Raum. Niemand sagte ein Wort. Alle wussten, was Fiona als Nächstes sagen würde.

»Als ich aufwachte, fand ich mich in dem Raum wieder, in dem Hunter mich gefunden hat. Ich trug immer noch dasselbe blöde T-Shirt, die Shorts und die Flip-Flops, die ich im Klub anhatte. Ich denke, ich sollte froh sein, dass ich keine Schuhe mit Absätzen trug. Das hätte den Marsch durch den Dschungel sicherlich noch schwerer gemacht. Ich bin mir nicht sicher, wie viele Tage vergangen waren, als ich aufgewacht bin, aber ich war ziemlich fertig. Sie mussten schon angefangen haben, mir Drogen zu verabreichen, bevor ich wieder zu mir kam. Zuerst wurde ich am

Knöchel gefesselt, aber als ich sie angegriffen habe, wenn sie sich mir näherten, haben sie mich am Hals gefesselt. Auf diese Weise konnten sie mich besser kontrollieren. Ich denke, ich war ungefähr drei Monate dort, aber es ist schwer zu sagen, so oft wie ich bewusstlos war.« Fiona machte eine Pause. Niemand sagte ein Wort, obwohl sie sehen konnte, wie Dude und Benny die Zähne zusammenbissen.

»Was wollten sie von dir?«, fragte Dude schließlich. Er wusste es eigentlich bereits, wollte aber hören, was Fiona zu sagen hatte.

»Sie wollten mich als Sexsklavin verkaufen, aber ich war noch nicht richtig ›ausgebildet‹«, erklärte Fiona den Männern, ohne ein Blatt vor den Mund zu nehmen. »Sie haben darauf gewartet, meinen Willen zu brechen. Dass ich um Gnade winsele, um mehr Drogen bettele oder einfach darum, zu sterben. Aber ich wehrte mich. Ich habe nicht nachgegeben. Sie konnten mir nicht nehmen, wer ich war. Und ich dachte, was immer sie für mich auf Lager hatten, könnte nicht schlimmer sein als das, was mich danach erwarten würde. Ich hätte nicht geglaubt, dass sie mich auf diese Weise so lange behalten würden, aber zu diesem Zeitpunkt wussten sie nicht, was sie sonst mit mir anfangen sollten.«

»Braves Mädchen«, murmelte Cookie und streichelte Fiona übers Haar.

»Sie wurden jedoch immer wütender«, fuhr Fiona

fort und ignorierte Hunters Kommentar für den Moment. Sie würde später darüber nachdenken, wenn sie sich daran erinnerte, wie es war, von ihm gehalten zu werden. »Ich denke, ihr Käufer wurde langsam ungeduldig. Er wollte seine Sexsklavin und er wollte sie sofort. Und dann tauchte Julie auf. Sie war ganz anders als ich, also war ich ein bisschen verwirrt. Ich dachte, ihre Käufer würden eine bestimmte Art von Frau wollen, und Julie war in Aussehen und Temperament ganz anders als ich. Aber vielleicht war der Typ so verzweifelt, dass es ihn nicht mehr kümmerte. Wenn ihr nicht aufgetaucht wärt, wäre Julie vermutlich bald verkauft worden. Sie hat in dem Moment aufgegeben, als sie den Raum betrat. Sie bettelte darum, gehen zu dürfen. Sie tat alles, was von ihr verlangt wurde, und dachte, dass ihre Kooperation und ihr ›Daddy‹ sie retten würden. Sie stand so neben sich und war so ängstlich und manipulierbar ... in ein paar Tagen wäre sie bereit gewesen. Ich nehme an, dass sie mich dann getötet hätten.«

Benny konnte sich nicht mehr zurückhalten und stellte die Frage, über die Cookie und er schon länger nachgedacht hatten. Sie hatten darüber gesprochen, während sie sich erholt hatte, und konnten es sich nicht erklären.

»Warum hast du nichts gesagt, als Cookie in den Raum kam? Standst du so stark unter Drogen, dass du nicht gemerkt hast, dass er da war? Oder hättest du ihn wirklich bewusst ohne dich gehen lassen?«

Fiona überlegte, wie sie Benny antworten sollte, wusste aber nicht genau, worauf er hinauswollte. Sie hätte alles Mögliche sagen können, aber sie tat, was sie normalerweise tat, sie sagte die Wahrheit. Sie sah zu Hunter auf, während sie antwortete: »Du warst nicht meinetwegen da. Es wäre nicht fair von mir gewesen, deine Chancen zu verringern, mit Julie lebend davonzukommen. Niemand hatte dafür bezahlt, mich rauszuholen. Ich habe keine Familie, keine engen Freunde, und ich war schwach. Die Entführer hatten sich mir gegenüber verändert. Sie hatten mir seit ein paar Tagen nichts mehr zu essen gegeben und sogar aufgehört, mich mit Drogen vollzupumpen. Sie hatten es langsam satt, sich mit mir herumzuschlagen. Und da sie jetzt Julie hatten, ließen sie mich einfach gefesselt auf dem Boden liegen, um zu sterben. Ich dachte, es wäre besser, wenn es wenigstens eine von uns herausschaffte, als keine.«

Niemand sagte ein Wort, als Fiona aufhörte zu sprechen.

Fiona rutschte auf ihrem Sitz herum. Verdammt, das hatte sich selbst für sie dramatisch angehört. Jesus. Sie war so erbärmlich. »Also ...«, begann sie wieder.

»Hör. Auf!«, sagte Cookie hart und betonte jedes Wort einzeln. Er atmete schwer durch die Nase. Er ballte die Hand, die er so fest auf Fionas Bein gelegt hatte, dass seine Fingerknöchel weiß wurden. Seine Berührung war sanft, aber er sah aus, als würde er gleich platzen.

Dude erhob sich und ging auf und ab. Fiona konnte ihn leise murmeln hören, aber sie konnte nicht verstehen, was er sagte.

Schließlich konnte Cookie es nicht mehr aushalten. Die Worte brachen aus ihm heraus. »Jesus, Fiona. Wie zum Teufel hast du es geschafft, in Flip-Flops und Shorts fünfundzwanzig Kilometer durch den Dschungel zu laufen, mich dann halb zu dieser Leiter zu tragen und dich dann noch mit meinem fünfzig Kilogramm schweren Rucksack an dieser Leiter festzuklammern, nachdem du über drei Monate lang an den Boden gekettet warst, gegen deinen Willen unter Drogen gesetzt wurdest und für wer weiß wie lange nichts zu essen bekommen hattest? Oh, und nicht zu vergessen, dass du verdammt noch mal *angeschossen* wurdest, als du dich an diese Leiter geklammert hast!«

Cookies Stimme war immer lauter geworden, während er gesprochen hatte, und er löste sich vorsichtig von Fiona und stand auf. Fiona setzte sich auf. Er ging von ihr weg, überlegte es sich auf halber Strecke anders und kam zu ihr zurückgeschossen. Cookie kniete sich vor Fiona, ohne sie zu berühren. Seine Blicke durchbohrten sie. Seine Hände ruhten auf seinen Schenkeln, während er darauf wartete, dass sie seine halb rhetorische Frage beantwortete.

Fiona starrte ihn an, fasziniert von seinen Augen, ohne sich darum zu kümmern, dass Benny und Dude mit im Zimmer waren. Sie gab Hunter die einzige Antwort, die sie hatte: »Wenn ich es nicht getan hätte, wärst du vielleicht in diesem Dschungel gestorben, um mich und Julie zu retten«, erklärte Fiona leise und mit aller Aufrichtigkeit. »Wenn ich allein gewesen wäre, hätte ich mich einfach hingelegt, um zu sterben. Ich bin nicht so stark wie du. Es hätte keinen Unterschied gemacht. Verstehst du es nicht? *Niemand hat nach mir gesucht.* Ich habe keine Familie, keine wirklichen Freunde. Es wäre egal gewesen. Und dann bist du gekommen, um Julie zu retten, und ich wusste, dass du mich nicht zurücklassen würdest. Oh, zuerst dachte ich, du könntest es tun, und ich hatte gehofft, du würdest es tun, aber gleichzeitig hatte ich Angst, du würdest mich tatsächlich zurücklassen. Ich hätte schreien wollen, als ich dich durch das Loch in der Wand klettern sah. Ich habe dich deutlich gesehen und gehört. Ich wäre durch den Raum gelaufen, wenn ich gekonnt hätte.«

Fiona holte Luft, wandte den Blick aber nicht von Hunter ab. Sein Körper strahlte eine Emotion aus, die sie nicht deuten konnte. Sie fuhr fort und versuchte es zu erklären. »Du hast mich das erste Mal so angesehen, als hätte ich zwei Köpfe, als ich dich gefragt habe, ob du mich auch mitnehmen würdest. In diesem Moment wusste ich, dass du ein Mann bist, der niemals jemanden zurücklassen würde. Also bin ich Kilometer für Kilometer hinter dir hergetrottet und habe darüber nachgedacht, wie schlecht *du* dich fühlen würdest, sollte ich einfach umkippen. Dass du denken könntest, dass es *deine* Schuld wäre. Also habe ich durchgehalten. Ich konnte nicht anders. Ich habe ignoriert, wie beschissen ich mich fühlte. Ich habe ignoriert, wie schwer ich verletzt war. Ich habe mich darauf konzentriert, Schritt für Schritt mitzuhalten und rückwärts zu zählen, bis wir entweder in Sicherheit oder tot wären.«

Cookie starrte die Frau vor sich noch ein oder zwei Sekunden an, stand dann auf und verließ den Raum, ohne ein weiteres Wort zu verlieren.

Fiona schaute auf ihre Finger. Sie waren kalt. Während sie mit Hunter geredet hatte, hatte sie sie fest zusammengedrückt. Sie sah zu Benny und Dude hinüber. Benny hatte einen seltsamen Gesichtsausdruck, den Fiona nicht interpretieren konnte.

»Was?«, fragte sie ihn defensiv. »Du hättest dasselbe getan«, sagte Fiona fast vorwurfsvoll.

»Da hast du recht«, antwortete Benny, ohne zu zögern, »und Dude auch, aber wir sind Männer, Schätzchen. Und SEALs. Ausgebildete Kämpfer. Und ich bin mir nicht sicher, ob es einer von uns unter den gleichen Umständen geschafft hätte.«

Fiona schüttelte den Kopf. »Doch, das hättet ihr«, sagte sie leise. »Und das wisst ihr selbst.«

Benny und Dude sahen sie weiterhin an. Fiona dachte, dass jetzt eine gute Gelegenheit war, sich zu erkundigen, was passiert war, während sie nicht bei Bewusstsein war. Sie wollte nicht mehr an Mexiko denken. Hunters Reaktion auf das, was sie gesagt hatte, machte sie verrückt. War er angewidert, sauer, verärgert? Sie hatte keine Ahnung. Sie war nervös ohne ihn an ihrer Seite und versuchte, das Thema zu wechseln.

»Bitte erzählt mir, was in dieser Woche passiert ist. Was habe ich getan, an das ich mich nicht erinnere?«

»Woher weißt du, dass etwas passiert ist, Fiona?«, fragte Dude. »Woher weißt du, dass du nicht die letzten fünf Tage nur im Bett gelegen hast?«

Fiona seufzte. »Ich war mir nicht sicher, aber du hast es soeben indirekt bestätigt. Bitte, Dude, ich muss es wissen.«

Die Jungs wollten es ihr wirklich nicht sagen, aber sie hatte es verdient, die Wahrheit zu erfahren. Dude sah zu Benny hinüber und bemerkte, dass er leicht nickte.

Dude erzählte ihr, was passiert war. Er beschönigte die Stelle, an der sie mit ihr gekämpft hatten, und milderte die Ausdrücke ab, mit denen sie sie beschimpft hatte. Aber es genügte, um sie ein bisschen blass werden zu lassen, und sie biss sich auf die Lippe.

»Es tut mir wirklich leid. I-i-ich habe nicht ...«

Benny unterbrach sie. »Du musst dich nicht entschuldigen, Fiona. Wir alle bewundern dich.«

Fiona sah Benny an, als wäre er verrückt.

»Das tun wir tatsächlich. Du warst uns eindeutig unterlegen. Wir waren zu dritt und trotzdem hast du gekämpft. Du bist stark, Fiona. Du gibst nicht auf. Das ist eine großartige Eigenschaft.«

Fiona war sich nicht sicher, was sie sagen sollte. Sie schaute wieder auf ihre Hände hinunter. Sie war froh, dass sie sich nicht daran erinnerte. Jesus, war sie wirklich aus dem Fenster im Obergeschoss geklettert, um zu versuchen zu fliehen? Wahrscheinlich war sie das. Wenn sie so eine Chance in dieser Hütte in Mexiko gehabt hätte, hätte sie alles getan, um zu entkommen. Auch wenn das bedeutet hätte, allein im Dschungel zu sein.

»Komm schon, Fiona, du siehst erschöpft aus. Ich bringe dich zurück in dein Zimmer, damit du schlafen kannst.« Benny kam zu ihrem Platz auf dem Sofa hinüber und streckte die Hand aus.

Er war groß, aber je mehr Fiona die Männer kennenlernte, desto besser wusste sie, dass sie sie niemals verletzen würden. Zögernd griff sie nach seiner Hand und stand auf. Sobald sie sicher auf den Beinen stand, ließ Benny sie los, wohlwissend, dass sie sich bei erzwungenen Berührungen nicht wohlfühlte, und deutete auf die Tür.

Benny begleitete sie zurück in das Schlafzimmer, in das sie bei ihrer Ankunft gebracht worden war. Das Zimmer war genau so, wie sie es in Erinnerung hatte.

Groß und weiß. Das Bett sah sehr bequem aus. Es war ein großes Himmelbett, das ungefähr einen Meter hoch über dem Boden stand. Es befand sich sogar ein kleiner Tritthocker daneben, damit man besser hineinkam. Die Bettdecke war flauschig und sah sehr weich aus. Obwohl ihr Körper nach Schlaf und dem fantastisch aussehenden Bett schrie, glaubte Fiona nicht, dass sie schlafen könnte.

Es brachte sie um, an Hunters Gesichtsausdruck zu denken, als sie darüber gesprochen hatte, was mit ihr passiert war. Sie wusste nicht, ob er sauer, angewidert, beeindruckt oder was auch immer war. Es stresste sie. Auf lange Sicht würde es vermutlich keine Rolle spielen. Sie wussten jetzt, wer sie war, sie wussten, wo sie lebte und dass sie allein auf der Welt war. Fiona wusste auch, dass sie bald nach Hause fahren musste. Sie hatte ihr eigenes Leben und Hunter hatte seines. Es wurde Zeit, dass sie dahin zurückkehrten.

KAPITEL ZWÖLF

Zwei Stunden, nachdem Cookie Fiona und seine Teamkollegen abrupt in der Bibliothek zurückgelassen hatte, öffnete er Fionas Schlafzimmertür einen Spalt und spähte hinein. Er hatte wirklich versucht, sich von ihr fernzuhalten, aber er konnte es nicht. Er hatte die letzten acht Tage mit ihr verbracht. Ohne sie konnte Cookie jetzt nicht einschlafen. Selbst als Fiona nicht bei Bewusstsein war, hatte er in ihrer Nähe geschlafen, ihre Hand gehalten und mit ihr gesprochen.

Nachdem er heute Abend ihre Geschichte gehört hatte, wollte Cookie sofort nach Mexiko zurückkehren und jeden einzelnen ihrer Entführer töten. Sie hätten sie in diesem Loch *sterben* lassen. Noch schlimmer war, dass Fiona es wusste. Sie wäre verhungert und niemand hätte davon gewusst. Es wäre ein langsamer, qualvoller Tod gewesen. Wenn sie zurückgeblieben wäre, hätte Cookie sie niemals kennengelernt, wäre niemals von ihrer Stärke beeindruckt gewesen. Verdammt, er hätte es vielleicht nicht lebend aus dem Dschungel geschafft, wenn Fiona nicht dabei gewesen wäre, um ihm zu helfen, die Leiter zu erreichen, damit seine Teamkollegen ihn in den Hubschrauber ziehen konnten. Cookie konnte sich nicht mehr vorstellen, Fiona nicht zu kennen. Er verstand ehrlich gesagt nicht, wie sie es lebend und unterm Strich erstaunlich unbeschadet aus dieser ganzen Scheiße herausgeschafft hatte.

Er wusste, dass der menschliche Körper belastbar war, aber Fiona war einfach unglaublich. Und demütig. Das war es, was ihn so beeindruckte. Wie zum Teufel hatte Fiona so bescheiden und selbstlos werden können? Ihre sogenannte Mutter hatte es ihr sicherlich nicht beigebracht. Und obwohl sie ihnen nicht genau erzählt hatte, was sie in ihrer Kindheit durchgemacht hatte, waren sie in der Lage, eins und eins zusammenzuzählen. Ein Pflegekind zu sein war niemals ein Zuckerschlecken, schon gar nicht als Teenager.

Fiona hatte ehrlich gesagt keine Ahnung, dass das, was sie in Mexiko getan und erlebt hatte, außergewöhnlich war. Sie hatte getan, was getan werden musste. Punkt. Sie wollte kein Lob und war tatsächlich verlegen. Fiona erzählte ihre Geschichte sachlich, während die meisten Menschen, die dasselbe erlebt hatten, hysterisch wären.

Cookie schloss leise die Tür hinter sich und ging zu Fionas Bett. Er war nicht überrascht, als sie sich umdrehte und ihn im Mondlicht, das durch das Fenster schien, ansah.

»Konntest du nicht schlafen?«, fragte sie leise.

Cookie schüttelte nur den Kopf und bedeutete ihr, ein bisschen zur Seite zu rutschen.

Fiona tat es und sah, wie Hunter sein T-Shirt auszog und seine Jogginghose auf den Boden fallen ließ. Er war wunderschön. Im Mondlicht konnte Fiona die Narben auf seiner Brust sehen, aber sein Körper war hart wie Stahl. Hunter war so muskulös und das Spiel seiner Muskeln war wahnsinnig sexy. Seine Brust war leicht behaart und sie konnte sehen, wie sich sein Bizeps bewegte. Seine Oberschenkel sahen stark aus und sie konnte deutlich erkennen, wie groß er war … überall.

Bevor Fiona diesen Teil von ihm, der sie zugleich interessierte und erschreckte, genauer betrachten konnte, stieg er ins Bett. Ohne ein weiteres Wort fuhr Hunter mit seiner Hand unter ihren Kopf und zog sie zu sich. Er küsste sie kurz auf die Stirn und ermutigte sie dann, sich auf die Seite zu drehen und von ihm abzuwenden.

Fiona spürte, wie Hunter sich von hinten an sie kuschelte und sie an sich zog, als sie sich umdrehte. Er legte seinen Arm um ihren Oberkörper und drückte sie fest an sich. Sie seufzte und kuschelte sich tiefer in seine Umarmung. Fiona wusste, sie sollte wahrscheinlich ausflippen, dass Hunter sich fast nackt ausgezogen hatte, bevor er zu ihr ins Bett gestiegen war, aber sie hatte sich sicher gefühlt, als er sie im Dschungel so gehalten hatte. Und jetzt fühlte sie sich genauso sicher. Seine Haut war warm und Fiona spürte, wie seine Hitze auf ihren Körper überging. Sie dachte in diesem Moment nicht an das, was die Entführer ihr angetan hatten, und wusste, dass Hunter sie niemals zu etwas drängen würde, für das sie nicht bereit war. Vielleicht wäre sie niemals wieder bereit dafür, aber Fiona hoffte, dass dies nicht der Fall sein würde. Sie wollte wieder mit einem Mann vertraut sein, und zwar mit diesem Mann.

»Ist alles in Ordnung, Hunter?«

»Es tut mir leid, dass ich gegangen bin.«

»Das braucht es nicht. Ich kann es verstehen. Es tut *mir* leid, dass ich dich verärgert habe.«

Cookie verstärkte den Druck seiner Arme um Fionas Körper, bis sie sich auf den Rücken drehte. Er stützte sich auf einen Ellbogen und fuhr mit seiner anderen Hand über ihr Gesicht. Fiona hatte keine andere Wahl, als ihn anzusehen.

»*Du* hast mich nicht verärgert. Diese Arschlöcher, die dich entführt haben, haben mich verärgert. Ich bin so verdammt stolz auf dich. Du hast keine Ahnung, was du mir bedeutest.« Er sah die Verwirrung in Fionas Augen. »Ich weiß, dass das für dich alles sehr schnell geht, aber ich möchte offen mit dir darüber sein, wie ich mich fühle. Meinst du, du kannst damit umgehen?«

Fiona starrte Hunter an. Er beugte sich über sie und nahm seine Hand von ihrem Gesicht, um damit ihr Haar hinter ihr rechtes Ohr zu streichen. Er ließ seine Fingerspitze über ihr Ohr gleiten und ein leichter Schauer durchströmte ihren Körper. Sie wollte sich gegen ihn drücken, selbst nach allem, was ihr passiert war. Sie wollte es.

»Fee?«

Ach ja, er hatte ihr eine Frage gestellt. »Ja, das kann ich.« Sie biss sich auf die Lippe und sah den Mann an, von dem sie glaubte, dass sie ohne ihn nicht mehr leben könnte. Sie hoffte, sie könnte damit umgehen, aber wenn Hunter ihr etwas sagen musste, würde sie zuhören, egal ob sie bereit dazu war oder nicht.

»Ich weiß, dass es wahrscheinlich noch zu früh ist, aber ich habe noch nie so für eine Frau empfunden. Ich bin sonst immer derjenige, der abhaut. Ich weiß, dass ich in der Vergangenheit ein Idiot war. Aber ich möchte dich nicht verlassen. Der Gedanke, dass du verletzt oder getötet werden könntest, macht mich verrückt. Der Gedanke, dieses Haus zu verlassen und dich nie wiederzusehen, bringt mich um. Der Gedanke an deinen Körper unter meinem macht mich verrückt.« Cookie sah Fiona nervös an. Er musste seine

Gedanken sortieren und aufhören, um den heißen Brei herumzureden.

»Du gehörst mir, Fiona. Ich weiß, dass ich mich wie ein verdammter Neandertaler anhören muss, aber ich kann nicht anders. Ich will dich beschützen. Ich möchte mit dir angeben. Ich will dich einfach. In jeder Hinsicht.« Cookie schloss die Augen, senkte den Kopf und lehnte seine Stirn gegen Fionas. Er konnte ihren warmen Atem auf seinem Gesicht spüren und senkte die Stimme. »Ich weiß, dass du viele Dinge aufarbeiten musst, aber ich möchte bei dir sein, wenn du das tust. Alles, was ich will, ist eine Chance. Eine Chance, dir zu zeigen, dass du bei mir in Sicherheit bist, dass du bei mir für immer in Sicherheit sein wirst.«

Fiona stockte der Atem. Hunters Worte wirkten wie ein Pflaster auf ihrer Seele. Seit sie als Kind in ihr erstes Pflegeheim gekommen war, war es ihr einziger Wunsch, sich sicher und geborgen zu fühlen. Hunter bot ihr beides.

»Ich ...«

Cookie legte seinen Finger leicht auf ihre Lippen. »Nein, sag nichts, Fee. Ich weiß, dass das alles sehr schnell kommt. Wahrscheinlich zu schnell, aber ich weiß, was ich will, und das bist du. Schlaf darüber. Stimme mir nicht nur zu, weil ich es will. Stimme mir zu, wenn *du* selbst es willst. Wir müssen morgen noch über andere Dinge reden. Dinge, die ziemlich schwer sein werden, aber ich möchte, dass du weißt, ich werde bei dir sein.« Cookie sah Fiona an. Er hatte keine Ahnung, wie diese Frau das, was sie durchgemacht hatte, überleben konnte, aber er hatte keinen Zweifel daran, dass sie ihm gehörte. Er hoffte nur, dass sie das auch wollte. »Dreh dich wieder um und lass mich dich halten.«

Ohne zu zögern, tat Fiona, worum er sie gebeten hatte. Sie wollte, dass Hunter sie festhielt. Als sie sich umdrehte, fühlte sie, wie Hunter sich wieder an sie schmiegte. Sein Unterarm lag zwischen ihnen, an seine Brust geschmiegt und an ihren Rücken gepresst. Den anderen Arm hatte er um ihren Oberkörper gelegt. Er zog sie fest an sich, indem er seine Hand an ihr Brustbein legte.

Fiona spürte die Hitze seiner Hand auf ihrer Brust. Sie verspürte einen Moment der Panik, bevor sie sich bewusst entspannte. Es war Hunter. Sie war bei ihm in Sicherheit.

»Ich will dich, aber ich habe Angst«, flüsterte sie, als würde das Aussprechen der Worte helfen, die Macht über sie zu verringern.

»Ich weiß. Ich werde dich niemals unter Druck setzen, Fee. Ich will dich, und das weißt du, aber ich werde dich niemals zu etwas zwingen. Ich werde dir so lange Zeit geben, wie du brauchst, okay? Ich werde dir nicht sagen, dass du keine Angst zu haben brauchst, aber solange du noch Angst hast, sollst du wissen, dass ich hier bin und dir den Rücken stärke. Du musst niemals Angst vor *mir* haben.«

Fiona nickte. Sie konnte spüren, wie sehr er sie wollte. Seine lange und harte Erektion drückte gegen ihren Hintern. Sie wünschte, sie könnte sich umdrehen und ihm zeigen, wie viel seine Worte ihr bedeuteten, aber er hatte recht. Sie musste es langsam angehen lassen. Verdammt langsam.

»Danke, dass du heute Abend zu mir gekommen bist.« Es gab noch mehr, das Fiona sagen wollte, aber das waren die einzigen Worte, die sie herausbekommen konnte.

»Gern geschehen, Fee. Ich werde immer zu dir kommen, wenn ich kann.«

Fiona nickte und kuschelte sich wieder in Hunters Arme.

Cookie blieb die ganze Nacht bei Fiona. Er schlief nicht. Er konnte nicht. Wenn sie einen Albtraum bekam, weckte er sie langsam und beruhigte sie, bis sie wieder einschlief. Sie war so verletzlich. Sie hatte es irgendwie geschafft, lebend aus dem Dschungel zu entkommen, aber sie war verstört. Zutiefst verstört. Vielleicht würde sie es immer sein, aber Cookie wusste, dass Fiona der Welt siegessicher entgegentreten und ihre Dämonen im Verborgenen bekämpfen würde.

Genauso hatte er es immer getan. Cookie liebte diese Frau. Er wusste nicht, wie es so schnell passieren konnte, aber es war passiert. Er würde sie nicht gehen lassen. Er war sich nicht sicher, was ihre Zukunft für sie bereithielt, aber er würde sie nicht loslassen. Endlich, gegen Morgengrauen, fiel Cookie in einen leichten Schlaf, hielt Fiona fest und fragte sich, wie er sie dazu bringen sollte, bei ihm zu bleiben ... für immer.

Am nächsten Morgen wachte Fiona allein auf, aber als sie sich umdrehte, konnte sie noch den Abdruck von Hunters Kopf auf dem Kissen neben ihr erkennen. Sie sah sich um und bemerkte, dass sie tatsächlich allein war. Sie nahm das Kissen, das er benutzt hatte, und hielt es sich vors Gesicht. Gott, es roch so gut. Es roch nach Hunter. Fiona legte das Kissen beiseite und starrte an die Decke.

Es war Zeit, Pläne zu machen, nach Hause zu fahren. Sie wollte es nicht, aber sie hatte keine andere Wahl. Sie nahm an, dass Hunter das gemeint hatte, als er sagte, sie müssten heute ein ernstes Gespräch führen. Fiona war sich sicher, dass die Männer zu ihrem Stützpunkt zurückkehren mussten. Es war nicht so, dass sie für immer hierbleiben könnten.

Nachdem sie geduscht und eine Trainingshose und ein T-Shirt angezogen hatte, die für sie im Badezimmer bereitlagen, ging Fiona die Treppe hinunter.

Als sie die Küche betrat, sah sie die drei Männer, die an dem kleinen Tisch saßen und offensichtlich auf sie warteten.

»Hey Leute«, sagte Fiona vorsichtig.

Hunter stand auf, kam zu ihr hinüber und nahm sie in die Arme. Fiona vergrub den Kopf an seiner Brust und schlang die Arme um ihn.

»Guten Morgen, Fee«, sagte Cookie leise. Bei seiner festen Stimme fühlte sie, wie sie innerlich dahinschmolz.

»Guten Morgen, Hunter.«

Er zog sich zurück und sah auf sie hinunter.

»Hunger?«

»Äh, ja.« Fiona konnte den Sarkasmus in ihrer Stimme nicht verbergen.

Hunter warf den Kopf zurück und lachte. »Okay, na dann komm, Benny hat uns ein Gourmet-Frühstück zubereitet.«

Cookie zog sich zurück, nahm aber Fionas Hand und führte sie zu dem kleinen Tisch. Er wartete, bis sie Platz genommen hatte, bevor er zum Kühlschrank ging. »Ist Orangensaft okay?«

»Oh mein Gott. Ja. Bitte. Ich hatte schon lange keinen O-Saft mehr. Seit ... na ja.«

Cookie holte tief Luft. Jesus, Fiona hatte keine Ahnung, wie sehr ihn ihre Worte schmerzten. Er füllte ein großes Glas bis zum Rand und stellte es zusammen mit der Saftflasche auf den Tisch. Wenn Fiona Saft wollte, sollte sie so viel bekommen, wie sie trinken konnte.

Die vier setzten sich um den Tisch und genossen die Pfannkuchen und Omeletts, die Benny für sie zubereitet hatte. Während des Essens schwiegen sie größtenteils. Die Männer dachten über das bevorstehende Gespräch nach, das sie mit Fiona führen mussten, und Fiona dachte, sie hätte noch nie etwas gegessen, das auch nur halb so lecker war wie diese Mahlzeit.

Nachdem sie fertig waren, nahm Fiona ihren Teller und stand auf, um ihr Geschirr zur Spüle zu bringen.

»Nein, setz dich, Fiona«, bellte Dude förmlich.

Sie erschrak und ließ ihren Teller fast fallen.

»Scheiße, es tut mir leid. Ich wollte dich nicht erschrecken.« Dudes Tonfall war beschwichtigend und entschuldigend.

»Nein, alles in Ordnung. Meine Schuld.«

»Blödsinn. Ich war unhöflich und es tut mir leid. Ich wollte nur sagen, dass du die Teller stehen lassen kannst. Wir können den Abwasch später machen.«

Fiona nickte. Sie hätte es schon eher merken sollen, aber die drei Männer wirkten angespannt. War es das jetzt? Wollten sie sie jetzt rausschmeißen? Würde sie sich von Hunter verabschieden müssen?

»Wir müssen uns unterhalten.«

Fiona stöhnte fast bei Bennys Worten. Ja. Es war an

der Zeit. »Es ist Zeit zu gehen, nicht wahr?« Sie wollte lieber gleich zur Sache kommen.

Cookie ergriff Fionas Hand und drückte sie fest gegen seinen Oberschenkel. »Ja. Aber es gibt einige Dinge, über die wir zuerst mit dir sprechen müssen.«

Cookie wollte Fiona nicht erzählen, was Tex für sie in Erfahrung gebracht hatte. Aber sie hatte recht, es war Zeit zu gehen. Sie mussten zurück zum Stützpunkt und Cookie wollte Fiona mit sich nehmen.

Benny übernahm das Gespräch für Cookie. »Okay, also dieses Haus gehört nicht uns. Wir haben einen Freund, einen ehemaligen SEAL, der in Virginia lebt. Tex arbeitet mit uns und anderen Gruppen außerhalb des Militärs zusammen. Er ist ein Computerfreak. Er hat sich einmal zum Spaß in das Computersystem des FBIs gehackt, nur um zu sehen, ob er es schaffen würde. Danach rief er tatsächlich auch noch bei denen an, um sie wissen zu lassen, was er getan hatte. Es erübrigt sich zu erwähnen, dass sie nicht gerade begeistert waren. Wie auch immer, Tex verwaltet dieses Haus. Die Sicherheitsvorkehrungen sind irrwitzig und er hängt es nicht an die große Glocke. Nur wir und ein paar andere private Sicherheitsleute, die er kennt, nutzen es.«

Fiona nickte, als Benny eine Pause machte. Als für einen Moment niemand etwas sagte, meinte Fiona nervös: »Okay. Dann darf ich nicht vergessen, ihm eine Weihnachtskarte zu schicken.« Sie wurde sofort rot.

Jesus, sie sollte sich besser überlegen, was sie von sich gab.

Cookie hob ihre Hand an seinen Mund und strich mit einem Kuss über ihre Finger. »Gott, du bist süß. Ich werde von Wolf bestimmt eine Adresse für dich herausfinden können.«

Dude fuhr fort, wo Benny aufgehört hatte. »Also, Tex ist jedenfalls der beste Computerhacker, den wir kennen. Wenn es sich um etwas Elektronisches handelt, dann kann er es hacken.«

Fiona hatte keine Ahnung, warum sie ihr das erzählten, also nickte sie nur.

Cookie bemerkte, dass Dude Fiona nur verwirrte, und übernahm wieder das Gespräch. Er drehte sich auf seinem Platz herum und nahm Fionas andere Hand in seine. Er wartete, bis sie ihn ansah.

»Die Jungs wollen dir damit sagen, dass ich Tex gebeten habe, deine Situation inklusive deiner Finanzen in El Paso zu prüfen.« Bei Fionas erschrockenem Atem fuhr Cookie schnell fort: »Du bist seit einhundertvier Tagen weg. Du hast kein Geld auf deinem Bankkonto. Tex hat sich auch in das Computersystem der Universität gehackt und festgestellt, dass du offiziell von der Mitarbeiterliste gestrichen wurdest. Außerdem ist dein Vermieter offenbar davon ausgegangen, dass du deine Wohnung ohne Kündigung verlassen hast, und hat sie bereits weitervermietet.«

Nach Cookies beunruhigenden Worten herrschte Stille im Raum.

Schließlich flüsterte Fiona: »Was?«

»Ich möchte, dass du mit mir nach Kalifornien kommst.«

Fiona starrte Hunter nur an und versuchte zu verdauen, was er gerade gesagt hatte. Sie ignorierte seine letzte Aussage und fragte mit zittriger Stimme: »Können sie das denn einfach so machen?«

»Fee«, Cookies Stimme klang gebrochen, »komm her.«

Fast hätte Fiona aufgeschrien, als Hunter unerwartet nach ihr griff und sie von ihrem Stuhl auf seinen Schoß zog. Sie schloss die Augen, um zu verhindern, dass ihr Tränen übers Gesicht rollten. Es war sinnlos. Sie schniefte tief, dann spürte sie, wie Hunter seine Hand auf ihren Kopf legte und sie an seine Brust zog. Seine andere Hand legte er um ihre Taille und presste sie noch fester an sich. Er hielt Fiona fest in den Armen und sie weinte.

Fiona hörte, wie ein Stuhl über den Boden geschoben wurde, und spürte dann eine weitere Hand an ihrem Rücken. Sie drehte den Kopf um und sah Benny neben dem Stuhl knien.

»Du hattest bei der Universität nur einen befristeten Arbeitsvertrag, Schätzchen. Leider können sie ohne Weiteres jemand anderen einstellen, der deinen Platz einnimmt.« Er fuhr fort und versuchte, offensichtliche weitere Fragen zu beantworten. »Tex hat versucht, deine Sachen aufzuspüren. Dein Vermieter muss ja etwas damit gemacht haben. Wenn es noch aufzuspüren ist, wird Tex alles finden. Was dein Bankkonto betrifft, wurden offensichtlich die meisten deiner Rechnungen automatisch abgebucht, bis das Guthaben aufgebraucht war und die ersten Lastschriften nicht eingelöst werden konnten. Aber mach dir keine Sorgen. Tex wird sich auch darum kümmern. Du wirst niemandem auch nur einen Cent schulden, wenn er fertig ist.«

Cookie stupste Fiona mit seinem Kinn an und sie drehte sich zu ihm um. »Komm mit mir nach Kalifornien«, wiederholte er und formulierte es diesmal als Aufforderung anstatt als Frage.

»Aber ...«

»Nein, kein Aber. Du hast gehört, was ich gestern Abend zu dir gesagt habe. Ich wünschte, ich könnte sagen, dass es mir leidtut, dass du deinen Job und deine Wohnung verloren hast, aber das tut es nicht, denn das bedeutet, dass du die Freiheit besitzt, mit mir zu kommen und mit mir in Kalifornien von vorne anzufangen. Ganz ehrlich, bis ich mit Tex gesprochen habe, hatte ich keine Ahnung, wie ich dich jemals wieder gehen lassen könnte. Ich muss zurück. Ich habe keine Wahl, aber ich wusste, dass du auch ein Leben hast. Wenn du mir sagst, dass du wirklich nach El Paso zurückkehren möchtest, dann helfe ich dir auf jede erdenkliche Weise dabei, aber ich möchte, dass du weißt, dass ich das nicht will. Ich will dich bei mir haben.«

Fiona versuchte, sich auf das zu konzentrieren, was Hunter ihr sagte. Sie hatte ihn gestern Abend zwar *gehört*, aber sie hatte ihn offensichtlich nicht *verstanden*.

»Ich habe Angst.«

»Ich weiß, dass du Angst hast, Fee, und deshalb werde ich bei dir sein. Vertrau mir.«

Ohne eine Pause zu machen, erwiderte Fiona sofort: »Das tue ich. Jesus, Hunter, ich glaube, ich vertraue dir mehr als mir selbst.«

»Dann komm mit uns. Ich möchte dir Caroline und Alabama vorstellen. Ich will, dass du den Rest meines Teams kennenlernst. Ich hoffe, du wirst ihnen genauso vertrauen können wie mir.«

Dude schaltete sich ein. Er und Benny hatten den Raum noch nicht verlassen. »Du hast die Wahl, Fiona.«

»Was zum Teufel, Dude?«, schnauzte Cookie ihn sofort an, schlang seine Arme schützend um Fiona und starrte seinen Teamkollegen an.

»Sie muss wissen, dass sie Optionen hat, Cookie. Wenn du willst, dass sie aus den richtigen Gründen mit dir kommt, musst du ihr auch alle Möglichkeiten aufzeigen.«

»Welche Optionen?« Fiona war sich zu neunundneunzig Prozent sicher, dass sie mit Hunter nach Kalifornien gehen wollte, aber Dude hatte recht. Sie musste alle Optionen kennen, um die richtige Entscheidung treffen zu können.

»Auf deinem Bankkonto kann bis zum Ende des Tages so viel Geld sein, wie du benötigst. Frag nicht wie, sondern verlass dich darauf, dass Tex dir das Geld zur Verfügung stellen wird, das du brauchst, um eine neue Wohnung zu mieten und dich wieder neu einzurichten. Vermutlich hat er dein Auto bereits vom Abschleppplatz abholen lassen, wo es vom Flughafenparkplatz hingebracht worden war. Wenn du weiterhin für die Universität arbeiten möchtest, kann Tex auch das arrangieren. Obwohl sie das Recht hatten, dich zu ersetzen, wäre es eine Publicity-Katastrophe, wenn herauskäme, dass sie dich entlassen haben, während du entführt warst. Sie werden darum betteln, dass du zurückkommst und für sie arbeitest, wenn Tex mit ihnen fertig ist.«

»Kann er das?«

»Zu Hölle, ja«, sagte Benny ernst. »Wir wissen nicht, wie er diese Dinge anstellt, aber er tut es, und wir sind verdammt froh, dass er auf unserer Seite ist.«

Cookie drehte Fionas Kopf zurück zu ihm. »So sehr ich Dude jetzt auch gern verprügeln würde, er hat recht. Du kannst nach El Paso zurückkehren und dein altes Leben zurückbekommen. Wenn du dich für diese Option entscheidest, werden wir damit auch fertigwerden. Ich werde dich nicht aufgeben, egal wie du dich entscheidest.«

Fiona vergrub ihr Gesicht an Hunters Brust und flüsterte: »Wirklich?«

»Ja, wirklich. Ich habe dir schon gesagt, dass du mir gehörst. Es spielt keine Rolle, ob du in Timbuktu, Texas oder im selben Haus wie ich lebst.«

Fiona sah zu Hunter auf und nickte.

Anscheinend war das die Bestätigung, auf die die Männer gewartet hatten. »Ich werde Tex anrufen und ihn bitten, uns nach Hause zu bringen«, sagte Dude entschlossen, als er vom Tisch aufstand.

Benny stand vom Boden auf, wo er gehockt hatte, und fing an, das Geschirr abzuräumen. »Ich räume auf. Sag Tex, wir werden heute Nachmittag zum Aufbruch bereit sein.«

Cookie stand mit Fiona in den Armen auf und ging wortlos mit ihr zur Tür. Benny sah ihnen mit einem Lächeln hinterher.

KAPITEL DREIZEHN

Fiona schloss die Augen und genoss das Gefühl, von Hunter getragen zu werden. Sie behielt die Augen geschlossen, bis sie spürte, wie er sich vorbeugte. Schließlich öffnete sie sie und sah, dass er sie zurück in das Zimmer gebracht hatte, in dem sie die Nacht zuvor geschlafen hatten. Er beugte sich vorsichtig vor und legte Fiona auf das Bett. Dann legte er seine Hände neben ihre Schultern und beugte sich über sie.

»Ich will dich berühren, Fee.« Bevor sie etwas sagen konnte, fuhr Cookie fort: »Wir werden uns nicht lieben. Ich weiß, dass du einige Zeit brauchen wirst. Du musst körperlich und geistig heilen, bevor wir so weit gehen können, aber ich will dich festhalten. Ich will dich spüren. Du hast gesagt, dass du mir vertraust. Lass mich dir beweisen, dass dein Vertrauen gerechtfertigt ist. Lass mich dir zeigen, wie viel du mir bedeutest.«

Fiona konnte ihm nur ein kleines Nicken geben. Sie wollte ihn auch spüren. So sehr sie sich gewünscht hätte, schon bereit dafür zu sein, ihn in sich aufzunehmen, wusste sie, dass Hunter in Bezug auf ihren mentalen Zustand recht hatte. Es war viel zu früh dafür.

Sie beobachtete, wie Hunter aufstand, eine Hand hinter den Kopf legte und sich das T-Shirt über den Kopf zog. Fiona würde nie verstehen, wie Männer das machten. Hunter warf das Hemd achtlos hinter sich und begann, seine Hose aufzuknöpfen. Er ließ sie dabei nicht aus den Augen.

Als Fiona sich aufsetzte und begann, ihr Hemd auszuziehen, sagte Cookie schnell: »Nein, lass mich das machen. Bitte.«

Fiona ließ die Hände sinken und sah weiter zu, wie Hunter sich auszog.

Cookie behielt Fionas Gesicht im Auge, als er seine Hose öffnete und sie fallen ließ. Er war hart. Er konnte die Reaktion seines Körpers nicht kontrollieren, nicht wenn Fiona vor ihm auf dem Bett lag.

»Ich möchte nicht, dass du dich verletzlich fühlen musst, Fee. Ich werde alles tun, damit du dich bei allem, was wir tun, wohlfühlst.« Cookie steckte die Finger in den Bund seiner Boxershorts und schob sie nach unten. »Rutsch rüber.«

Fiona wusste, dass sie rot wurde. Hunter war der schönste Mann, den sie jemals gesehen hatte. Er hatte sich komplett ausgezogen, damit sie sich wohler fühlte, aber sie war sich nicht sicher, ob sie sich wirklich besser dadurch fühlte. Sie wollte ihn berühren. Sie wollte ihn lecken. Sie wollte sich neben ihn kuscheln und nie mehr loslassen. Fiona rutschte in das große Bett und sah zu, wie Hunter zu ihr kam.

Cookie versuchte, seine Lust unter Kontrolle zu bekommen. Fiona wach und willig neben ihm im Bett zu haben war fast mehr, als seine Libido verkraften konnte. Er war in seinem Leben noch nie so hart und erregt gewesen. Bevor er nach Fiona griff, musste er die bestätigenden Worte von ihr hören.

»Sag mir, dass du damit einverstanden bist, Fee. Ich muss es von dir hören.«

»Ich bin mehr als einverstanden, Hunter. Ich will dich berühren.«

»Ich gehöre dir. Mach mit mir, was du willst.«

Fiona streckte Hunter eine zitternde Hand entgegen. Er lag nackt auf der Decke. Seine Brust war leicht behaart und sie konnte Narben auf seiner Haut erkennen. Fiona fuhr mit ihren Fingerspitzen leicht über eine der schlimmsten Narben. Hunter holte tief Luft und Fiona zog ihre Hand zurück.

»Es tut mir leid, hat das wehgetan?«

Cookie griff nach ihrer Hand und drückte sie zurück an seine Brust. »Verdammt nein, es hat nicht wehgetan. Deine Hände auf mir zu spüren ist wie ein wahr gewordener Traum.«

Fiona ließ ihre Hand über seine Brust wandern, fasziniert von Hunters Reaktion. Sie behielt den Blick vorerst auf seine Taille gerichtet, beobachtete aber, wie sich Gänsehaut auf seinem Körper ausbreitete. Als sie weiter seine Narben streichelte, richteten seine Brustwarzen sich auf. Sie hatte keine Ahnung, dass die Brustwarzen eines Mannes so hart werden konnten wie die einer Frau. Ohne darüber nachzudenken, beugte Fiona sich vor und nahm sie in den Mund.

»Jesus, Fee. Gott ja. Scheiße, das fühlt sich so gut an. Saug hart ... ja, so.«

Fiona konnte fühlen, wie sie feucht wurde. In der Vergangenheit war sie noch nie so erregt gewesen, ohne dass ein Mann direkt Hand angelegt hatte. Aber dies war Hunter, er war völlig anders als jeder andere Mann, mit dem sie jemals zusammen gewesen war.

Cookie widerstand dem Drang, seine Hand auf Fionas Kopf zu legen und ihn weiter nach unten zu schieben. So hatte er das nicht geplant. Er wollte, dass sie sich gut fühlte, aber jetzt, wo sie ihn berührte, war er willenlos. Als sie zu seiner anderen Brustwarze wechselte, verlor er fast die Kontrolle über sich.

»Fass mich an, Fee. Gott, bitte.«

Fiona hob den Kopf und sah zum ersten Mal nach unten. Hunter war groß, größer als jeder andere, mit dem sie zuvor zusammen gewesen war. Sie konnte sehen, wie das Blut in den Adern in seinem Schaft pulsierte. Hunter bitten zu hören war berauschend und fühlte sich fast falsch an. Sie wollte nicht, dass er sie um irgendetwas bitten musste. Es war einfach nicht richtig. Sie griff nach seinem Schwanz und schlang ihre Finger darum. Sie fuhr mit dem Daumen bis zur Spitze und verteilte die Lusttropfen, die bereits ausgetreten waren, auf seiner Eichel.

»Fee, fester, halt mich fester.«

Zum ersten Mal fühlte Fiona sich unsicher. Hunter brauchte offensichtlich etwas, aber sie war sich nicht sicher was. »Zeig mir wie.«

Cookie löste sofort seine Hand von dem Laken, das er festgehalten hatte, und legte sie um Fionas Hand an seinem Schaft. Er zeigte ihr, wie fest sie greifen konnte, um es ihm so angenehm wie möglich zu machen. Er wusste, dass er viel rauer war als sie. Er warf den Kopf zurück und schloss die Augen.

Fiona beobachtete Hunter voller Ehrfurcht. Er war so wunderschön. Es gefiel ihr, wie er die Kontrolle übernahm. Ja, sie hatte ihn in der Hand, aber er übernahm eindeutig die Führung und zeigte ihr, wie er es mochte. Als er seinen Kopf zurückneigte, beugte sie sich vor, nahm erneut seine Brustwarze in den Mund und saugte fest daran.

Cookie stöhnte bei dem Gefühl von Fionas Zunge an seiner Brustwarze und als sie anfing zu saugen, gab er sich ihr vollkommen hin.

»Fee, ich ...« Bevor er sie warnen konnte, fühlte Cookie, wie sie mit den Zähnen in seine Brustwarze biss. Er explodierte in ihrer Hand und stieß hoch, während Fiona ihn weiter festhielt und streichelte und an seiner Brustwarze knabberte. Cookie schauderte und stieß noch einmal die Hüften nach oben, als ihn ein weiterer Orgasmus durchfuhr. Er fühlte sich vollkommen ausgelaugt.

Cookie löste sich von ihrer Hand und ließ seine eigene geräuschvoll aufs Bett fallen. Er schauderte, als Fiona ihn weiter leicht streichelte, bevor sie schließlich losließ und seinen Erguss über seinen Bauchmuskeln verteilte.

»Du bist wunderschön«, hauchte Fiona, als sie Hunter anstarrte. Sie wusste, dass sie ihn schmecken wollte, also hob Fiona, ohne weiter nachzudenken, ihre Hand in Richtung Gesicht.

Cookie hielt ihre Hand fest, bevor sie ihr Gesicht erreichte. »Willst du mich probieren, Fee?« Als sie zögernd nickte, nahm er seine freie Hand und strich sich damit über den Bauch, um etwas von seinem Sperma aufzunehmen. Er führte seine Hand an ihr Gesicht und streckte ihr einen Finger entgegen. »Probier mich.«

Fiona versuchte, nicht zu erröten, beugte sich vor und nahm Hunters Finger in den Mund. Der Geschmack seiner salzigen und erdigen Essenz erfüllte sie. Sie wirbelte ihre Zunge um seinen Finger und achtete darauf, ihn gründlich abzulecken. Fiona beobachtete mit halb geschlossenen Augen, wie sich Hunters Pupillen weiteten und er tief Luft holte.

Fiona war überrascht, als Hunter sich plötzlich über sie beugte und begann, sie leidenschaftlich zu küssen. Nie im Leben hätte sie auch nur zu träumen gewagt, dass ein Mann sich selbst schmecken wollte, und sie wusste, dass er es konnte. Fiona spürte, wie er seine Zunge um ihre schlang. Sie waren beide unersättlich. Nach einigen Augenblicken des besten Kusses ihres Lebens zog sich Fiona zurück. Sie starrten sich an. Fiona schaute zuerst weg und nach unten. Er war immer noch halbsteif. Sie hatte vollkommen die Sauerei vergessen, die sie angerichtet hatte.

»Ich sollte ein Tuch holen, um dich zu säubern.«

»Nein. Noch nicht. Ich möchte deinen Körper auf mir spüren. Ich will dich markieren. Klingt das verrückt für dich?«

Fiona starrte nur in Hunters Augen und schüttelte den Kopf.

»Jesus, ich gehöre dir, Fee. Ernsthaft. Du bist perfekt.« Cookie sah Fiona einen Moment an und fingerte dann am Saum ihres T-Shirts herum. »Meinst du, du kannst das für mich ausziehen? Wir werden nicht weiter gehen. Nur dein Hemd.«

Fiona wollte es. Sie zögerte nicht. Sie setzte sich auf, griff nach ihrem T-Shirt und riss es so schnell über ihren Kopf, damit sie keinen Rückzieher mehr machen konnte.

Cookie zögerte nicht und gab Fiona keine Chance auszuflippen. Er griff nach ihren Hüften und zog sie über sich, sodass sie auf seinen Oberschenkeln saß. Sie trug immer noch eine Trainingshose, aber er starrte sie an. Sie trug keinen BH und Cookie hatte einen ungehinderten Blick auf ihre Brust. Ihre Brüste waren perfekt. Er hatte immer gedacht, sein »Typ« Frau müsste riesige Brüste haben, aber in diesem Moment erkannte Cookie, dass Fiona perfekt für ihn war. Ihre Warzenhöfe waren groß und nahmen den größten Teil ihrer Brust ein. Sie hatte rosa Nippel, die hart waren. Sie waren ein bisschen klein für ihre Größe, aber Cookie dachte, dass sie wieder an Größe zunehmen würden, wenn sie erst ihr in der Gefangenschaft verlorenes Gewicht wiedergewonnen hätte. Eigentlich war es ihm egal. Das Fazit war, dass sie zu seiner Frau gehörten, und somit waren sie perfekt.

Cookie nahm ihre Hand, mit der sie ihn zuvor gestreichelt hatte, und legte sie auf ihre rechte Brust. Er wollte, dass Fiona seinen Samen auf ihren Körper strich. Dann nahm er ihre beiden Hände und legte sie auf seine Hüften.

»Warte, Fee. Bewege nicht deine Hände. Ich werde nicht zu weit gehen, das verspreche ich. Aber ich muss eine Sache tun.« Cookie wartete nicht darauf, dass sie zustimmte, sondern hielt Augenkontakt, nahm seine

Hände und strich sie über seinen Bauch, um sein Sperma aufzunehmen. Dann brachte er sie langsam an ihre Brust und berührte seine Frau zum ersten Mal. Endlich unterbrach er den Augenkontakt und sah nach unten. Cookie streichelte und massierte Fiona, während er sie mit seinem Geruch und seinem Samen markierte.

»Du gehörst mir, Fee. Niemand sonst wird dich je wieder anfassen. Niemand sonst wird das sehen können. Ich werde dich mit meinem Leben beschützen, wenn ich muss. Du bist bei mir sicher. Du gehörst mir. Nur mir!«

Fiona konnte ihr Schluchzen nicht länger zurückhalten. Sie hatte begriffen, was er vorhatte, als er seine Hände auf sie legte, und sie wollte es. Sie wollte ihn auf ihrer Haut fühlen. Es war, als würde er mit seinen Fingern und seinem Sperma das Gefühl der Hände der Entführer auf ihr wegwaschen. Aber als er sagte, dass sie ihm gehöre, drehte sie durch.

Fiona brach auf Hunter zusammen und schlug dabei seine Hände von ihrer Brust. Aber das Gefühl ihrer Brüste an seinem Oberkörper machte ihr Schluchzen nur noch schwerer. Diese Art von Verbindung hatte sie schon so lange gebraucht. Vage fühlte sie Hunters Arme an ihrem Rücken, wie er sie an sich zog und sanft an ihrem Rücken auf- und abstrich. Fiona hatte keine Angst vor Hunter oder was seine

Hände mit ihr anstellen würden. In Hunters Armen zu sein fühlte sich richtig an.

Nachdem sie eine Weile geweint hatte, hob Fiona den Kopf, aber Hunter ließ nicht zu, dass sich ihre Körper weiter voneinander trennten. Sie sah Hunter in die Augen und sprach aus, was sie in ihrem Herzen fühlte. »Ich gehöre dir.«

Fiona sah, wie sich Hunters Lippen zu einem zufriedenen Lächeln verzogen. »Verdammt richtig.«

Sie lächelte zurück und war zum ersten Mal seit langer Zeit zufrieden.

»Möchtest du duschen oder schlafen?«

»Haben wir noch Zeit?«

»Ja.«

Duschen bedeutete, seinen Geruch abzuwaschen. Die Entscheidung fiel ihr leicht. »Schlafen.«

»Verdammt, Frau«, hauchte Cookie, legte seine Hand an Fionas Hinterkopf und zog sie zurück in seine Umarmung. »Ich liebe es, dass du mich nicht abwaschen willst. Dann schlaf jetzt. Wir können duschen, wenn wir aufwachen. Nach dem Duschen müssen wir aber los. Du kommst mit mir nach Kalifornien, richtig?«

Fiona konnte die Unsicherheit in Hunters Stimme hören und hasste es. Sie wollte nicht, dass er in Bezug auf sie oder ihre Beziehung, die offensichtlich begonnen hatte, unsicher war. Schnell beruhigte sie ihn. »Ja. Wenn ich schon von vorne anfangen muss, dann möchte ich in deiner Nähe sein, damit wir sehen können, ob das hier, was auch immer es ist ...«, sie deutete zwischen ihm und sich hin und her, »... funktioniert.«

»Oh, das wird es, Fee. Du kommst nicht von mir weg«, sagte Cookie mit einem Lächeln, aber er meinte es offensichtlich ernst. Seine Stimme war klar und aufrichtig.

»Danke, Hunter.«

»Du musst mir nicht danken, Fee.«

»Ich weiß, dass du das denkst, aber ich weiß es besser. Ich werde nie aufhören, dir zu danken, solange ich lebe.«

»Solange du nicht mit Dankbarkeit verwechselst, was hier zwischen uns passiert.«

Verärgert stützte sich Fiona auf. »Ernsthaft? Nach dem, was gerade passiert ist? Glaubst du, das war ein Dankeschön?«

»Schhhhh. Nein, das glaube ich nicht.« Cookie legte eine Hand an ihren Kopf und strich über ihre Haare. »Ich bin nur ... ach, zur Hölle. Ich klinge wie ein kleiner Junge, aber ich möchte nicht, dass du denkst, du musst bei mir bleiben, weil du das Gefühl hast, du müsstest mir deine Dankbarkeit beweisen.«

Hunter so unsicher zu sehen war wirklich süß, auch wenn es ihr nicht gefiel, die Ursache dafür zu sein. Fiona wusste, dass sie das nicht sehr oft an ihm sehen würde. Jetzt war sie an der Reihe, ihn zu beruhigen. Sie strich mit der Hand über Hunters Kopf, seinen Nacken hinunter und legte ihre Stirn an seine. »Ich bin hier, weil ich an keinem anderen Ort lieber wäre als hier mit dir zusammen. Selbst als ich noch unter Drogen stand, wusste ich, dass du bei mir warst. Na gut, vielleicht nicht, als ich aus dem Badezimmerfenster geklettert bin. Aber ich habe schon gehofft, du würdest mich bitten, mit dir nach Hause zu fahren, bevor ich von meinem Job und meiner Wohnung gewusst habe.« Bei dem befriedigten Ausdruck in Hunters Augen kicherte Fiona. »Fühlst du dich damit besser?«

»Ja, Schätzchen, das tue ich. Und jetzt leg dich hin und schließe die Augen. Wir müssen noch früh genug wieder aufstehen. Aber jetzt möchte ich nur hier liegen und es genießen, mit dir zusammen zu sein.«

Fiona schloss die Augen und legte sich auf seinen Oberkörper. Sie waren beide klebrig und es war ein bisschen unangenehm, aber es war real und es war ein Teil von ihm. Sie würde für immer an Ort und Stelle bleiben, wenn es bedeutete, dass er bei ihr sein würde.

KAPITEL VIERZEHN

Benny, Dude, Cookie und Fiona gingen zum Ausgang des Flughafens. Tex hatte sie später am Abend zu einem Linienflug von Dallas/Fort Worth abholen lassen. Wie von Geisterhand hatte am Ticketschalter Fionas Reisepass auf sie gewartet.

Cookie konnte nur verwundert den Kopf schütteln. Tex war einfach unglaublich. Cookie hatte keine Ahnung, wie Tex das alles anstellte, aber er dankte seinem Glücksstern zum millionsten Mal, dass Tex auf ihrer Seite war. Cookie konnte sich nicht einmal vorstellen, wie sie auch nur die Hälfte ihrer Aufträge ohne ihn geschafft hätten.

»Denk dran, Fee, Wolf und Caroline werden wahrscheinlich in der Flughafenhalle auf uns warten. Als wir ihm mitgeteilt haben, dass wir zurückkommen, konnte er es kaum erwarten, sich selbst davon zu überzeugen, dass es dir gut geht.« Cookie hielt Fionas Hand, um sie zu beruhigen.

Fiona war schweigsam. Sie erinnerte sich kaum an diesen Mann, den Hunter Wolf nannte. Sie wusste, dass er im Hubschrauber und später im Haus gewesen war, aber sie konnte sich nicht wirklich an etwas erinnern, worüber sie sich unterhalten hatten.

Als die vier den Sicherheitsbereich des Flughafens verließen und das Hauptterminal betraten, sah Fiona eine Gruppe von Leuten, die an der Seite standen. Fiona wusste instinktiv, dass sie auf sie warteten. Da standen drei große, fast unheimlich aussehende Männer und zwei eindrucksvolle Frauen.

Benny und Dude gingen geradewegs auf die Gruppe zu, aber Cookie hielt Fiona weiter von seinen Freunden entfernt. Er drehte sie zu sich und nahm ihre Hände in seine. »Wenn es dir zu viel ist, sie jetzt kennenzulernen, dann ist das in Ordnung. Lass es mich wissen und ich rufe uns ein Taxi. Ich möchte, dass du dich mit ihnen triffst, wenn du dich wohl dabei fühlst.«

Fiona drückte Hunters Hand. Gott, er war so gut zu ihr. »Es ist okay, Hunter. Ich möchte sie treffen. Ich *muss* sie treffen. Sie alle haben geholfen, mich zu retten.«

Cookie führte Fionas Hand zu seinem Mund und küsste sie kurz. »Stark wie immer«, murmelte er leise und begleitete sie dann zu seinen Teamkollegen und Freunden.

Als sie näher kamen und Fiona die Männer besser sehen konnte, erkannte sie sie. Sie wusste nicht, wer wer war, aber sie erkannte sie.

Eine der Frauen löste sich von einem der Männer und kam direkt auf sie zu.

»Oh mein Gott, wir sind so froh, dass du hier bist! Ich bin Caroline und dieser große Bursche da hinten ist Matthew.« Als Caroline Fionas verwirrten Blick sah, seufzte sie dramatisch. »Ah, okay, du hast zwar Zeit mit ihnen verbracht ...«, sie deutete auf Benny und Dude, »... kennst aber wahrscheinlich noch nicht die *richtigen* Namen der anderen. Alabama und ich versuchen, nicht ihre Spitznamen zu verwenden. Wir ziehen es vor, sie bei ihren richtigen Vornamen zu nennen. Also, Matthew ist mit mir zusammen und sein Spitzname ist Wolf. Da drüben stehen Alabama und Christopher alias Abe. Benny und Dude kennst du bereits, aber Alabama und ich nennen sie Kason und Faulkner. Und zu guter Letzt ist da noch Sam, der von den Jungs Mozart genannt wird.«

Fionas Kopf drehte sich. Sie würde sich nie an all ihre Namen erinnern.

Als würde sie ihre Gedanken lesen können, lachte Caroline. »Mach dir keine Sorgen, wenn du dir nicht alles merken kannst. Ich habe Ewigkeiten gebraucht, um alles zu behalten. Es ist, als gäbe es doppelt so viele von ihnen, wenn die Jungs ihre Spitznamen und wir ihre richtigen Namen verwenden.«

Fiona konnte nur nicken, während Caroline weitersprach. »Also, ich habe noch nicht viel von dem erfahren, was passiert ist. Nur dass du nach Mexiko entführt und dann gerettet wurdest und dass du unglaublich stark und tapfer warst. Zumindest hat Matthew mir das erzählt. Ich bin so froh, dass es dir gut geht. Wirst du bei Hunter unterkommen? Brauchst du Kleidung? Ich würde dir gern ... mmmmf.«

Fiona lächelte, als Wolf auftauchte und seine Hand über Carolines Mund legte. »Jesus, Ice, gib der Frau die Chance, zu Atem zu kommen.«

»Ice?«, war das Einzige, was Fiona sofort auffiel.

Hunter beugte sich nahe an Fionas Ohr und erklärte: »Ja, Caroline hat sich diesen Spitznamen verdient, als Wolf sie kennengelernt hat. Es ist eine lange Geschichte und ich bin mir sicher, dass du noch früh genug die Chance bekommst, Ice zuzuhören, aber könnten wir vielleicht erst mal von hier verschwinden?« Den letzten Teil seines Satzes richtete er an seine Freunde.

»Natürlich. Habt ihr irgendwelches Gepäck?«, fragte Mozart in Richtung Cookie, Benny und Dude.

»Nein, Tex hat dafür gesorgt, dass unsere Sachen separat transportiert werden. Du kennst ja die Situation«, sagte Dude und zwinkerte Fiona zu.

Fiona wusste, dass sie ihre Taschen wahrscheinlich

nicht mit ins Flugzeug hätten nehmen können, da sie Waffen und wer weiß was sonst noch darin hatten.

»Großartig. Du und Fiona fahrt bei uns mit, alle anderen bei Wolf«, sagte Abe und mischte sich zum ersten Mal ein.

Fiona warf einen Blick auf die Frau an Abes Seite. Sie war die ganze Zeit still gewesen, aber sie war sehr wachsam. Sie hatte den Blick nicht von Fiona abgewandt, seit sie angekommen waren. Es machte Fiona extrem nervös. Sie war nie gut darin gewesen, Freunde zu finden, und sie wollte wirklich, dass diese Frauen sie mochten. Fiona wusste, dass sie mit den Frauen seiner Teamkollegen auskommen musste, wenn sie und Hunter eine Chance haben wollten.

Bevor sie gingen, löste sich Caroline aus Wolfs Griff und umarmte Fiona fest. Fiona konnte nicht anders, als sich in der Umarmung zu versteifen. Caroline hob die Hand, als Hunter einen Schritt näher an Fiona herantrat. »Ich weiß, ich habe wahrscheinlich meine Grenzen überschritten, aber ich bin so froh, dass du hier bei uns und bei Hunter bist. Er hat nur das Beste verdient und von dem Wenigen, das ich bereits gehört habe, bist du das. Ich kann es kaum erwarten, dich besser kennenzulernen. Alabama und ich brauchen jemanden, mit dem wir uns unterhalten können.«

»Jesus, Ice, verschwinde«, schimpfte Cookie mit einem Lachen, ergriff Fionas Hand und zog sie zurück an seine Seite, wobei er seinen Arm um ihre Taille legte.

Caroline lachte mit ihm, stellte sich auf die Zehenspitzen und küsste Hunter auf die Wange. »Behalte sie nicht nur für dich, Hunter.«

Cookie schüttelte nur den Kopf, als Caroline und die anderen Männer zum Ausgang gingen. »Komm schon, Fee, lass uns nach Hause fahren.«

Nach Hause. Fiona gefiel der Klang dieser Worte.

Sie gingen durch die Türen des Flughafens und Abe führte sie durch das Parkhaus zu seinem Jeep. Alabama und Abe stiegen vorne ein und Cookie half Fiona, auf die Rückbank zu klettern, bevor er auf die andere Seite ging und neben ihr einstieg.

Als sie vom Parkplatz fuhren, drehte sich Alabama auf ihrem Sitz um und meldete sich zum ersten Mal zu Wort.

»Fiona, ich bin so froh, dass es dir gut geht. Christopher hat mir ein bisschen von dem erzählt, was passiert ist, und ich kann mir kaum vorstellen, was du durchgemacht haben musst.« Ihre Stimme war leise und besänftigend.

»Danke, Alabama. Ich weiß das zu schätzen. Ich bin auch froh, dass es mir gut geht.« Fiona lächelte der Frau auf dem Vordersitz zu. Sie schien das genaue Gegenteil von Caroline zu sein, ruhig und zurückhaltend, aber Fiona mochte sie sofort.

»Wie Caroline schon gesagt hat, wenn du irgendetwas brauchst, zögere bitte nicht, einen von uns anzurufen. Es kann von Zeit zu Zeit schwierig sein, mit einem SEAL zusammen zu sein, und wir müssen zusammenhalten.«

Abe meldete sich zu Wort. »Hey, so schlimm sind wir gar nicht.«

»Äh, doch, manchmal schon«, widersprach Alabama.

Beide lachten. Fiona lächelte. Sie schienen sich miteinander wohlzufühlen. Wenn sie einen der Männer aus Hunters Team allein im Dunkeln getroffen hätte, hätte sie Angst gehabt, aber sie alle zusammen zu treffen und zu sehen, wie nahe sie sich standen, machte einen großen Unterschied.

»Danke, Alabama. Ich bin sicher, wir werden noch viel Zeit haben, miteinander abzuhängen.« Sie lächelten sich an.

Die vier unterhielten sich oberflächlich, während Abe zu Hunters Wohnung fuhr. Als sie ankamen, stellte er nicht den Motor ab, sondern drehte sich um und sah Fiona an.

»Ich möchte gern wiederholen, was die anderen gesagt haben, Fiona. Du hast keine Ahnung, wie froh wir sind, dass es dir gut geht. Ich war dabei, ich weiß, was ich gesehen habe. Vielen Dank, dass du Cookie das Leben gerettet hast. Du kannst dir nicht vorstellen, was das für uns alle bedeutet. Du gehörst jetzt zur Familie. Egal was du brauchst, du musst uns nur fragen. Egal worum es geht. Brauchst du ein Auto? Frag einfach. Brauchst du Geld? Genau das Gleiche. Wenn du einen Anwalt, jemanden zum Zuhören oder Hilfe benötigst, um von Cookie wegzukommen, wir sind nur einen Anruf entfernt.«

»Was zur Hölle, Abe?«, knurrte Cookie neben Fiona.

Abe hob die Hand, um Cookie zu unterbrechen. Fiona schaute nur verwirrt zwischen Hunter und Abe hin und her. Sie dachte, sie waren Freunde. Warum sagte er das über Hunter? Warnte er sie vor ihm?

»Ich behaupte ja nicht, dass du überhaupt von ihm wegwillst, Fiona. Cookie ist von uns allen der Einfühlsamste und ich möchte fast behaupten auch der Fürsorglichste. Aber ich versuche hier, etwas Wichtiges hervorzuheben. Ich habe meine Lektion mit Alabama und aus den Fehlern, die ich gemacht habe, gelernt. Als ich sie im Stich gelassen habe, war mein Team für sie da. Von ihnen habe ich die wahre Bedeutung des Wortes *Familie* gelernt. Eine Familie unterstützt und vertraut sich bedingungslos. Du bist nicht mehr allein, Fiona. Zur Hölle, wenn jemand zwei Stunden lang nichts von dir hört, wird einer von uns versuchen, mit dir Kontakt aufzunehmen. Verstehst du? *Du bist nicht allein.*«

Fiona hatte es verstanden. Sie konnte nur nicken. Wenn sie versucht hätte zu sprechen, wäre sie in Tränen ausgebrochen. Niemand in ihrem alten Leben hatte bemerkt oder sich darum geschert, dass sie wortlos verschwunden war. Abe sagte ihr, dass so etwas hier nicht passieren würde. Sie kannte diese Leute nicht einmal, aber sie hatten ihr mehr Mitgefühl entgegengebracht als jeder andere seit ihrer Kindheit.

»Komm schon, Fee, lass uns nach Hause fahren.«

Nach Hause. Jesus, das klang großartig. Fiona nickte Hunter zu und wandte sich dann an Abe und Alabama. »Danke«, war alles, was sie im Moment aufgrund des riesigen Kloßes in ihrer Kehle sagen konnte, aber es schien genug zu sein.

Cookie öffnete die Tür auf seiner Seite des Jeeps und ließ Fionas Hand nicht los. Sie musste über den Sitz rutschen, damit sie ihm folgen konnte.

»Danke, Mann. Bis später.« Fiona sah zu, wie Hunter und Christopher sich mit männlichen Gebärden verständigten, um ohne Worte zu kommunizieren. Dann wurde sie zum Apartmentgebäude gezerrt. Sie blickte noch einmal zurück und sah, wie Alabama sich vorbeugte und ihren Mann leidenschaftlich küsste. Fiona lächelte. Sie hatte die Frau nicht mehr als ein paar Worte sagen hören, aber sie mochte sie.

Sie kamen zu einer Tür im zweiten Stock. Cookie drehte sie so, dass sie sich gegenüberstanden. »Ich muss mich entschuldigen, bevor wir hineingehen, Fee. Ich bin erst kürzlich aus der Kaserne ausgezogen und die Wohnung ist noch nicht voll möbliert.« Bei ihren hochgezogenen Augenbrauen fuhr Cookie fort: »Okay, es ist nicht viel mehr drin außer meinem Bett, einem Sofa und einem großen Fernseher. Aber was auch immer du brauchst oder willst, wir werden es besorgen, okay? Also nicht gleich ausflippen.«

Fiona lachte. »Hunter, im Ernst? Das ist mir egal. Ich habe gerade drei Monate in einer verdammten Hütte mitten im verfluchten Dschungel in Mexiko verbracht. Was auch immer du hast, ist mehr, als ich besitze, und deine Wohnung ist mit Sicherheit eine Million Mal besser als der Ort, an dem ich war. Alles ist gut.«

Cookie hasste es, an die Hölle erinnert zu werden, die Fiona durchgemacht hatte, verstand aber ihren Standpunkt. Er versuchte, die Dinge in den Griff zu bekommen, und murmelte: »Ich werde dich an deine Worte erinnern, nachdem du meine Bleibe gesehen und dich darüber beschwert hast, dass es eine Junggesellenbude ist.«

Cookie zog den Schlüssel aus der Tasche, schloss die Wohnungstür auf und schaute zu, wie Fiona seine Wohnung betrat. Er beobachtete, wie sie sich im Wohnbereich umsah. Es war nicht viel, so wie er es gesagt hatte. Das Ledersofa war verdammt bequem und natürlich nahm der 54-Zoll-Fernseher fast die gesamte Wand ein. Ansonsten war es ziemlich schlicht. Es gab keine Bilder an der Wand und Cookie hatte nicht einmal einen Teppich, um den Parkettboden gemütlicher zu machen. Es gab keinen Flurtisch und keinen Schnickschnack. Verdammt, Cookie konnte sogar ein Echo hören, als Fiona durch den Raum ging.

Er sah zu, wie sie direkt zu der Glasschiebetür ging, die zu seinem Balkon führte. Fiona drückte ihre Hände gegen das Glas und schaute wortlos hinaus. Cookie schloss die Wohnungstür ab und warf den Schlüssel auf die Theke, als er an der Küche vorbeiging, um zu Fiona zu gelangen. Cookie legte die Arme um Fionas Taille, als er hinter sie trat.

»Was denkst du, Fee?«

»Das ist eine erstaunliche Aussicht.«

»Deshalb habe ich mich für die Wohnung entschieden. Es gab größere in der Wohnanlage, aber ich mochte die Idee, auf dem Balkon sitzen zu können und ein Bier zu trinken oder zu Abend zu essen und gleichzeitig den Strand und die Berge zu sehen.«

Fiona drehte sich in seinen Armen um, legte ihre Wange an Hunters Oberkörper und kuschelte sich an ihn. »Es ist wunderschön. Ich hätte nicht gedacht, dass ich so etwas jemals wiedersehen würde. Ich dachte …«

»Schhhh, ich weiß.«

Sie standen lange so beieinander. Schließlich zog Cookie sich zurück. »Komm schon, Fee, lass uns ins Bett gehen. Wir haben ein paar lange Tage vor uns. Du musst dich ausruhen und ich muss dafür sorgen, dass du alles hast, was du brauchst. Wie ich Caroline kenne, wird sie hier auftauchen, sobald Wolf sie aus dem

Haus lässt. Sie wird dich zum Einkaufen mitnehmen wollen.«

Fiona sah zu Hunter auf und nickte. Sie war müde. Sie wünschte sich im Moment nichts sehnlicher, als sich neben Hunter ins Bett zu kuscheln. Fiona hatte keine Ahnung, wie zum Teufel sie sich das wünschen konnte nach allem, was in Mexiko passiert war, aber es war so.

Cookies Gedanken waren denen von Fiona sehr ähnlich. Er wollte Fiona in *seinem* Bett sehen. Kein geliehenes Bett, nicht auf dem Boden mitten im verdammten Dschungel, sondern unter *seiner* Bettdecke in *seinem* Haus in *seinem* Bett. Man konnte ihn einen Neandertaler nennen, aber das war es, was er brauchte.

KAPITEL FÜNFZEHN

Cookie hatte recht gehabt. Am nächsten Morgen klopfte es um zehn Uhr an der Tür. Zum Glück waren sie schon aufgestanden und bereit. Cookie spähte durch den Türspalt und sah, dass es tatsächlich Caroline war, aber er war überrascht, Alabama bei ihr zu sehen. Er öffnete die Tür weiter und ließ die Damen herein.

»Ich bin überrascht, dass Wolf dich schon so früh hat gehen lassen, Ice.«

»Ha, ha, sehr lustig, Hunter. Du weißt, dass er mich gezwungen hat, bis jetzt zu Hause zu bleiben. Ich wollte schon um acht hier sein.«

»Oh, ich bin sicher, dass er dich nicht ›zwingen‹ musste, Ice.« Cookie lachte, als Caroline rot wurde.

»Ja, vielleicht konnte er mich auch anders überzeugen.«

»Na, ich wette, das war verdammt schwer.«

Fiona lachte laut über die komische Art und Weise, wie Hunter und Caroline sich bei Alabamas Worten geschockt umdrehten.

»Es sind immer die Leisen, vor denen du dich in Acht nehmen musst«, sagte Fiona und lachte immer noch.

Caroline ging zu ihr und legte ihren Arm um Fionas Taille. »Ich mag dich, Fiona. Ich denke, du wirst gut zu uns passen. Bist du bereit, etwas Geld auszugeben?«

Bei ihren Worten und Taten versteifte sich Fiona. Scheiße. Sie wollte gern etwas Zeit mit ihnen verbringen, aber sie hatte doch kein Geld.

Als Cookie sah, dass Fiona sich verspannte, fluchte er leise. Er hätte schon längst mit Fiona darüber sprechen sollen. »Könnte ich eine Sekunde allein mit Fee reden, Ice?« Cookie gab Caroline nicht einmal die Chance, zuzustimmen oder zu widersprechen, er griff umgehend nach Fionas Hand und zog sie in die Küche.

Als Fiona den Mund öffnete, um etwas zu sagen, bedeckte Cookie ihn leicht mit seiner Hand. »Hör mir kurz zu, Fee. Erinnerst du dich, dass ich dir gesagt habe, du gehörst mir?« Cookie wartete darauf, dass sie nickte, und fuhr fort: »Dies hier ist ein Teil davon, was das bedeutet. Ich habe Geld. Ich habe zu viel Geld. Schau dich um. Ich lebe einfach, ich habe keine

Verpflichtungen außer meiner Verantwortung meinem Land gegenüber. Ich habe *viel* Geld und würde es nicht einmal merken, wenn du etwas davon für Kleidung und andere Sachen ausgibst.«

Fiona verdrehte den Kopf, um ihren Mund unter Hunters Hand herauszuziehen. Er ließ sofort los. »Mir gefällt der Gedanke nicht, dein Geld anzunehmen, Hunter.«

Cookie seufzte. »Woher wusste ich, dass du das sagen würdest? Okay, dann machen wir es folgendermaßen. Erinnerst du dich, dass ich dir von Tex erzählt habe?« Als Fiona nickte, fuhr Cookie fort: »Nun, Tex ist sehr gut in dem, was er tut. Du bist nicht mehr pleite, Fee.« Als sie ihn nur unverständlich anstarrte, versuchte Cookie es erneut. »Tex ist ein Computergenie. Es ist beinahe beängstigend, was er alles tun kann. Er hat alles arrangiert, sodass du nicht mehr pleite bist. Du bist nicht reich, aber du nagst auch nicht mehr am Hungertuch.«

»Willst du damit sagen, dass er Geld auf mein Konto eingezahlt hat ...«, Fionas Stimme wurde zu einem Flüstern, als würde die Polizei mithören und nach Tex suchen, um ihn zu verhaften, »... illegal?«

»So würde ich das nicht ausdrücken. Ich würde es so ausdrücken, dass er entschieden hat, dass es nicht richtig war, dass du entlassen wurdest, und er hat dafür gesorgt, dass das Gehalt, das du während deiner

Zeit in Mexiko verdient hättest, auf dein Konto eingezahlt wurde ... plus Zinsen.«

»Aber das Geld kann ich nicht annehmen, Hunter. Das ist nicht richtig.«

Cookie seufzte und zog Fiona in seine Arme. Es schien, als würde er sie ständig an seinen Oberkörper ziehen, aber er liebte das Gefühl und es schien sie nicht zu stören. »Glaub mir, Fee, wir haben versucht, Tex zu bremsen, aber er tut, was er für richtig hält. Solltest du versuchen, es zurückzahlen, wird er nur mit einer großzügigeren Geste reagieren. Glaub mir, wir haben es versucht. Nachdem Tex seine Kontakte genutzt hatte, um herauszufinden, wohin die Terroristen Caroline verschleppt hatten, hat Wolf ihm einen Blumenstrauß gesendet. Er wusste, dass es einfallslos und nicht sehr männlich war, einem Ex-SEAL Blumen zu senden, er hatte aber keinen besseren Einfall, um sich bei dem Mann zu bedanken. Wolf hatte es als kleines Dankeschön gemeint. Daraufhin veranlasste Tex, dass zwei Wochen lang *jeden Tag* zwei Dutzend Rosen zu Wolfs Haus geliefert wurden. Mit der Zeit haben wir alle gelernt, dass ein einfaches Dankeschön das Beste ist, wenn es um Tex geht.«

»Von Terroristen entführt?«, fragte Fiona ungläubig.

»Fokus, Fee«, mahnte Cookie scherzhaft. »Entweder mein Geld oder deins.«

»Ich kann kein illegales Geld annehmen.«

»Dann nimm bitte heute meine Karte. Ich werde davon nicht bankrottgehen, das verspreche ich. Auch wenn Caroline dich mit zu Louis Vuitton nimmt und du den ganzen Laden aufkaufst, okay?«

»Weißt du überhaupt, wer Louis Vuitton ist?«

»Fee ...«

Fiona nickte. »Okay, okay, aber ich behalte alle Belege und wenn es zu viel ist, gebe ich es dir zurück.«

Cookie schüttelte nur den Kopf. Sie war unglaublich – auf eine gute Weise. Alle Freundinnen, die er in seinem Leben gehabt hatte, hätten, ohne zu zögern, die Chance ergriffen und sich alles bezahlen lassen. Fiona war in jeder Hinsicht ungewöhnlich. »Küss mich, bevor wir wieder rübergehen. Ich brauche dich.«

Fiona stellte sich auf Zehenspitzen und zögerte nicht. Sie küsste Hunter, sobald die Worte seinen Mund verlassen hatten. Es war nicht nur ein einfacher Kuss. Er war leidenschaftlich und verdammt sinnlich.

Cookie verschlang Fionas Mund. Er hielt sich nicht zurück. Er wollte, dass Fiona wusste, wie sehr er sie brauchte und wollte. Selbst wenn es Jahre dauern würde, bis sie psychisch bereit wäre, mit ihm zu schlafen. Er würde so lange warten wie nötig.

Fiona spürte, wie sie Gänsehaut auf den Armen bekam, als Hunter sie küsste. Er liebte ihren Mund. Mit der Zunge stieß er hinein und ließ sie wieder hinausgleiten und ahmte den Akt des Liebesspiels nach. Hunter erforschte sie, fuhr mit seiner Zunge über ihre Zähne und wickelte sie fest um ihre. Fiona spürte, wie er seine Hände unter ihr Hemd und über ihren Rücken bewegte.

Seine Hände waren rau und warm. Die Gänsehaut auf ihren Armen breitete sich auf ihre Beine aus. Als Hunters Zunge mit ihrer verschmolz und er sie in ihren Mund drückte, bewegte er seine Hand zu ihrer Seite und zog sie näher an sich. Fiona spürte, wie er mit dem Daumen über die Seite ihrer Brust streifte und dann ein Stück zur Seite, um einmal über ihre Brustwarze zu streichen. Bei seiner Berührung richtete sie sich sofort auf. Gerade als Fiona sich weiter zu ihm neigte, um Hunter zu ermutigen weiterzumachen, rief Caroline aus dem Nebenzimmer.

»Kommt schon, ihr zwei! Fangt nichts an, was ihr jetzt nicht beenden könnt! Ich bin bereit zum Einkaufen!«

Fiona erschrak und zog sich mit einem Keuchen zurück.

Cookie fluchte leise, ließ Fiona aber nicht los.

»Schon gut, Fee. Es ist in Ordnung.« Cookie spürte, wie schwer sie atmete. Er war sich nicht sicher, ob es der Schreck oder etwas anderes war. Cookie nahm seine Hand nicht sofort weg. Fiona war weich und warm und er wollte nichts weiter, als ihr Hemd auszuziehen und mit seinem Mund ihre Brüste zu verwöhnen. Er wünschte, er hätte es schon früher getan, aber er wusste, dass sie noch alle Zeit der Welt haben würden, um das zu tun.

»Ich wünschte, du würdest jeden Tag ohne BH gehen, aber ich nehme an, das wird die erste Station beim Einkaufen sein, oder?« Cookie lachte, als Fiona rot wurde. »Entspann dich. Caroline wird nicht reinkommen. Wir warten hier, bis du bereit bist.«

»Wenn du deine Hand nicht wegnimmst, werde ich nie bereit sein.« Fiona lachte über sich selbst.

»Ich mag meine Hand dort.«

»Das merke ich.«

Sie standen da und sahen sich einen Moment lang an, bevor Cookie langsam seine Hand von ihrer Brust weg und hinunter zu ihrer Taille bewegte. »Pass auf dich auf, Fee. Caroline und Alabama haben meine Handynummer, wenn du etwas brauchst. Hab keine Angst, sie darum zu bitten, mich anzurufen. Ich werde heute ein Handy für dich besorgen, während du einkaufen gehst. Du kannst meinen Vertrag mitbenutzen. Und bevor du fragst, es wird nicht viel kosten, dich hinzuzufügen. Kauf dir einfach, was du brauchst, und auch ein paar Sachen, die du nicht brauchst. Du hast keine Ahnung, was es für mich bedeuten würde zu wissen, dass du die Kleider trägst, für die ich bezahlt habe. Ich weiß, ich verhalte mich wie ein Höhlenmensch, aber ich empfinde so.«

Fiona wurde rot und stieß ihn lachend an. »Du Mann, ich Frau«, neckte sie ihn.

»*Meine* Frau«, konterte Hunter ernst.

Fiona schüttelte nur den Kopf und stellte sich wieder auf Zehenspitzen, um Hunter schnell auf die Lippen zu küssen. »Ich rufe an, wenn ich dich brauche. Sehen wir uns später?«

»Wir werden uns später sehen.«

Cookie hielt Fionas Hand, als sie aus der Küche in den Flur gingen, wo Alabama und Caroline auf sie warteten.

»Herrgott, ihr seid ja schlimmer als Matthew und ich.«

»Äh, nein, sind sie nicht«, konterte Alabama sofort. »Ich erinnere mich, dass Christopher und ich einmal zwanzig Minuten auf euch gewartet haben und schließlich ohne euch weggefahren sind, weil ihr wieder im Bett gelandet wart.«

Fiona kicherte, als Caroline rot wurde. Sie musste sich merken, Alabama nicht auf dem falschen Fuß zu erwischen. Es schien, als hätte die Frau ein gutes Gedächtnis und eine Art zu kontern wie keine andere.

»Wie auch immer, lasst uns gehen! Ich bin seit einer Woche nicht mehr einkaufen gewesen!« Caroline versuchte, das Thema von sich und ihrem Sexualleben wieder zum Thema Einkaufen zu wechseln.

Alle lachten und gingen zur Tür. Fiona schaute zurück, als sie gingen, und sah, dass Hunter genau dort stehen geblieben war, wo sie sich verabschiedet hatten. Ihre Blicke trafen sich, er zwinkerte ihr zu und formte mit seinen Lippen die Worte: »Wir sehen uns später.«

Fiona sackte auf dem Sofa in Hunters Wohnung zusammen. Mein Gott, sie hatte keine Ahnung, worauf sie sich eingelassen hatte, als sie an diesem Morgen mit Caroline und Alabama losgezogen war. Sie hatte gedacht, dass sie Caroline zügeln müsste, aber Alabama war diejenige, die die Kontrolle beim Einkaufen übernommen hatte. Sie hatte sie von einem Geschäft zum nächsten geschleppt. Der Kofferraum war mit allerlei Kleidung gefüllt und die anderen Frauen hatten sogar darauf bestanden, sexy Unterwäsche und BHs mitzunehmen. Als Fiona fertig war, bestand Alabama darauf, dass sie »nur noch diesen einen Laden« besuchten. Natürlich wurde aus einem Laden fünf.

Fiona hatte viel mehr Geld ausgegeben, als sie geplant hatte. Sie wollte sich ein oder zwei Outfits kaufen, Jeans, T-Shirts, Alltagsunterwäsche und BHs aus Baumwolle. Als sie das Alabama und Caroline erzählt hatte, hatten beide energisch protestiert und ihre Wünsche für den Rest des Tages einfach ignoriert.

Fiona hatte *gewusst*, dass es die Leisen waren, vor denen sie auf der Hut sein musste. Alabama ließ sich nicht so leicht übergehen, egal welch ersten Eindruck man von ihr bekommen mochte. Als sie von einem Mann angerempelt wurde, der nicht aufgepasst hatte, wohin er ging, stürzte Alabama sich auf ihn und er konnte sich gar nicht genug entschuldigen, bevor er sich davonschlich.

Nach dem Einkaufen nahmen Caroline und Alabama Fiona mit in eine Kneipe namens *Aces Bar and Grill*. Sie erzählten ihr, es wäre die Lieblingskneipe des Teams und sie gingen sehr häufig dort hin, um zu Mittag oder zu Abend zu essen oder abends etwas zu trinken.

Sie nahmen ein Mittagessen ohne jeglichen Nährwert ein, aber es war köstlich. Die anderen Frauen stellten sie einer Kellnerin namens Jess vor, die sie laut ihrer Aussage immer bediente und einfach großartig war. Jess erzählte ihnen einige lustige Geschichten über andere Stammgäste, die sich fast jeden Abend selbst zum Narren machten.

Fiona hatte Caroline gefragt, was mit der hübschen Kellnerin passiert wäre, als sie bemerkte, dass sie humpelte. Aber Caroline hatte nur die Achseln gezuckt und gesagt, sie hätten sie nie danach gefragt.

Nachdem sie den Großteil des Tages unterwegs gewesen waren, brachten die Frauen Fiona endlich zu Hunters Wohnung zurück. Es war unglaublich, wie anstrengend ein Tag voller Einkaufen und Lachen sein konnte.

Fiona schloss die Augen und entspannte sich. Sie

wollte gleich aufstehen und sehen, was sie zum Abendessen machen könnte. Fiona wusste, dass Hunter hungrig sein würde, wenn er nach Hause kam, und sie wollte etwas Nettes für ihn tun. Immerhin hatte er in letzter Zeit eine Menge netter Dinge für sie getan. Fiona wollte dafür sorgen, dass Hunter wusste, wie sehr sie ihn schätzte.

Cookie schloss geräuschvoll die Tür hinter sich. Er wollte Fiona nicht erschrecken. Als er nichts hörte, ging er vorsichtig ins Wohnzimmer. Er sah keine Spur von Fiona, aber eine Menge Einkaufstüten lagen herum. Er lächelte. Gott lob Caroline und Alabama. Er wusste, dass sie Fiona beim Einkaufen nicht damit davonkommen lassen würden, zu wenig zu kaufen. Er musste wohl der einzige Mann auf der Welt sein, der froh darüber war, dass seine Frau gerade ein Vermögen für Kleidung und andere Damenartikel ausgegeben hatte.

Er ging um die Couch herum und sein Lächeln wurde noch breiter. Fiona lag schlafend auf der Couch. Ihr Kopf lag auf der Seite und einer ihrer Arme war ausgestreckt und hing über die Kante. Cookie setzte sich neben sie und massierte ihr den Rücken. Er wollte sie langsam wecken, damit sie keine Angst hatte.

»Fee? Wach auf, Süße.« Cookie rieb ihr weiter über den Rücken, übte aber etwas mehr Druck aus. »Komm schon, Schlafmütze. Hast du schon etwas gegessen?«

Fiona wurde langsam wach. Ohne die Augen zu

öffnen, wusste sie, dass Hunter bei ihr war. Sie konnte ihn riechen, ganz zu schweigen von der Gänsehaut, die seine Hand auf ihrem Rücken hinterließ. Sie öffnete ein Auge und sah zu ihm auf.

»Ich bin wach. Wie spät ist es?«

»Ungefähr sieben. Bist du hungrig?«

»Oh scheiße!« Fiona setzte sich so schnell auf, dass sie mit dem Kopf fast gegen Hunters stieß. Sie bemerkte es nicht einmal, fuhr aber mit ihrer Tirade fort. »Ich wollte doch für dich Abendessen machen! Es tut mir so leid, Hunter. Was möchtest du? Bist du hungrig?«

»Hey, langsam, Fee. Du musst mir kein Abendessen machen. Ich würde mich freuen, wenn wir es gemeinsam tun. Das habe ich noch nie gemacht.«

Fiona sah zu Hunter auf. »Wirklich?«

»Ja, wirklich.«

»Aber ich wollte dir für alles danken, was du für mich getan hast. Und ich wollte ... du weißt schon.«

»Du dankst mir jeden Tag, indem du hier bei mir bist. Indem du die Meine bist. Ich weiß es. Ich möchte aber auch jeden Tag Dinge für dich tun. Weißt du was? Wenn du mir versprichst, dass du niemals ein schlechtes Gewissen haben wirst, weil das Abendessen nicht fertig ist, wenn ich nach Hause komme, dann lasse ich es dich ab und zu allein zubereiten.«

»Mich *lassen*?«

»Sicher. Dich lassen.«

Sie lächelten sich an. Cookie streckte die Hand aus und half Fiona auf die Beine.

»Ich werde einen Kompromiss mit dir eingehen, Hunter. Ich koche mit dir zusammen Abendessen, wenn du mir dabei hilfst zu entscheiden, was ich von dem ganzen Zeug, das Alabama und Caroline mich gezwungen haben zu kaufen, behalten und was ich zurückbringen soll«, sagte Fiona ernst.

»Das ist einfach, behalte alles.«

»Hunter, du hast es noch nicht einmal *gesehen*.«

»Das muss ich nicht. Wenn die beiden dich zum Kauf gezwungen haben, steht es dir bestimmt gut.«

Fiona schüttelte nur den Kopf. »Du bist wahnsinnig.«

Cookie küsste Fiona auf den Kopf und schlenderte in die Küche. »Wahnsinnig glücklich, dass du hier bei mir bist.«

Fiona stand unbeholfen neben dem Bett. Hunter lag bereits darin und hatte sich bis zur Taille zugedeckt. Fiona wusste, dass er darunter nackt war, und sie wollte unbedingt die Decke zurückwerfen und sich auf ihn stürzen, wusste aber, dass sie es nicht konnte.

Sie trug das neue Nachthemd, auf das die Mädchen bestanden hatten, zusammen mit dem passenden Höschen. Obwohl sie bedeckt war, fühlte

Fiona sich trotzdem fast nackt. Sie stand zögernd neben dem Bett und wusste nicht, ob sie mit dem Nachthemd bekleidet neben Hunter ins Bett schlüpfen oder es ausziehen sollte.

Hunter nahm ihr die Entscheidung ab und streckte die Hand aus. »Komm her, Fee.«

Fiona stellte ein Knie auf die Matratze und legte sich hin. Hunter packte sie am Arm und zog sie heran. Sie fiel auf ihn, schlüpfte schnell unter die Decke und schob ihre Beine zwischen seine.

Cookie konnte fühlen, wie Fiona das Herz in der Brust schlug. »Entspann dich, Schatz. Du bist bei mir sicher.«

»Ich weiß nicht, was ich tun soll.«

»Du musst nichts tun. Sei einfach hier bei mir. Wir werden es gemeinsam herausfinden, okay?«

»Okay.«

Nach ein paar Minuten fing Fiona an, mit dem Fuß zu wackeln. Sie konnte die Haare an seinen Beinen fühlen. Es hätte böse Erinnerungen wecken sollen, aber stattdessen konnte sie nur an die Nacht denken, in der er in ihrer Hand explodiert war.

Fiona bewegte langsam ihre Hand über seine Brust und erinnerte sich an das Gefühl von Hunters Brustwarzen, die bei ihrer Berührung härter wurden.

Cookie hob eine Hand und legte sie auf seinen Oberkörper. »Ich liebe deine Hände auf mir, Fee, aber heute Abend möchte ich mich um dich kümmern. Darf ich?«

»Ich weiß nicht.«

»Wie wäre es, wenn wir es langsam angehen, und wenn ich etwas tue, wobei du dich unwohl fühlst, höre ich auf.«

Fiona nickte. »Ich vertraue dir, Hunter.«

»Ich werde dieses Vertrauen nicht missbrauchen.« Cookie legte eine Hand an Fionas Hals und beugte sich vor, um sie zu küssen. Er küsste sie nur leicht, um sie nicht zu erschrecken. Er benutzte seine andere Hand, um an ihrem Körper auf und ab zu streicheln und sie zu beruhigen. Er berührte sie nur durch das Nachthemd, das etwas hochgerutscht war und ihr Höschen freigelegt hatte. Er konnte fühlen, wie Fiona sich unter ihm rekelte. Als sie schließlich stöhnte, bewegte Cookie seine Hand langsam nach unten und ließ seine Fingerspitzen unter ihr Höschen rutschen.

»Weißt du, wie gut du dich anfühlst, Fee? Du bist so weich. Du bist für meine Hände bestimmt. Ich kann es kaum erwarten, dich zu probieren. Ich wette, du schmeckst süß. Du wirst explodieren, wenn ich dich mit der Zunge berühre, nicht wahr?«

Fiona bekam Gänsehaut bei seinen Worten. Gott, Hunter fühlte sich gut an. Seine Worte machten sie verrückt. »Bitte, Hunter. Bitte.« Sie hatte keine Ahnung, worum sie bettelte, aber sie brauchte etwas. Sie brauchte mehr.

»Was willst du, Schatz?«

»Mehr.«

»Mehr? Mehr von meinen Küssen? Meine Hände auf dir?«

»Ja. Alles davon.«

Cookie liebte es, Fiona dieses Gefühl zu geben. Er wollte nicht, dass sie bettelte, aber er wollte sicherstellen, dass sie es wollte, *ihn* wollte. Er bewegte seine Finger kurz unter dem Bündchen ihres Höschens hin und her. Er konnte die Hitze spüren, die von ihr ausging. Er beugte sich vor, küsste sie erneut und bewegte seine Hand über ihr Schambein, aber auf ihrem Höschen.

Cookie streichelte Fiona, während er sie küsste. Mit der Zunge ahmte er die Bewegungen seiner Hand nach. Er legte den Handballen auf ihre Klitoris und konnte nicht leugnen, wie sehr es ihn erregte, sie stöhnen zu hören.

Fiona warf den Kopf zurück und ergriff Hunters Handgelenk, während er sie mit seiner Hand verwöhnte.

Cookie hielt inne und wusste nicht, ob sie wollte, dass er weitermachte oder aufhörte.

»Hör nicht auf. Bitte, hör nicht auf.«

Er grinste. Gott sei Dank. Cookie streichelte sie härter und härter, während er abwechselnd ihr Gesicht küsste und an ihrem Hals knabberte.

»Das ist es, Fee. Streichle mich. Du fühlst dich so

gut an, du bist so heiß. Du machst das gut. Du bist so sexy.«

Cookie konnte spüren, dass Fiona immer erregter wurde. Er hatte seine Leistengegend von ihr ferngehalten. Er wollte nicht, dass sie Angst bekam, aber jetzt drückte er sich gegen sie.

»Fühlst du, wie hart ich bin? Deinetwegen! Du bist so sexy. Ich will mit dir kommen, Fee. Allein dabei zuzusehen, wie du kommst, bringt mich zum Höhepunkt. Fass mich an.«

Er ließ ihren Hals los und führte seine Hand an ihre Brust. Cookie nahm einen ihrer Nippel zwischen seine Finger, der durch den Stoff ihres Nachthemdes aufragte. Gleichzeitig lehnte er sich zu ihr und stöhnte ihr ins Ohr. Dann saugte er fest an ihrem Ohrläppchen. »Komm für mich, Fee. Jetzt.«

Fiona explodierte. Sie drückte den Rücken durch und schrie vor Ekstase auf. Sie konnte sich nicht erinnern, wann sie das letzte Mal so heftig zum Orgasmus gekommen war ... oder ob sie es jemals getan hatte. Sie konnte sich kaum an ihren eigenen Namen erinnern oder an irgendetwas oder irgendjemanden, den sie vor Hunter gekannt hatte. Als Fiona in die Realität zurückkehrte, konnte sie Hunters Gesicht und seinen schweren Atem an ihrem Hals spüren. Sie fühlte auch, dass es feucht an ihrer Hüfte war.

»Wow.«

Cookie lachte. »Wow in der Tat. Nur zuzusehen,

wie du gekommen bist, hat mich ebenfalls zum Höhepunkt gebracht.«

Fiona öffnete die Augen und starrte direkt in Hunters, dessen Blick auf sie gerichtet war. »Hat es das?«

»Ja, das hat es. Dein Geruch, das Gefühl deiner Hitze. Es ist alles so verdammt sexy, ich konnte nicht anders. Wenn wir uns irgendwann wirklich vereinen, werden wir verdammt noch mal wie Feuer sein. Wir werden tagelang nicht aufstehen können.«

Fiona konnte Hunter nur anlächeln. Bei seinen Worten entspannte sie sich. Er hielt sie offensichtlich nicht für einen Freak und anscheinend wollte er sie auch wirklich *nicht* in eine tiefere Intimität zwingen, für die sie noch nicht bereit war.

»Komm schon, so sehr ich es auch liebe, dich zu markieren, du kannst nicht in diesem nassen Hemdchen schlafen.« Cookie stieg aus dem Bett, trotz seiner Nacktheit vollkommen unbefangen. Er ging zu seinem Schrank und rief Fiona zu: »Wo hast du deine Nachthemden hingelegt? Ich möchte dich in dem roten sehen.«

»Die zweite Schublade links«, rief Fiona zurück und Hunter holte ihr ein neues Nachthemd. Sie war noch nie mit einem Kerl zusammen gewesen, der sich nach dem Sex in irgendeiner Weise um sie gekümmert hätte.

Fiona sah zu, wie Hunter zum Bett zurückkehrte.

»Komm schon, steig aus dem Bett.«

Fiona zog die Decke zurück und stieg aus, verlegen aufgrund des nassen Flecks auf ihrem Nachthemd. Warum es ihr peinlich war, wusste sie nicht, vor allem wenn man bedenkt, dass sie nicht einmal dafür verantwortlich war.

Cookie grinste sie an. Gott, sie war so süß. »Heb die Arme an.«

Fiona schloss die Augen und tat, wie geheißen. Er hatte sie gerade zum Höhepunkt gebracht, da könnte er sie auch nackt sehen. Ihre Brüste hatte er auch schon mal betrachtet. Es war nichts, was er nicht schon häufig bei anderen Frauen gesehen hätte. Zumindest versuchte Fiona, sich das einzureden.

Cookie bemühte sich, seine Berührung so emotionslos wie möglich zu halten. Er griff nach dem Saum ihres nassen Hemdchens und zog es ihr über den Kopf. Er konnte fühlen, wie sein Herz schneller schlug. Er fragte sich zum millionsten Mal, wie zur Hölle sie die Geschehnisse in Mexiko hatte überstehen können. Sie schien viel zu zerbrechlich dafür zu sein.

»Halt deine Arme hoch, Fee. Gib mir nur eine Sekunde, und schon habe ich dich wieder angezogen.«

Cookie wusste, dass er es nicht länger hinauszögern konnte, sie zu bedecken, egal wie sehr er sie nackt sehen wollte. Er zog das rote Nachthemd über Fionas Kopf und ihre Arme durch die Träger und ließ es ihr über die Hüften gleiten. Nun zum schwierigen Teil.

Sobald das Hemd ihre Hüften und die Hälfte ihrer Oberschenkel bedeckte, nahm Cookie ihr Höschen und zog es ohne Vorwarnung herunter, achtete aber darauf, dass sie die ganze Zeit bedeckt blieb.

Fiona kreischte auf, als sie spürte, wie ihre Unterwäsche herabfiel.

»Zieh es aus, Schatz. Ich habe ein neues Höschen für dich. Es ist ganz nass.« Cookie sprach mit leiser und kontrollierter Stimme.

Fiona tat, worum Hunter sie gebeten hatte, und spürte, wie sie knallrot wurde.

»Gott, ich liebe es, wenn du rot wirst. Ich glaube, die Röte zieht sich von deinem Gesicht hinunter bis zu deinen Zehen«, neckte Cookie sie und versuchte, Fionas Gedanken von dem abzulenken, was er tat. Er tippte ihr abwechselnd an die Knöchel, um sie dazu zu bringen, die Füße anzuheben, und zog das neue Höschen hoch. Er konnte nicht widerstehen, mit seinen Händen über ihre Pobacken und ihre Oberschenkel zu fahren, bevor er aufstand.

»Und nun komm zurück ins Bett.«

Sie krochen wieder ins Bett und es entging Fiona nicht, dass Hunter sich auf die Seite des Bettes legte, wo sich die feuchte Stelle befand. Sie kuschelte sich wieder in seine Arme und seufzte.

»Wofür war der Seufzer?«

»Ich bin so glücklich. Es ist schwer zu glauben, dass ich vor zwei Wochen ...«

»Beende diesen Satz nicht.«

»Aber ...«

»Ich möchte nicht noch einmal daran denken. Es bringt mich um.«

»Es ist okay, Hunter. Ich wollte nur sagen, ich glaube nicht, dass ich in meinem ganzen Leben glücklicher gewesen bin, und ich bin auf gewisse Weise froh, dass ich entführt wurde, weil es mich zu dir gebracht hat.«

»Jesus, Fee. Das kann nicht ... ich ...«

Jetzt war es an Fiona, ihn zum Schweigen zu bringen. »Es ist okay, Hunter. Ich werde es nicht noch einmal ansprechen, ich schwöre.«

In dieser Nacht wachte Cookie erneut auf, als Fiona einen weiteren Albtraum hatte. Es verging keine Nacht, ohne dass sie von ihrer Gefangenschaft träumte, und er hasste es, verdammt noch mal. Sie sprach nie darüber, aber Cookie wusste, dass sie mit jemandem reden musste. Wie die Albträume bewiesen, die sie jede Nacht hatte, verarbeitete sie ihre Erfahrung nicht so gut, wie sie könnte. Es war nicht gesund. Und Cookie wusste, dass Fiona daran zerbrechen würde, wenn sie nicht darüber hinwegkäme. So sehr er auch derjenige sein wollte, mit dem sie darüber sprechen konnte, er wusste, dass sie einen Experten konsultieren musste. Er hatte viel in seinem Leben gesehen, aber er glaubte nicht, dass er mit dem umgehen könnte, was sie in Mexiko durchgemacht hatte. Wenn sie es ihm erzählen wollte, würde er zuhören, aber wenn nicht, würde er es besser *nie* hören wollen. Er wusste, was mit Frauen passierte, die als Sexsklavinnen entführt wurden, aber er konnte sich seine Fee einfach nicht in dieser Situation vorstellen.

Cookie beruhigte sie, so gut er konnte, und hielt sie, wenn sie weinte. Wie immer wachte Fiona nie ganz auf, sondern schmiegte sich wortlos in seine Arme, während er laut zu zählen anfing. Cookie begann immer, von hundert rückwärts zu zählen. Normalerweise schlief Fiona wieder ein, wenn er bei achtzig war.

KAPITEL SECHZEHN

Die nächsten Wochen vergingen für Fiona wie im Flug. Sie verbrachte die Tage mit Alabama und Caroline, entweder zusammen oder einzeln, und die Abende und Nächte mit Hunter. Sie hatten noch viele intensive Nächte in seinem Bett verbracht, waren aber nicht über das hinausgegangen, was sie bisher getan hatten. Fiona wollte mehr, wusste aber, dass sie noch nicht bereit war. Jedes Mal wenn sie darüber nachdachte, mehr zu tun, als ihn zu berühren, flippte sie aus. Fiona begann zu glauben, dass sie niemals bereit sein würde, und das brachte sie um. Hunter hatte so viel mehr verdient.

Hunter hatte sie ermutigt, mit einer Expertin zu sprechen. Er hatte ihr erzählt, dass es hier eine Ärztin gab, die Erfahrung mit Missbrauchsfällen wie ihrem hatte. Er hatte ihr sogar die Visitenkarte gegeben. Er hatte die Ärztin kontaktiert und sie hatte zugestimmt, sich mit Fiona zu treffen, wann immer diese bereit war. Fiona wusste nicht, ob sie jemals bereit sein würde, aber sie trug die Karte immer bei sich, nur für den Fall.

Eines Tages, als Fiona mit Alabama zusammen war, klingelte Fionas Handy. Die Einzigen, die sie sonst anriefen, waren Hunter und ihre neuen Freundinnen. Offensichtlich war es nicht Alabama, die sich bei ihr meldete, da sie ja neben ihr saß.

»Hallo?«

»Hey, Fee, ich bin es, Cookie.«

»Hey, Hunter, alles in Ordnung?«

»Natürlich. Es tut mir leid, dass ich dich beunruhigt habe. Bist du bei Alabama?«

»Ja.«

»Okay, ich komme gleich vorbei.«

»Bist du sicher, dass alles in Ordnung ist?«

»Natürlich. Ich bin gleich da.«

»Okay, ich werde warten.«

»Tschüss.«

»Bis gleich.«

Fiona sah zu Alabama hinüber, nur um zu sehen, wie ihre Finger über ihr Handy flogen. Sie schrieb offensichtlich jemandem eine SMS.

Als sie fertig war, sagte Fiona: »Das war Hunter, er sagte, er würde hierherkommen.«

»Okay, ja, okay.«

»Was ist los? War das Abe?«

Fiona hatte sich nie daran gewöhnen können, die anderen Männer im Team bei ihren richtigen Namen zu nennen. Wenn ihnen jemals jemand zuhören würde, würde man denken, sie wären verrückt, da Caroline und Alabama die richtigen Namen der Männer verwendeten und Fiona ihre Spitznamen. Es war, als sprächen sie über ganz andere Menschen.

»Äh ja, Christopher kommt auch nach Hause.«

»Denkst du, es geht ihnen gut?«

»Ja, ich bin sicher, es ist nichts Schlimmes.«

»Was ist? Du klingst komisch, Alabama.«

Alabama seufzte. »Nun, ich nehme an, dass Hunter es dir selbst sagen wollte, aber ich fände es nicht richtig, es dir vorzuenthalten.«

»Oh mein Gott, was ist es? Du beunruhigst mich.«

»Sie wurden für eine Mission einberufen. Sie müssen heute Abend aufbrechen.«

»*Heute Abend?*« Fiona konnte den schrillen Ton ihrer Stimme nicht verbergen. Sie holte tief Luft und versuchte es erneut. »Heute Abend? Sie müssen heute Abend los?«

»Ja, und ich werde mich jetzt wahrscheinlich in den Hintern treten lassen müssen, weil ich es dir erzählt habe, bevor Hunter es konnte. Er ist wahrscheinlich verdammt nervös, dir mitteilen zu müssen, dass er dich für eine Weile allein lassen wird. Ich weiß noch, wie es war, als Christopher das erste Mal auf Mission musste, nachdem wir uns kennengelernt hatten. Er war ein nervliches Wrack. Ich erzähle dir das nur, weil ich denke, du solltest wissen, dass es nicht an dir liegt.«

Fiona nickte. Obwohl sie innerlich ausflippte, wusste sie, dass Alabama es ernst meinte.

»Christopher hat bei dieser ersten Mission, nachdem wir zusammengekommen waren, Fehler gemacht. Er machte sich Sorgen um mich und war mit dem Kopf nicht bei der Sache. Als er zurückkam ... hat er ... nun, er hat mich verletzt und wir haben uns beinahe für immer getrennt.« Alabama sah die Panik in Fionas Gesicht und fuhr rasch fort: »Wir haben es geschafft, alles ist gut. Ich sage dir das nur, damit du alles dafür tun kannst, Hunter davon zu überzeugen, dass du in Ordnung bist und er sich voll auf die Mission konzentrieren kann.«

Fiona nickte verzweifelt. »Es tut mir leid, dass ihr das alles durchmachen musstet, und ich bin so froh, dass ihr beide es geschafft habt. Ich möchte nicht, dass Hunter sich Sorgen um mich macht. Was soll ich ihm sagen?«

»Das wirst du schon selbst herausfinden. Aber vergiss nicht, du bist nicht allein. Er ist vielleicht auf einer Mission, aber du hast mich und Caroline hier bei dir. Wir stehen dir bei, okay?«

»Okay. Danke, dass du es mir erzählt hast. Ich hätte wahrscheinlich nicht gut reagiert und den Kopf verloren. Ich schätze das sehr. Kann ich dich später anrufen?«

»Nein, ruf nicht an. Beweg deinen Hintern rüber zu Caroline, sobald Hunter weg ist. Wir werden eine Pyjamaparty veranstalten, zu viel essen und heulen, dass wir unsere Männer vermissen. Morgen gehen wir dann einkaufen und geben eine Menge Geld aus. Das wird uns die Zeit vertreiben, bis unsere Männer zu uns zurückkehren.«

Fiona lachte, wie Alabama es beabsichtigt hatte.

Es klopfte. Alabama ging zur Tür, schaute durch den Spion und öffnete. Hunter und Abe standen davor. Abe griff sofort nach Alabama und zog sie in seine Arme.

»Hey, Babe. Hey, Fiona.«

»Hey«, antwortete Fiona abwesend, den Blick auf Hunter gerichtet.

»Hey, Fee. Bereit zum Aufbruch?«

»Ja. Bis später, Alabama«, rief Fiona, als Hunter sie mit seiner Hand an ihrem Rücken zur Tür hinausbegleitete.

Fiona sagte nichts, als Hunter sie zu seinem Wagen brachte und dafür sorgte, dass sie sicher auf dem Beifahrersitz Platz nahm, bevor er zur Fahrerseite ging. Er ließ den Motor an und Fiona zappelte auf ihrem Sitz herum, schwieg aber. Sie legte ihre linke Hand auf Hunters Oberschenkel, während er fuhr. Sie merkte, wie angespannt er war, und war froh darüber, dass

Alabama ihr erzählt hatte, was los war. Spätestens jetzt wäre sie ausgeflippt, wenn sie es nicht schon gewusst hätte. Verdammt, sie hätte wahrscheinlich befürchtet, dass Hunter mit ihr Schluss machen will oder so.

Es war offensichtlich, dass Hunter Angst hatte, ihr zu sagen, dass er abreisen musste. Fiona entspannte sich ein wenig, als er seine Hand auf ihren Schoß legte. Der Hautkontakt spendete Trost.

Sie kamen bei seiner Wohnung an und gingen schweigend die Treppe hinauf.

»Komm, wir setzen uns auf den Balkon, okay?«

»Okay.« Fiona hielt ihre Stimme so sanft und beruhigend wie möglich.

Cookie setzte sich auf einen der breiten Terrassenstühle und zog Fiona auf seinen Schoß. Fiona ließ sich sofort fallen, legte einen Arm um seinen Hals und ihren Kopf an seine Brust. »Was auch immer es ist, Hunter, es wird alles gut werden.« Fiona wollte ihn so schnell wie möglich beruhigen. Es gefiel ihr gar nicht, ihn so aufgewühlt zu sehen.

»Wie du weißt, bin ich ein SEAL.« Fiona nickte und Cookie sprach weiter. »Es ist ein Teil von dem, was ich bin, und das möchte ich nicht ändern. Ich bin gut in dem, was ich tue. Aber wenn ich aufhören muss, dann werde ich es tun.«

Fiona setzte sich auf. »Was zum Teufel, Hunter? Warum solltest du überhaupt an so etwas denken?«

»Wir müssen noch heute Abend zu einer Mission

aufbrechen, Fee. Ich muss heute noch weg. So funktioniert das bei uns. Manchmal bekommen wir eine Vorwarnung, aber meistens müssen wir los, sobald wir benachrichtigt werden.« Hunters Stimme zitterte und er fuhr fort: »Ich kann dir nicht sagen, wohin wir unterwegs sind oder was wir tun müssen. Ich kann dir nicht sagen, wie lange wir weg sein werden. Es besteht die Möglichkeit, dass ich nicht zurückkomme. Es besteht immer die Möglichkeit, dass ich nicht zurückkomme.«

Bei seinem Tonfall füllten sich Fionas Augen mit Tränen. Davon hatte Alabama gesprochen. Irgendwie musste sie die richtigen Worte finden, um ihn zu beruhigen.

»Hunter, ich weiß, dass du ein SEAL bist. Ich danke Gott jeden Tag dafür, dass du ein SEAL bist. Glaubst du, ich hätte es geschafft, lebendig aus diesem Höllenloch herauszukommen, wenn du nicht da gewesen wärst? Ich weiß besser als jeder andere, wie wichtig dein Job ist. Ich würde dich *niemals* bitten aufzuhören. Eher würde ich mir selbst in den Arsch treten, als dich bitten, damit aufzuhören. Werde ich mir Sorgen um dich machen? Natürlich! Machst du dir Sorgen um mich? Natürlich. Aber verdammt, nichts davon darf dich davon abhalten, das zu tun, was du am besten kannst. Bin ich traurig, dass du gehst? Ja. Sorge ich mich darüber, dass ich nicht weiß, wo du bist oder was du tust? Zur Hölle, ja. Aber Hunter, ich kann damit umgehen. Du kommst zu mir zurück. Das *wirst* du. Jedes Mal. Ich glaube daran und *du* musst daran glauben. Ich bin kein kleines Mädchen, das jedes Mal zusammenbricht, wenn du weg musst. Außerdem habe ich Caroline und Alabama, mit denen ich mich treffen und einkaufen gehen kann.« Sie spürte, wie Hunter sich unter ihr ein Stück weit entspannte.

Fiona fuhr fort und versuchte, Hunter aus seinem Tief herauszuholen. »Außerdem hast du mir einen Freibrief gegeben, deine Kreditkarte zu verwenden, und ich habe vor, das auszunutzen, während du weg bist.« Okay, das war eine offensichtliche Lüge, aber das musste Hunter ja nicht wissen.

»Nur wenn du noch ein sexy Nachthemd kaufst, in dem ich dich sehen kann, wenn ich zurückkomme.«

Fiona lächelte und beugte sich zu ihm. »Abgemacht.«

»Ich muss zugeben, dass du es viel besser verkraftest, als ich angenommen habe.«

»Ich weiß. Du hast dich selbst verrückt gemacht. Aber Hunter, ich muss dir etwas sagen ... Alabama hatte es mir bereits erzählt. Sie wollte mich vorbereiten.«

Cookie runzelte die Stirn. »Das hätte sie nicht tun sollen.«

Fiona konnte sehen, wie Hunter sich gerade aufregen wollte, also unterbrach sie ihn, bevor er etwas sagen konnte. »Doch, es war richtig von ihr. Du hast dich selbst verrückt gemacht. Alabama und Abe haben etwas erlebt, das sie uns ersparen wollte. Sie hat uns einen großen Gefallen getan.«

Cookie schwieg einen Moment und verdaute, was Fiona ihm mitgeteilt hatte. Es stimmte. Alabama hatte das Richtige getan. »Du hast recht. Abe hat es mit Alabama vermasselt und sie hat versucht, mich davon abzuhalten, dasselbe zu tun. Aber, Fee, ehrlich gesagt, ich habe Angst davor, dich zu verlassen.«

»Wenn wir schon ehrlich miteinander sind, muss ich zugeben, dass ich auch ein bisschen Angst davor habe. Aber du musst gehen, Hunter. Ich will, dass du gehst. Mir geht es gut. Das schwöre ich dir.«

»Ich möchte, dass du etwas weißt, bevor ich losmuss«, sagte Cookie leise und fuhr mit seiner Hand sanft und liebevoll über Fionas Rücken.

Fiona schmiegte sich noch fester an Hunters Oberkörper. »Okay.«

»Ich liebe dich.«

Bei Hunters Worten schoss Fionas Kopf in die Höhe und sie starrte ihn an.

Cookie sagte es noch einmal: »Ich liebe dich.«

»Das sagst du nicht nur, weil du weg musst und Angst hast, nicht zurückzukommen, oder? Denn wenn das so ist, werde ich dir in den Arsch treten müssen.«

Cookie lachte. »Nein, Fee. Ich weiß schon seit einer ganzen Weile, dass ich dich liebe, aber ich habe versucht, dir Zeit zu geben, dich daran zu gewöhnen, die Meine zu sein. Ich dachte, dass jetzt ein guter Zeitpunkt wäre, es dir zu sagen. Ich komme zurück, darauf kannst du wetten. Schließlich muss ich noch in dich eindringen.«

»Jesus, Hunter, so etwas kannst du doch nicht sagen!«

»Ich habe es gerade getan.«

Fiona lächelte Hunter unter Tränen an. »Ich ...«

Cookie legte ihr einen Finger auf die Lippen. »Sag es nicht nur, weil ich es getan habe. Selbst wenn du noch zwanzig Jahre brauchst, um es zu mir sagen, ich werde hier sein. Ich lasse dich nicht gehen, nur weil du es nicht ausgesprochen hast. Sag es, wenn du es ernst meinst. Wenn du tief in deinem Herzen weißt, dass du es ernst meinst. Bis dahin werde ich warten. Ich werde dich ärgern, indem ich meine Socken herumliegen lasse und das Waschbecken nicht von meinen Bartstoppeln säubere. Ich werde dich nicht gehen lassen. Wenn du mich verlässt, werde ich dich finden. Du gehörst mir. Hörst du mich? Mir!«

»Ich höre dich.«

»Sag es.« Hunters Worte klangen verzweifelt.

»Ich gehöre dir.«

»Verdammt richtig. Jetzt küss mich.«

An diesem Abend saßen Caroline, Fiona und Alabama

auf Carolines riesigem Bett. Sie schauten Bette Midler in *Freundinnen* an und weinten sich die Augen aus. Natürlich war der Film nur eine Ausrede zum Weinen, und sie alle wussten es. Keine von ihnen wollte zugeben, dass sie sich Sorgen um ihre Männer machten. Zu einem Navy SEAL zu gehören war keine leichte Sache. Aber zum Glück konnten sich die Frauen aufeinander verlassen und sich gegenseitig trösten.

Am nächsten Morgen wachte Caroline wie immer als Erste auf. Sie stieß Fiona und Alabama mit dem Ellbogen an, bis die beiden ebenfalls erwachten. Sie machten sich nacheinander fertig, um auszugehen und sich durch Einkaufen abzulenken.

Gegen elf waren sie endlich fertig. Alabama fuhr sie zum Einkaufszentrum und sie machten sich auf den Weg, um etwas zu finden, das sexy war, um ihre Männer zu überraschen, wenn sie zurückkamen.

Sie standen in einem Dessousladen und Caroline versuchte, sich zu entscheiden, ob sie ein schwarzes oder ein rotes Nachthemd kaufen sollte, als Fiona in ihrem Augenwinkel etwas auffiel. Sie drehte den Kopf um und sah zwei lateinamerikanisch aussehende Männer, die sie beobachteten. Sofort lief ihr ein Angstschauer über den Rücken und Fiona fühlte sich benommen und ihr wurde übel.

Sie hasste ihre Reaktion. Die Männer hatten nichts falsch gemacht. Sie beobachteten sie nur, weil Caroline laut war, wahrscheinlich zu laut für das leise Geschäft.

Die Männer versuchten nicht, sie zu entführen, sie grinsten nicht einmal anzüglich. Aber es war egal. Allein die Tatsache, dass sie dort standen und sie betrachteten, brachte die Erinnerungen an das Höllenloch in Mexiko zurück.

Fiona ging mitten im Laden in die Hocke. Sie legte beide Hände über den Kopf und wimmerte.

Caroline hörte das Geräusch und sah sich verwirrt um. Als sie Fiona auf dem Boden sah, ließ sie sofort den BH fallen, den sie gehalten hatte, und hockte sich neben sie.

»Fiona? Was ist los? Was ist passiert?«

»Sie sind hier«, flüsterte Fiona. »Wir müssen hier raus.«

»Wer ist hier?«, fragte Alabama und kniete sich an ihre andere Seite.

»Versteckt euch, sie werden euch auch mitnehmen. Wir müssen uns verstecken.«

Alabama und Caroline blickten auf Fionas zitternden Körper. Sie waren sich nicht ganz sicher, was los war, aber sie hatten ein ungutes Gefühl.

»Fiona, es ist sicher. Sie sind jetzt weg, komm schon, steh auf, wir fahren nach Hause und trinken eine Tasse Kaffee.«

Fiona schaute unter ihren Armen hervor und sah die beiden Männer, die sie in krankhafter Faszination betrachteten.

Jetzt flüsterte Fiona und sie ergriff verzweifelt die

Arme ihrer Freundinnen. »Okay, sie wissen über mich Bescheid, aber ihr könnt immer noch von hier verschwinden. Ich werde mich ergeben und ihr lauft zur anderen Tür hinaus. Los, geht schon. Ihr müsst von hier weg. Ich habe es schon einmal durchgemacht, ich kann es aushalten. Ihr verschwindet. Los!«

Caroline sah, wie Fiona die beiden Männer anstarrte, die in der Nähe standen. Sie deutete mit dem Kinn in Richtung Alabama, wie sie es schon so häufig bei Matthew gesehen hatte, wenn er auf diese Weise mit seinem Team kommunizierte. Glücklicherweise war Alabama schon lange genug dabei, um zu verstehen, was sie meinte. Sie ließ Fionas Arm los und stand auf, um die Männer zu bitten, zu gehen. Während sie es ihnen erklärte, forderte sie die anderen Schaulustigen auf, ebenfalls weiterzugehen. Es war unhöflich, so zu starren.

Fiona beobachtete, wie Alabama auf die Männer zuging, und löste sich aus Carolines Griff. »Nein! Alabama, nein! Lauf, verdammt, lauf!« Sie sprang Alabama hinterher und hatte genügend Vorsprung, um Alabama zu erreichen, bevor Caroline sie aufhalten konnte. Sie packte Alabamas Arm und riss sie zurück. Dann lief Fiona zu den gaffenden Männern. »Ihr könnt sie nicht haben, ihr Arschlöcher. Das könnt ihr nicht. Nehmt mich zurück, wenn es sein muss, aber lasst sie in Ruhe!«

Die Männer waren offensichtlich überrascht über

Fionas Offensive und gingen schnellen Schrittes davon. Sie sahen sich überrascht um und fragten sich, ob diese Verrückte wirklich mit ihnen gesprochen hatte.

Caroline hatte Alabama aufgefangen, nachdem Fiona sie in ihre Richtung geschupst hatte, und lief jetzt Fiona hinterher.

»Bitte, Jungs, geht einfach, sie hat einen Flashback. Ihr macht es nur noch schlimmer. Ihr habt nichts falsch gemacht, aber bitte geht einfach«, flehte Alabama die Männer an, als sie Fiona erreichte.

Die Männer waren froh, die unangenehme Szene mit der verrückten Frau verlassen zu können, und flohen wie von der Tarantel gestochen aus dem Laden.

Caroline und Alabama ergriffen jeweils einen von Fionas Armen und hielten sie fest. Sie würde ihnen nicht noch einmal entkommen.

»Sie sind weg, Fiona. Sie sind weg. Komm schon, Süße. Setz dich einen Moment hin.«

Erleichtert brach Fiona in der Mitte des Ladens auf dem Boden zusammen. Die Männer waren weg. Sie würden ihre Freundinnen nicht mitnehmen. Sie würden *sie* nicht mitnehmen. »Wir müssen hier raus, falls sie zurückkommen«, sagte sie mit ernster Miene zu Caroline und Alabama. »Ihr kennt diese Typen nicht, sie werden nicht aufgeben. Sie werden wiederkommen.«

»Okay, wir werden verschwinden«, beruhigte Caroline sie. Sie wünschte von ganzem Herzen, dass ihre Männer da wären. Fiona brauchte Hunter. »Alabama wird den Wagen holen. Wir werden hier sitzen bleiben, bis sie wieder da ist, okay?«

Fiona nickte, schloss die Augen und wiegte sich auf dem Boden hin und her, ohne auf die Blicke der neugierigen Käufer und die besorgten Blicke ihrer Freundin zu achten.

Caroline saß auf dem Boden des Dessousgeschäfts und hielt Fiona fest, bis Alabama zurückkam. Caroline wusste, dass Alabama sich beeilte, aber es schien eine Ewigkeit zu dauern, bis sie wieder bei ihnen war.

»Ich habe den Wagen zur Hintertür gebracht. Die Managerin sagte, es wäre in Ordnung, wenn wir sie durch den Hintereingang nach draußen bringen. Ich habe versucht, die Situation etwas zu erklären. Sie hat sich ebenfalls Sorgen um Fiona gemacht.«

Caroline nickte, ergriff Fionas Kopf und zwang sie, ihr in die Augen zu schauen. »Fiona? Alabama hat den Wagen hergeholt. Kannst du laufen? Wir werden jetzt nach Hause fahren.«

Fiona versuchte, sich auf das zu konzentrieren, was Caroline sagte. Warum war Caroline da? Wurde sie auch gefangen genommen? »Caroline? Haben sie dich auch erwischt?«

Caroline schüttelte nur traurig den Kopf. »Nein, wir sind in Sicherheit, Süße. Komm schon, lass uns von hier verschwinden, okay?«

Fiona nickte benommen. Von dort *verschwinden* klang gut. Die Männer konnten jeden Moment zurückkommen, es wäre besser, von hier abzuhauen.

Die drei Freundinnen schlurften durch die Hintertür zum Wagen, während die Managerin mit betroffenem Blick zusah. Alabama hatte ihr genug über Fionas Erlebnisse erzählt, dass sie sich schlecht dabei fühlte, was in ihrem Laden passiert war.

Caroline und Alabama schnallten Fiona an und Alabama fuhr los, während Caroline neben Fiona saß und sie festhielt. Auf dem gesamten Heimweg zitterte Fiona unkontrolliert.

Nachdem sie Fiona zu Carolines Haus gebracht hatten, legten sie sie ins Bett und blieben bei ihr, bis sie eingeschlafen war. Keine der beiden fragte sich, warum Fiona anfing, von tausend rückwärts zu zählen. Sie schlossen sich sogar an, da es sie zu beruhigen schien.

Caroline und Alabama saßen sprachlos am Küchentisch.

»Sie braucht Hilfe. Ich fühle mich hilflos. Ich weiß nicht, was ich tun soll«, sagte Alabama traurig.

»Wir können nur für sie da sein.«

»Glaubst du, sie wird sich an heute erinnern?«

»Ich hoffe es wirklich nicht, Alabama. Wenn sie es tut, wird sie beschämt sein.«

»Das ist doch Blödsinn. Dafür muss sie sich nicht schämen.«

»Ich weiß das und du weißt das, aber ich wette, es wird ihr unfassbar peinlich sein.«

Dann flüsterte Alabama so leise, als hätte sie Angst, etwas Verbotenes zu sagen: »Ich wünschte, die Männer wären hier.«

»Ich auch, Alabama. Ich auch«, stimmte Caroline ebenso leise zu.

KAPITEL SIEBZEHN

Fiona rollte sich stöhnend herum. Sie fühlte sich beschissen. Im Zimmer war es dunkel, aber sie hatte Hunger. Ihr knurrender Magen hatte sie geweckt. Sie schaute auf die Uhr, zumindest in die Richtung, wo die Uhr sein sollte. Sie war nicht da. Dann erinnerte sich Fiona daran, dass sie bei Caroline war. Sie und Alabama hatten die Nacht dort verbracht, weil die Männer auf eine Mission geschickt worden waren.

Dann setzte sich Fiona gerade hin. Oh nein. Jesus. Einkaufen. Diese Männer. Sie war ausgeflippt. Fiona vergrub das Gesicht in den Händen. Oh mein Gott. Sie hatte diese Männer gesehen und dachte, sie wäre zurück in Mexiko. Sie hatte unschuldige Männer schrecklicher Dinge beschuldigt. Was wäre, wenn sie allein gewesen wäre? Was hätte sie getan? Sie war beschämt.

Sie musste da raus. Fiona sah sich vorsichtig um. Sie war allein im Raum. Sie könnte nach Hause fahren. Nein, sie hatte gar kein Zuhause. Sie würde zurück zu Hunters Wohnung fahren und dann ... irgendwohin. Sie konnte nicht bleiben. Hunter hatte jemanden verdient, der so viel besser war als sie. Was wäre, wenn sie in seiner Gegenwart ausgeflippt wäre? Sie wäre so verlegen gewesen. Ihr Kopf war so durcheinander.

Fiona ging auf Zehenspitzen durch den Raum, fand ihre Schuhe und ihre Handtasche und überprüfte, ob sie alles hatte. Sie öffnete vorsichtig die Zimmertür. Als sie niemanden sah und hörte, ging sie den Flur entlang. Als sie ins Wohnzimmer kam, sah Fiona Caroline und Alabama, die auf dem Sofa lagen. Auf dem Couchtisch standen eine leere Flasche Jack Daniels und mehrere Dosen Limonade. Offensichtlich hatte Fionas Ausbruch am Vortag sie überfordert.

Fiona schossen Tränen in die Augen. Jesus, was sie getan hatte, war den beiden anderen Frauen so peinlich gewesen, dass sie sich betrinken mussten, um die Nacht zu überstehen. Als Fiona zur Tür ging, wusste sie, dass sie den Anblick ihrer einzigen wahren Freundinnen nie vergessen würde, wie sie dort ohnmächtig auf der Couch lagen wegen etwas, das sie getan hatte.

Caroline wachte auf und stöhnte. Jesus, sie hatten viel

zu viel getrunken. Eigentlich wusste sie es besser, aber sie hatte sich solche Sorgen um Fiona gemacht und deshalb immer weiter getrunken. Sie sah Alabama neben sich und stieß sie mit dem Fuß an.

»Hey, Alabama, steh auf. Lass uns nach Fiona sehen.«

Alabama stöhnte, setzte sich aber vorsichtig auf. »Warum hast du zugelassen, dass ich gestern Abend so viel getrunken habe?«

»Ich? Du hast mich doch ermutigt weiterzumachen.«

»Okay, wir haben uns also gegenseitig ermutigt.«

Sie lächelten sich an. »Komm schon, lass uns Fiona holen und die Peinlichkeiten aus dem Weg räumen, dann können wir ein riesiges Frühstück machen und herausfinden, was wir tun können, um ihr zu helfen.«

Alabama ging in Richtung des Raumes, in dem sie Fiona gestern Abend zurückgelassen hatten. Sie standen erschrocken da, als sie die Tür aufstießen und das leere Bett sahen. Caroline drehte sich um und verließ den Raum, als wäre ihr gerade schlecht geworden.

»Komm schon, Alabama, wir müssen zu Hunters Wohnung. Sie ist wahrscheinlich früh aufgewacht und wollte uns aus Höflichkeit nicht aufwecken. Wahrscheinlich war sie auch verlegen und wollte uns lieber aus dem Weg gehen. Wir müssen zu ihr und sie wissen lassen, dass sie sich vor uns nicht schämen muss.«

Die beiden Frauen zogen saubere Kleidung an und liefen aus dem Haus, ohne über ihr Aussehen nachzudenken. Sie konzentrierten sich nur darauf, ihre Freundin zu finden und sie zu beruhigen.

Als sie bei Hunters Wohnung ankamen, klopften Alabama und Caroline an die Tür. Als niemand antwortete, trommelten sie weiter an die Tür und riefen immer wieder Fionas Namen.

Als sie immer noch nicht öffnete, konnten sie daraus nur schließen, dass Fiona nicht da war. »Der Wagen!« Alabama raste zurück zum Parkplatz. Weder Caroline noch Alabama hatten daran gedacht, nach Hunters Wagen zu sehen, als sie ankamen.

Als Alabama sah, dass Hunters Parkplatz leer war, flüsterte sie: »Scheiße.« Ihre Beine wurden weich und sie sank auf den Boden.

Caroline setzte sich neben ihre Freundin und überlegte, was sie als Nächstes tun sollten.

Zum zweiten Mal in so kurzer Zeit sagte Alabama: »Ich wünschte, die Männer wären hier.«

Caroline konnte nur zustimmend nicken.

Fiona fuhr, so lange sie konnte. Sie war müde, wollte aber so weit wie möglich Richtung Norden kommen. Sie schüttelte den Kopf. Norden hieß weg von Mexiko, das war im Moment das Einzige, was ihr durch den

Kopf ging. Fiona musste ihre Freunde beschützen und der beste Weg, dies zu tun, bestand darin, sich von ihnen zu entfernen.

Sie schaffte es bis zum Stadtrand von San Francisco, bevor sie von der Straße abbiegen musste. Fiona überlegte, ob sie im Auto schlafen sollte, dachte dann aber, dass es den Entführern so noch leichter fallen würde, sie zu überwältigen. Dann überlegte sie, ob sie in einem Stunden-Motel haltmachen sollte, stellte jedoch erneut fest, dass die Entführer dort leichtes Spiel hätten und ihr höchstwahrscheinlich niemand zu Hilfe kommen würde.

Fiona landete schließlich in einem Luxushotel. Sie wusste, dass sie eigentlich nicht passend gekleidet war. Mit ihrer Turnhose und dem übergroßen T-Shirt würde sie definitiv auffallen. Am Ende entschied sie aber, dass die Leute wohl zu anständig sein würden, um etwas dagegen zu sagen.

Sie meldete sich mit Hunters Kreditkarte an und ging auf ihr Zimmer. Fiona hatte kein Gepäck, aber im Moment war ihr das egal. Sie legte sich auf das Bett und schloss die Augen. Sie war verängstigt und erschöpft.

Fiona versuchte herauszufinden, was vor sich ging. Sie erinnerte sich, dass sie zu Hunters Wohnung zurückgekehrt war und die lateinamerikanischen Männer vom Einkaufszentrum auf dem Parkplatz gesehen hatte ... zumindest dachte sie, dass es die gleichen Männer waren. Sie hatte weglaufen müssen, sie hatte einfach verschwinden müssen. Sie hatte es nicht einmal bis in die Wohnung geschafft. Sie lief nur zum Parkplatz und fuhr so schnell sie konnte in Richtung Norden.

Fiona schloss die Augen. Sie wollte nur ein kurzes Nickerchen machen und sich dann wieder auf den Weg machen. Sie griff auf das Einzige zurück, was immer funktioniert hatte, wenn sie gestresst war. Sie zählte. Eintausend. Neunhundertneunundneunzig. Neunhundertachtundneunzig ...

Sechs Stunden später erwachte Fiona desorientiert und verwirrt. Wo war sie? Es sah nicht aus wie in Carolines Haus. Sie setzte sich hin. Sie war definitiv in einem Hotelzimmer, aber sie konnte sich nicht daran erinnern, hier angekommen zu sein. Langsam drangen die Erinnerungen an den Vortag in ihr Gehirn.

Ich verliere den Verstand. Jesus, ich werde verrückt. Passiert das hier wirklich oder träume ich? Haben meine Entführer mich wirklich gefunden? Fiona konnte nicht unterscheiden, was echt war und was nicht. Sie wollte zu Hunter, aber er war ... irgendwo. Er musste gerade jemanden retten und sie hatte keine Möglichkeit, mit ihm Kontakt aufzunehmen.

Als sie sich weiter in den Irrglauben vertiefte, dass sie gejagt wurde, dachte Fiona an Hunter ... *Er hat mich mitten im mexikanischen Dschungel gefunden, obwohl er nicht einmal nach mir gesucht hatte. Ich muss den Entführern nur einen Schritt voraus sein und auf Hunter warten.*

»Wir müssen etwas unternehmen, Caroline«, flehte Alabama ihre Freundin an. »Wir können nicht einfach hier sitzen und warten, bis sie nach Hause kommt. Es ist offensichtlich, dass sie nicht einfach zurückkommen und sagen wird: ›Hey, tut mir leid, dass ihr euch Sorgen gemacht habt, hier bin ich wieder.‹«

»Irgendetwas stimmt wirklich nicht, Alabama«, erklärte Caroline das Offensichtliche. »Fiona dachte wirklich, dass diese Männer da wären, um sie nach Mexiko zurückzubringen. Was ist, wenn sie das immer noch denkt? Ist das überhaupt möglich?«

»Ich habe keine Ahnung. Aber, Jesus, Caroline, wenn sie das wirklich denkt, könnte sie überall sein. Wir müssen den Kommandanten anrufen. Er kann mit Hunter in Kontakt treten. Er muss es erfahren.«

»Aber was ist, wenn sie gerade nicht nach Hause kommen können? Hunter würde nur ausflippen und sich selbst und den Rest des Teams in Gefahr bringen.«

»Ich weiß, aber was ist, wenn wir in Schwierigkeiten wären? Du weißt, dass Christopher oder Matthew es niemals verzeihen würden, wenn sie nicht benachrichtigt worden wären.«

»Okay, ich werde Kommandant Hurt anrufen und ihn wissen lassen, was los ist.«

Caroline rief auf dem Stützpunkt an und hinterließ dem Kommandanten eine Nachricht, sie so schnell wie möglich zurückzurufen. Sie sorgte dafür, dass der Maat, der die Nachricht entgegennahm, verstand, dass es buchstäblich um Leben und Tod ging und dass der Kommandant sie sofort anrufen musste, wenn er in sein Büro zurückkehrte.

Alabama setzte sich plötzlich auf. »Oh mein Gott, warum haben wir nicht gleich daran gedacht? Was ist mit Tex?«

»Tex! Scheiße! Ja, du bist ein Genie, Alabama!«

Caroline suchte nach ihrem Handy. Wenn jemand Fiona finden könnte, war es Tex. Sie blätterte durch ihre Kontakte und tippte auf seinen Namen.

»Was ist los?« Tex kam immer direkt zur Sache.

»Fiona wird vermisst und Hunter und die anderen sind auf einer Mission.«

»Erzähl mir alles.«

»Wir waren gestern einkaufen und da waren zwei lateinamerikanisch aussehende Männer, die sich in demselben Geschäft wie wir aufhielten. Fiona hat sie gesehen und ist buchstäblich ausgeflippt. Sie hatte einen Flashback oder so und wir mussten sie durch die Hintertür des Ladens aus dem Einkaufszentrum führen. Wir haben sie nach Hause gebracht, aber als wir aufgewacht sind, war sie weg. Sie ist nicht in

Hunters Wohnung und sein Wagen ist weg. Wir befürchten, sie steckt in diesem Flashback fest oder so. Wir wissen nicht, was wir tun sollen.«

»Habt ihr den Kommandanten kontaktiert?«

»Ja, ich habe gerade mit jemandem vom Stützpunkt telefoniert und ihm eine Nachricht hinterlassen, damit er uns zurückruft. Alabama hat dann an dich gedacht. Du kannst sie doch finden, Tex, oder?«

»Ja, ich werde sie finden. Versucht weiter, zum Kommandanten durchzukommen. Ich werde sehen, was ich von hier aus tun kann.«

»Danke, Tex. Oh, und sie hat Hunters Kreditkarte. Hunter hat sie ihr gegeben. Sie hat sie nicht gestohlen.«

Tex' Stimme verlor etwas an Schärfe. »Ich hätte niemals erwartet, dass sie so etwas tun würde, Ice. Es ist gut, dass sie sie hat. Ich werde sie ausfindig machen und mich so schnell wie möglich bei euch melden.«

»Okay. Ich danke dir wirklich. Wir wussten nicht, was wir tun sollen.«

»Du hast das Richtige getan, indem du mich angerufen hast. Bis später, Ice.«

»Bis später, Tex.«

Caroline wandte sich an Alabama und sagte unnötigerweise: »Tex hat versprochen, dass er sie finden wird.«

Alabama nickte. »Okay, wenn er sagt, dass er sie

findet, dann wird er es auch. Wir müssen nur beten, dass es schnell geht.«

Das Telefon auf dem Nachttisch klingelte und Fiona wäre vor Schreck fast hochgesprungen. Sie starrte es an. War es Hunter? Waren es die Entführer? Hatten sie sie gefunden? Sie kämpfte einen Moment lang mit der Entscheidung, ans Telefon zu gehen oder aus dem Raum zu laufen, ins Auto zu springen und weiterzufahren. Fiona nahm allen Mut zusammen und griff nach dem Hörer.

»Hallo?«

»Fiona, hier ist Cookies Freund Tex. Bitte leg nicht auf.«

Fiona sackte erleichtert zusammen. Sie erinnerte sich, dass Hunter über Tex gesprochen hatte. Gott sei Dank hatte er sie gefunden. »Tex?«, flüsterte sie. »Ich habe solche Angst. Sie haben mich gefunden.«

Am anderen Ende der Leitung sackte Tex auf seinem Stuhl zusammen. Zum Teufel, sie wusste, wer er war, doch jetzt musste er alles richtig machen und er war sich nicht sicher *wie*. Fiona war offensichtlich in der Illusion gefangen, dass sie gejagt wurde, und bei einem einzigen falschen Wort aus seinem Mund würde sie wieder davonlaufen. Tex beschloss, dass es im Moment besser wäre, auf ihre Wahnvorstellung einzugehen, anstatt zu versuchen, sie davon zu überzeugen, dass sie sich alles nur einbildete.

»Fiona, hör mir zu. Cookie hat dir doch erzählt, was ich alles mit Computern anstellen kann, oder? Also, ich habe dir Deckung verschafft. Ich weiß, wo die Entführer sind, und sie sind immer noch in Riverton. Sie wissen nicht, dass du schon geflohen bist. Du bist sicher, wo du bist. Bleib einfach dort. Bestell den Zimmerservice und lass dir das Essen vor die Tür stellen. Lass alles auf die Kreditkarte schreiben. Ich habe die Kreditkarte abgesichert, damit niemand sonst in der Lage ist, dich aufzuspüren. Hast du mich verstanden? Du bist in Sicherheit, wo du bist.«

Tex wollte nicht, dass Fiona einem lateinamerikanischen Hotelangestellten oder sonst irgendjemandem die Tür öffnete und wieder ausflippte. Er wusste, dass sie für den Moment im Hotel sicher war. Er hatte sie nach einer kurzen Suche nach Cookies Kreditkarte aufgespürt. Fiona versuchte nicht wirklich, sich zu verstecken, sie war einfach nur verängstigt.

»Okay, Tex. Ich werde warten, bis ich wieder von dir höre. Bin ich hier wirklich sicher? Sie wissen nicht, dass ich weg bin?« Ihre Stimme war leise und zitterte vor Angst.

»Nein, Liebes. Sie haben keine Ahnung, wo du bist.« Tex sagte nur die Wahrheit.

»Wird Hunter kommen, um mich hier rauszuholen?«

Tex brach es fast das Herz. »Ich arbeite daran, Fee. Du weißt, dass er auf einer Mission ist, oder?«

»Ja, ich weiß. Deshalb sind sie jetzt gekommen. Sie müssen gewusst haben, dass er weg ist und mich nicht beschützen kann.«

»Wir versuchen, Cookie nach Hause zu bringen, damit er dich abholen kann. Vergiss nicht, was ich gesagt habe, lauf nicht weg. Bleib, wo du bist.«

»Okay, Tex. Ich bleibe hier.«

»Ich werde dich alle vier Stunden anrufen, Fiona. Bleib da, um das Telefon zu beantworten, okay? Alle vier Stunden.«

»Ich habe verstanden. Ich werde da sein.«

»Gut. Trink viel Wasser und bestell dir etwas zu essen im Hotel. Du musst bei Kräften bleiben.« Tex dachte, wenn er Fiona beschäftigen würde, würde sie es mit größerer Wahrscheinlichkeit durchstehen.

»Ja, okay.« Sie machte eine Pause und sagte mit kindlicher Stimme: »Ich will zu Hunter.«

»Er wird da sein, sobald er kann, Fiona. Warte auf ihn, Baby.«

Tex zögerte aufzulegen, aber er musste noch ein paar andere Anrufe tätigen. Er musste Cookie nach Hause holen. Seine Frau brauchte ihn. Jetzt.

»Okay, ich werde auf Hunter warten.«

»Wir sprechen uns in vier Stunden wieder, Fiona. Vier Stunden. Nicht mehr und nicht weniger. Sorg dafür, dass du ans Telefon gehst.«

»Okay, Tex. Bis dann.«

Tex legte auf und fluchte. Er wusste, dass Cookie nicht mit so etwas gerechnet hatte. Fiona brauchte offensichtlich Hilfe, um mit dem klarzukommen, was mit ihr passiert war. Sein erster Anruf ging an den Kommandanten. Er musste Cookie nach Hause holen. Seine Frau brauchte ihn.

Cookie schlug die Tür zu Carolines und Wolfs Haus auf. Sie hatten knietief in einer »Situation« in einem nicht so bekannten Land in Afrika gesteckt, als Wolf ihn beiseite gezogen und ihm von Fiona erzählt hatte. Benny und Abe hatten ihn zurückgehalten, damit er nicht wie ein aufgescheuchtes Huhn loslief und sich und das Team tötete. Das Team hatte alles besprochen und mit dem Einverständnis des Kommandanten beschlossen, sich zurückzuziehen und den Auftrag an ein anderes SEAL-Team zu übergeben.

Sie wussten, dass es ungewöhnlich war, überhaupt die Chance zu bekommen, sich zurückziehen zu können. Wenn es um Uncle Sam ging, gab es normalerweise keine Optionen. Die Mission stand immer an erster Stelle. Aber anscheinend hatte Tex die Situation persönlich mit dem Kommandanten besprochen und ihn von der Dringlichkeit eines sofortigen Rückzugs von Cookie und dem Rest des Teams überzeugt.

Alle sechs Männer hatten sofort zugestimmt, aus Afrika zu verschwinden und verdammt noch mal nach Kalifornien zurückzukehren, damit Cookie seiner Frau helfen konnte.

Wolf war direkt hinter Cookie, als sie sein Haus betraten. Caroline und Alabama waren da und Caroline warf sich umgehend in Matthews Arme.

»Es tut mir leid, es tut mir so leid, Hunter. Ich hätte besser auf sie aufpassen müssen.«

»Erzähl mir von Anfang an, was passiert ist, Ice.« Cookies Stimme war hart und unerbittlich, als würden sein Temperament und sein Verstand an einem seidenen Faden hängen.

»Vorsicht, Cookie«, warnte Wolf und mochte den Ton nicht, in dem er mit Caroline sprach.

»Ist schon okay, Matthew«, beruhigte ihn Caroline. Als sie sich wieder Hunter zuwandte, erzählte sie ihm, was im Laden passiert war und was sie danach getan hatten.

»Es hört sich so an, als hättest du alles richtig gemacht, Ice. Du hast sie aus dem Laden geholt und du und Alabama seid bei ihr geblieben.«

»Aber wir haben uns betrunken und sie hat sich rausgeschlichen.«

»Ich weiß, aber vergiss nicht, dass sie auch vor mir weggelaufen ist, als wir in Texas waren. Sie ist erwachsen, du kannst nicht den ganzen Tag und die ganze Nacht auf sie aufpassen. Selbst wenn du nicht betrunken gewesen wärst, hätte sie sich rausschleichen können, während du geschlafen hast. Verzweifelte Menschen schaffen es, Dinge zu tun, die Menschen, die bei Verstand sind, niemals könnten.«

»Sie hat deinen Wagen genommen und Tex hat sie bis nach San Francisco zurückverfolgt. Sie ist in einem Hotel.«

»Ja, er hat mich sofort nach unserer Landung informiert. Ich werde zum Flughafen fahren, um sie dort rauszuholen. Ich muss nur einen Zwischenstopp einlegen.«

»Du hältst noch irgendwo an?«, fragte Alabama unfreundlich.

Cookie drehte sich zu ihr um und verteidigte sich, obwohl er nicht wirklich das Gefühl hatte, dass er es tun müsste. »Ja, ich werde Dr. Hancock mitnehmen. Ich wollte schon die ganze Zeit, dass Fiona sich mit ihr trifft und mit ihr über alles spricht, was sie in Mexiko durchgemacht hat, aber offensichtlich hat sie sich nie überwinden können. Ich werde Fee jetzt keine Wahl mehr lassen. Ich weiß nicht, wie ich ihr helfen soll, aber ich weiß, dass Dr. Hancock es kann. Also hole ich sie ab. Ich habe sie bereits kontaktiert und sie hat zugestimmt, also werden wir nach San Francisco fliegen und Fiona nach Hause holen.«

»Entschuldige, Hunter. Jesus, ich mache mir große Sorgen um sie. Ich weiß, dass du niemals ihre Sicherheit aufs Spiel setzen würdest. Los, geh und bring sie nach Hause.« Alabama klang so zerknirscht, dass Hunter nicht anders konnte, als zu ihr zu gehen und sie für eine schnelle Umarmung in die Arme zu nehmen.

»Sie wird nach Hause kommen, sobald ich sie hierher zurückgebracht habe. Ich nehme Benny mit, aber Dr. Hancock hält es für das Beste, wenn Fiona ihn nicht zu Gesicht bekommt. Er wird meinen Wagen zurückfahren, während wir zum Hotelzimmer gehen, um Fiona zu holen. Wir fliegen dann zurück, sobald Dr. Hancock bestätigt, dass Fiona dazu bereit ist. Abe wird ebenfalls zu Hause sein, sobald er kann. Er und die anderen mussten zum Kommandanten und Bericht erstatten.«

Cookie ließ Alabama los und hielt sie auf Armeslänge mit seinen Händen auf ihren Schultern fest. Er sah zu, wie sie nickte, und drückte beruhigend ihre Schultern.

»Okay, jetzt hol sie dir, Hunter. Bring Fiona nach Hause.«

Caroline, Wolf und Alabama sahen Cookie hinterher, als er aus dem Haus zurück zum Wagen ging. Benny saß am Steuer. Sie befanden sich auf einer der wichtigsten Missionen ihres Lebens und alle wussten es.

KAPITEL ACHTZEHN

Fiona ging ans Telefon, nachdem es nur ein Mal geklingelt hatte.

»Tex?«

»Ja, Schätzchen, ich bin es. Wie geht es dir?« Tex hatte sein Versprechen gehalten und Fiona in den letzten drei Tagen alle vier Stunden angerufen. So lange hatte es gedauert, bis er den Kommandanten davon überzeugt hatte, dass es sich um eine lebensbedrohliche Situation handelte, und Wolfs SEAL-Team schließlich in die USA zurückgekehrt war und Cookie seinen Hintern in ein Flugzeug schwingen konnte, um nach San Francisco zu fliegen.

Fiona war jedes Mal ans Telefon gegangen, wenn Tex angerufen hatte. Sie waren beide erschöpft, aber sie hatte keinen seiner Anrufe verpasst.

»Hast du schon etwas gegessen?«

»Ja, ich habe heute Morgen ein Omelett bestellt.«

»Okay, das ist gut. Heute ist es so weit, Fiona.«

Fiona holte tief Luft. Sie war in den letzten Tagen so verwirrt gewesen und Tex hatte sie über Wasser gehalten. Ihr Geist schwankte hin und her zwischen dem Bewusstsein, dass sie den Verstand verlor, und der Überzeugung, dass ihre Entführer unten in der Eingangshalle auf sie warteten, um sie zu schnappen, sobald sie den Raum verließ. Tex hatte alle paar Stunden angerufen, so wie er es versprochen hatte, und ihr geholfen, sich zu beruhigen.

»Ich verliere den Verstand, Tex. Ich will nach Hause ... zurück zu Hunters Wohnung. Es ist niemand hinter mir her, oder?« Den letzten Satz sagte sie im Flüsterton.

»Fiona, Cookie wird in ein paar Stunden kommen. Halte die Stellung. Er wird bald da sein und es wird dir gut gehen. Lauf jetzt nicht weg, so kurz bevor er bei dir ist.« Als Tex keine Antwort bekam, fuhr er fort: »Ich rufe dich an, wenn er vor deiner Tür steht, damit du weißt, dass er es ist und du ihn hereinlassen kannst, verstanden?«

»Ja.« Fionas Stimme war leise und wackelig.

»Okay, ich rufe in ein paar Stunden wieder an. Bleib im Zimmer. Mach ein Nickerchen, wenn du kannst. Cookie kommt zu dir, Fee. Wir sprechen uns bald wieder.«

Tex legte den Hörer auf und ging im Raum auf und

ab. Ausnahmsweise schmerzte sein amputiertes Bein nicht. Er konnte nur an Fiona und ihren Geisteszustand denken. Sie hatte die Hölle durchgemacht und er war die letzten drei Tage bei ihr gewesen. Tex wusste nie, wie ihr Zustand sein würde, wenn er anrief. Manchmal schien Fiona bei klarem Verstand zu sein, wie bei diesem letzten Anruf, ein anderes Mal war sie völlig verängstigt und überzeugt, dass die Entführer direkt vor ihrer Tür standen.

Es waren Zeiten wie diese, in denen er auf jede Minute psychologischer Ausbildung zurückgreifen musste, die er jemals bekommen hatte. Er konnte sie davon überzeugen, Dinge zu tun, wie ins Badezimmer zu gehen und sich in die Badewanne zu hocken, bis sie »verschwunden« waren. Er hatte gelogen und ihr versichert, er hätte die Hotelkameras angezapft und gesehen, dass die Männer den Flur wieder verlassen hatten, obwohl niemals jemand dort gewesen war.

Er hatte Cookie überredet, die Ärztin mitzunehmen, wenn er zu Fiona fuhr. Sie brauchte psychologische Hilfe mehr als jeder andere, den er jemals getroffen hatte. Nun, er hatte Fiona nie *getroffen*, aber er hatte in den letzten siebzig Stunden genügend Zeit mit ihr am Telefon verbracht, sodass er das Gefühl hatte, sie zu kennen.

Tex konnte es kaum erwarten, von Cookie zu hören, dass er gelandet war. Es war Zeit, dieses Theater zu beenden.

Cookie beendete sein Telefonat mit Tex und wartete darauf, dass Fee die Tür öffnete. Tex hatte ihm gesagt, er würde Fiona anrufen und sie wissen lassen, dass er da war und dass es sicher wäre, die Zimmertür zu öffnen. Cookie hatte sich auf dem Parkplatz von Benny verabschiedet, nachdem sie mit einem Taxi vom Flughafen angekommen waren. Benny verstand, warum er Fiona momentan nicht sehen konnte. Auch wenn es ihm nicht gefiel, wusste er, dass es das Beste war. Er hatte Cookie versprochen, Fiona so bald wie möglich zu besuchen, nachdem sie wieder zu Hause eingetroffen war.

Es dauerte keine Minute, nachdem er aufgelegt hatte, bis Cookie sah, dass die Zimmertür ein paar Zentimeter geöffnet wurde, und plötzlich lag Fiona in seinen Armen. Sie hatte die Tür geöffnet und sich auf ihn geworfen, nachdem sie sich vergewissert hatte, dass es wirklich Cookie war, der vor ihrer Tür stand.

Cookie spürte buchstäblich, wie sich jeder Muskel in seinem Körper entspannte. Er war die letzten drei Tage so angespannt gewesen und er stand kurz davor, in einen hysterischen Weinkrampf auszubrechen. Eine Hand legte er um Fionas Taille, die andere um ihren Hinterkopf, und er zog sie an sich, als sie ins Zimmer und zurück zum Bett gingen.

Fiona konnte kaum ein Wort sagen. Hunter war hier. Er war *hier*.

»Du bist gekommen.«

»Ich bin gekommen. Ich werde *immer* zu dir kommen.« Cookie sagte das, als wären es die wichtigsten Worte, die er jemals von sich gegeben hatte und die er jemals in seinem Leben sagen *würde*.

Sie setzten sich auf das Bett und Cookie wiegte Fiona auf seinem Schoß hin und her. Beide brauchten den Kontakt miteinander. Sie hatten beide ihre eigene Art von Hölle durchgemacht.

Schließlich lockerte Cookie den Griff, gerade genug, um sich zurückzuziehen und Fiona ins Gesicht zu sehen.

»Fiona?«

»Ja?«

»Kannst du mir sagen, was los ist?« Cookie musste prüfen, wie es um ihren Geisteszustand bestellt war. War sie immer noch der Überzeugung, vor ihren Entführern davonzulaufen, oder war sie klar genug, um zu wissen, dass sie sich das Ganze eingebildet hatte?

»Ich ... ich bin mir nicht sicher. Ich glaube, ich habe alles vermasselt.«

Cookie schüttelte den Kopf, führte seine Hände zu Fionas Gesicht und hielt ihren Kopf still, während er mit ihr sprach. Mit den Daumen streichelte er über ihren Kiefer und er sprach in einem ernsten Tonfall.

»Du hast es nicht vermasselt, Fee. *Ich* habe es vermasselt. Ich hätte mich besser um dich kümmern müssen, bevor ich weggefahren bin. Ich hatte Angst, dass so etwas passieren könnte. Aber ich habe meine Lektion gelernt. Ich werde nirgendwo mehr hinfahren, bis ich meinen Fehler behoben habe, okay?«

Fiona spürte, wie ihr Tränen übers Gesicht liefen, und sie konnte es nicht aufhalten. »Es tut mir so leid. Ich wollte nicht so viele Probleme verursachen. Ich habe nur ... sie ... ich kann keinen klaren Gedanken mehr fassen.«

»Schhhh, wir werden es zusammen schaffen. Ich möchte dir jemanden vorstellen. Sie ist mit mir gekommen. Hab keine Angst.« Cookie deutete auf die Tür und eine kleine, aber gutherzig aussehende Frau kam in den Raum. Sie trug Jeans und schien im fünften Monat schwanger zu sein. Sie watschelte ein wenig beim Laufen, aber der Ausdruck auf ihrem Gesicht war offen und freundlich.

»Das ist Dr. Hancock. Sie ist mit mir gekommen, um dir zu helfen, mit dem fertigzuwerden, was geschehen ist. Sie gehört zu mir.«

Fiona sah von der Frau, die direkt in der Tür stehen geblieben war, zu Hunter zurück. Mit leiser Stimme sagte Fiona traurig: »Es war niemand hinter mir her, oder? Ich habe mir das alles nur eingebildet, nicht wahr? Deshalb hast du eine Psychiaterin mitgebracht. Ich werde verrückt.«

Cookie berührte Fionas Stirn und überlegte, was er sagen sollte. Zum Glück antwortete die Ärztin für ihn.

»Fiona, der Verstand ist ein mächtiges Instrument. Ich bin mir sicher, dass Sie schon einmal Videos von Menschen gesehen haben, die diese Virtual-Reality-Brille tragen, oder? Sie wissen, dass sie nicht auf einer Achterbahn sind, aber diese Brille bringt sie dazu, dass ihr Körper schwankt und sich neigt, als wären sie wirklich auf einer Achterbahn. So etwas in der Art haben Sie auch erlebt. Tief im Inneren wussten Sie, dass diese Männer, die Sie gesehen haben, nicht hinter Ihnen her waren, aber auf Grundlage dessen, was Ihnen widerfahren ist, hat Ihr Unterbewusstsein etwas getan, um sich selbst zu schützen. Sie werden nicht verrückt. Sie sind ganz normal. Ich hätte mir größere Sorgen um Sie gemacht, wenn Sie nicht so reagiert hätten.«

Fiona sah wieder zu Hunter auf. »Es tut mir leid. Es tut mir so leid. Du warst auf einer Mission ...«

»Halt. Du bist mir wichtiger als jede Mission. Das habe ich dir schon einmal gesagt und ich werde es so lange wiederholen, bis du es glaubst. Ich würde jeden Berg für dich überwinden. Ich würde noch heute aufhören, wenn du mich brauchst. Du. Kommst. Zuerst. Punkt. Keine Entschuldigungen mehr. Lass uns nach Hause fahren und sprich mit Dr. Hancock. Wir werden es schaffen. Gemeinsam.«

Fiona schlang die Arme um Hunter und seufzte,

als sie spürte, wie er seine Arme wieder um sie legte. Sie nickte.

Cookie stand mit Fee in den Armen auf. Er hatte sie herumgedreht, sodass er einen Arm um ihren Rücken und den anderen unter ihren Kniekehlen hatte. »Schließ die Augen, Fee. Ich hole dich hier raus. Du entspannst dich einfach. Vertrau mir.«

»Ja, Hunter. Ich wusste, dass du kommst und mich in Sicherheit bringst.« Sie hielt Hunter fest, vergrub den Kopf an seinem Hals und schloss die Augen, wie Hunter es gesagt hatte.

»Du bist in Sicherheit, Fee. Sicher bei mir. Für immer.«

Cookie trug Fiona in seine Wohnung, während Dr. Hancock ihnen dicht dahinter folgte. Sie hatte während ihres Fluges zurück nach Südkalifornien immer wieder mit Fiona gesprochen. Die Ärztin wollte eine Vorstellung davon bekommen, in welcher Verfassung sich Fiona befand und was der beste Weg wäre, ihr die Hilfe zu besorgen, die sie brauchte.

Cookie hätte am liebsten geweint, als er hörte, wie Fiona Dr. Hancock erzählte, dass sie versucht hatte, für *ihn* stark zu sein. Er hatte nicht gewollt, dass Fiona ihre Gefühle unterdrückte, aber er *hatte* ihr immer wieder erzählt, wie beeindruckt er von ihrem Mut und ihrer Tapferkeit war.

Er trug sie ins Schlafzimmer und legte Fiona sanft aufs Bett. Sie rührte sich nicht. Sie war erschöpft davon, sich vor imaginären Entführern zu verstecken und alle vier Stunden ans Telefon zu gehen, um mit Tex zu sprechen. Cookie wusste, dass er zutiefst in Tex' Schuld stand. Wenn dieser Mann jemals etwas bräuchte, würde er alles für ihn tun. Er hatte seine Frau in Sicherheit gebracht. Das könnte er ihm niemals zurückzahlen. Cookie würde ihm das nie vergessen. Niemals. Er küsste Fiona auf die Stirn und strich ihr sanft die Haare hinters Ohr. Gott, sie hatte ihn so sehr erschreckt.

Cookie verließ den Raum und ging zurück zu Dr. Hancock, die auf ihn wartete.

»Was denken Sie? Sollte ich sie zur stationären Behandlung in ein Krankenhaus bringen?« Es war nicht das, was Cookie tun wollte, aber wenn die Ärztin es für das Beste für Fiona hielt, würde er es machen.

»Das denke ich nicht. Sie scheint klarer zu sein, wenn Sie in der Nähe sind. Sie dürfen sie nur nicht allein lassen, Hunter. Wenn Sie zur Arbeit gehen müssen oder einberufen werden, müssen Sie sie zu ihrem eigenen Wohl einweisen.«

»Ich gehe nirgendwohin. Der Kommandant hat es bereits abgesegnet. Wenn wir abberufen werden,

werden die anderen es erledigen. Er weiß, dass Fiona an erster Stelle steht.«

»Okay, gut. Sie wird in erster Zeit tägliche Sitzungen brauchen. Abhängig davon, wie diese verlaufen, können wir dann langsam reduzieren. Die gute Nachricht ist, dass sie selbst daran arbeiten *will*.«

»Natürlich will sie das«, sagte Cookie hitzig.

»Es gibt kein ›Natürlich‹, Hunter«, entgegnete Dr. Hancock ernst. »Sie wären überrascht, wie viele Frauen niemals über das hinwegkommen, was ihnen angetan wurde. Sie kommen nicht über den Missbrauch hinweg und stürzen sich in ein Leben voller Drogen und manchmal sogar Prostitution. Weil sie sexuell missbraucht wurden, können sie sich nicht wieder in die Gesellschaft integrieren.« Die Ärztin wartete darauf, dass Hunter ihre Worte verstand, nickte und fuhr dann fort: »Okay, bleiben Sie heute Nacht bei ihr und bringen Sie sie morgen früh zu mir. Ich werde mich am Anfang wahrscheinlich allein mit ihr treffen. Später werden wir sehen, ob sie es zulässt, dass Sie den Sitzungen beiwohnen. Da Sie dabei waren und sie gerettet haben, könnte es meiner Meinung nach helfen.«

»Ich kann Ihnen nicht genug danken, Doktor. Ich hätte Sie schon viel früher anrufen sollen.«

»Ja, das hätten Sie. Aber was passiert ist, ist passiert. Wichtig ist, dass Fiona jetzt die Hilfe bekommt, die sie benötigt. Und wenn es ein Trost ist, ich denke, dass es ihr gut gehen wird. Sie hatten recht. Sie *ist* hart im Nehmen. Sie *ist* mutig. Sie wird es überstehen.«

Cookie sah der Ärztin nach, während sie in einen Geländewagen stieg, der auf dem Parkplatz stand. Ihr Mann hatte offensichtlich auf sie gewartet. Cookie stand noch eine Weile am Fenster, als das Fahrzeug in die Dunkelheit verschwand, und dachte, dass er Glück gehabt hatte. Großes Glück sogar. Cookie drehte sich um und ging zurück zu Fiona.

KAPITEL NEUNZEHN

Fiona lächelte Caroline und Alabama zu. Eine Woche nach ihrem »Zusammenbruch«, wie Fiona es nannte, fühlte sie sich schon viel besser. Zuerst hatte sie sich geweigert, mit den Frauen zu sprechen, weil sie dachte, sie würden sie hassen. Aber nach mehreren Treffen mit Dr. Hancock hatte sie sich endlich vom Gegenteil überzeugen lassen.

Gott sei Dank für wahre Freunde. Hunter hatte sie zu Caroline nach Hause gebracht und er, Wolf und Abe hatten sich im Fernsehen ein Spiel angesehen, während die drei Frauen alles zwischen sich aufarbeiteten.

Hunter hatte sich die ganze letzte Woche geweigert, ihr von der Seite zu weichen, und Fiona war innerlich froh darüber. Sie hatte ihm mehrmals versichert, dass er sie nicht babysitten musste, aber er hatte gekontert und ihr gesagt, dass er sie nicht babysitten würde, sondern ihr sein Ohr leihen und sie unterstützen würde, wenn sie ihn brauchte.

Fiona hatte gerade einen Schritt in Wolfs Haus gemacht, als sie schon von Caroline und Alabama umarmt worden war. Sie hatten geweint und gelacht, noch bevor sie sich überhaupt unterhalten hatten.

Sie hatten stundenlang im Keller über das geredet, was passiert war. Als Fiona versuchte, sich zu entschuldigen, verlor Caroline die Beherrschung und tobte ganze zehn Minuten über Entführer, zu neugierige Kunden und die Sexsklaven-Mafia, und Fiona hatte es nicht gewagt, sich noch einmal zu entschuldigen.

Es war elf Uhr abends, als Wolf schließlich die Kellertür aufriss und brüllte: »Ist es sicher herunterzukommen?«

Lachend hatten die Frauen mit »Ja« geantwortet.

Alle drei Männer kamen die Treppe hinunter und gingen direkt zu ihren Frauen.

Cookie hob Fiona hoch und setzte sie sich auf den Schoß, als er auf dem Boden neben der Couch Platz nahm. Er lehnte sich zurück und Fiona kuschelte sich wie gewöhnlich in seine Arme.

Wolf setzte sich neben Caroline auf das Sofa und zog sie an sich, sodass sie ihren Kopf auf seinen Oberkörper legte.

Abe ging zu dem großen Sessel, setzte sich und bedeutete Alabama, zu ihm zu kommen. Sie ging zu ihm hinüber und setzte sich auf ihn, legte ihre Knie rechts und links von ihm ab und schmiegte sich wie eine Puppe an ihn.

»Wir haben uns wirklich Sorgen um dich gemacht, Fiona«, sagte Wolf und strich Caroline mit der Hand über den Rücken.

»Ich weiß, und es tut mir leid.«

»Nein, das braucht dir nicht leidzutun. So machen Freunde das. Du weißt doch, dass du hier ein paar ziemlich enge Freunde hast, oder?«

»Das tue ich. Und ihr könnt euch nicht vorstellen, wie sehr ich das zu schätzen weiß. Ich hatte noch nie richtige Freunde, nur Bekannte.« Fiona liebte das Gefühl von Hunters Armen um sie. Das machte es irgendwie einfacher, über diese beängstigenden Dinge zu reden.

»Ich habe mich bereits bei Caroline und Alabama entschuldigt, aber es tut mir leid, dass ihr von eurer Mission zurückkehren musstet, um mich zu holen. Das wollte ich ehrlich gesagt nicht. Was ihr tut, ist so wichtig. Ich kann mir gar nicht vorstellen, was passiert wäre, wenn ihr von *meiner* Rettungsmission zurückgerufen worden wärt.«

Ohne seine Stimme zu erheben, antwortete Abe ruhig: »Du wurdest gerettet, Fiona. Wir arbeiten nicht im Alleingang. Wenn wir von deiner Rettungsmission zurückgerufen worden wären, hätte ein anders Team übernommen. Die SEAL-Teams decken sich gegenseitig.«

»Aber ...«

»Nein, Fiona. Und nur damit du es weißt, jetzt, wo du bei uns bist, gehörst du auch zu mir. Du gehörst zu Wolf und du gehörst zu Benny ... du gehörst zu uns allen. Wenn du in Schwierigkeiten steckst, sind wir für dich da.«

Cookie hielt Fiona fester, als sie in seinen Armen schluchzte. Er ließ sie weinen. Sie musste Abes Worte hören. Wirklich hören.

»Also, wenn du in Schwierigkeiten bist, ist es so, als wären unsere eigenen Frauen in Schwierigkeiten. Wenn du mich anrufst, laufe ich los. Wenn Alabama Cookie anruft, wird er sich auf den Weg machen. Cookie ist dein Mann, aber du bekommst hier ein Gesamtpaket.«

Endlich sah Fiona auf. Ihr Gesicht war rot vom Weinen, aber sie versuchte, Abe anzulächeln. Sie schluckte ein Mal und nahm sich dann zusammen.

»Ich habe diese Woche viel mit Dr. Hancock gesprochen, wie ihr alle wisst. Ich habe versucht, mich mit dem auseinanderzusetzen, was mir zugestoßen ist und was mit Frauen auf der ganzen Welt jeden Tag passiert. Ich konnte jedoch nicht klar erkennen, dass etwas Gutes aus dem resultiert ist, was mir widerfahren ist. Ja, ich habe Hunter getroffen und ich werde Gott für immer dafür danken, aber es fiel mir schwer, meiner Liste positiver Dinge noch etwas hinzuzufügen. Bis jetzt. Ich hätte niemals gedacht, dass ich einen Mann und eine ganze Familie von Brüdern und Schwestern finden würde.«

»Sobald wir anfangen, uns alle in deine Angelegenheiten einzumischen, wirst du es vielleicht nicht mehr mögen, Fiona«, warnte Wolf sie ernst.

Fiona kicherte. »Da hast du recht, aber wenn ich erst einmal so weit bin, darüber nachdenken zu können, werde ich mich daran erinnern, wie einsam ich war und wie viel besser mein Leben jetzt ist, wo ihr ein Teil davon seid.«

Eine angenehme Stille breitete sich aus.

Cookie durchbrach sie mit einem Lachen. »Wenn ihr beide damit fertig seid, meine Frau zu umwerben, werden wir jetzt nach Hause fahren.«

Alle lachten und Fiona schlug Hunter auf den Arm.

Wolf stand auf und zog Caroline mit sich hoch. »Es ist Zeit, dass wir uns auf den Weg ins Bett machen. Abe, bleibt ihr hier?«

Abe sah Alabama mit hochgezogenen Augenbrauen an. Da Alabama eine Weile hier im Keller gelebt hatte, während sie und Abe an ihrer Beziehung gearbeitet hatten, wussten sie, dass sie hier immer willkommen waren. In der Tat nahmen sie Wolfs und Carolines Angebot, über Nacht zu bleiben, häufig an, anstatt nach Hause zu fahren.

»Ja, wir können hierbleiben.« Alabamas Worte waren undeutlich. Sie war schon halb eingeschlafen.

Cookie stand mit Fiona in den Armen auf. Er trug sie die Treppe hinauf und zur Tür hinaus, ohne ihr die Gelegenheit zu geben, sich zu verabschieden. Er wusste, dass sie ihre Freundinnen wahrscheinlich am nächsten Tag wiedersehen würde. Die Heimfahrt erfolgte schweigend. Cookie hoffte, dass dieser Abend ein Wendepunkt in ihrer Genesung gewesen war.

Als sie zu Hause ankamen, wandte Cookie sich an Fiona und sagte: »Warte«, als sie nach der Türklinke griff. Sie lächelte ihn an und tat, wie geheißen.

Cookie ging um das Auto herum, öffnete ihre Tür und hob Fiona heraus.

»Du weißt aber schon, dass ich laufen kann, oder? Du musst mich nicht überall herumschleppen.«

»Du wiegst weniger als der Rucksack, den ich bei meinen Missionen trage. Sei jetzt still.«

Fiona lächelte nur und kuschelte sich fester an ihren Mann.

Cookie trug Fiona die Treppe hinauf in ihr Schlafzimmer. Weil es für sie schon zur Gewohnheit geworden war, legte er sie sanft aufs Bett und zog ihr die Schuhe aus. Cookie sah ihr in die Augen, öffnete ihre Hose und ließ sie an ihren Beinen entlanggleiten.

Fiona lag auf Hunters Bett und sah zu, wie er sie sorgfältig auszog. Sie fühlte sich nicht eine Sekunde lang unwohl. Es war Hunter. Er würde nichts tun, um sie zu verletzen. Niemals.

Fiona beobachtete, wie Hunter sein Hemd auszog und es in Richtung des Wäschekorbes in der Ecke warf. Dann setzte er sich auf das Bett, beugte sich vor und zog seine Stiefel aus. Als Nächstes waren seine Hose und Boxershorts dran. Erst als er völlig nackt war, beugte er sich über Fiona und zog ihr das Hemd über den Kopf. Fiona hob pflichtbewusst die Arme, damit er ihr das Hemd ausziehen konnte. Sobald das erledigt war, griff er hinter ihren Rücken und öffnete ihren BH. Seine Berührungen waren eher klinisch als romantisch, aber sie fühlte sich trotzdem geschätzt von ihm.

In der letzten Woche hatte Fiona langsam angefangen, sich mit dem zu arrangieren, was passiert war. Als Teil ihrer Therapie hatte Dr. Hancock vorgeschlagen, dass sie zurück ins Einkaufszentrum und an den Ort gehen sollte, wo sie ihren »Zusammenbruch« hatte. Sie hatte es erst nicht gewollt, aber Hunter hatte sie ermutigt und versprochen, nicht von ihrer Seite zu weichen.

Sie waren stundenlang durch das Einkaufszentrum gelaufen. Langsam hatte Fiona ihre Nervosität verloren und den Tag mit Hunter genossen. Selbst als eine Gruppe lateinamerikanischer Männer vorbeikam, war sie nicht ausgeflippt, aber natürlich war Hunter direkt neben ihr gewesen.

Nachdem sie an den Männern vorbeigegangen

waren, hatte Hunter sie in einen Seitengang gezogen und sie leidenschaftlich geküsst. Er hatte behauptet, es wäre die Belohnung für »gutes Benehmen«. Fiona hatte gelacht und ihn noch einmal geküsst.

Hunter hatte ihr an dem, was passiert war, niemals die Schuld gegeben. Dr. Hancock hatte Hunter zu ihren Sitzungen eingeladen und Fiona musste zugeben, dass sie sich zuerst nicht wohl dabei fühlte. Sie hatte nicht gewollt, dass Hunter erfuhr, was die Entführer mit ihr gemacht hatten, aber nach ein paar Sitzungen musste sie zugeben, dass es eine gute Idee der Ärztin gewesen war.

Hunter musste wissen, was passiert war, und sie musste es ihm erzählen. Es hatte ihre Beziehung auf eine Art und Weise gefestigt, wie es vorher nicht der Fall gewesen war.

Cookie hatte eine Ahnung von dem, was Fiona durchgemacht hatte, aber als er von ihr hörte, wie sie sich fühlte und wie sie es ertragen hatte, wurde Cookie klar, wie froh er sein konnte, dass Fiona hier bei ihm war. Es gab so viele Dinge, die hätten anders verlaufen können ... angefangen bei den Männern, die sie verkaufen wollten, über ihre Verletzung, ihren Drogenentzug, ihre Rettung, die Wanderung durch den Dschungel, bis zu dem Schusswechsel, während sie auf den Hubschrauber warteten. Die fliegenden Kugeln, der Rückzug ... Cookie wusste, dass er immer weitermachen könnte. Aber das Endergebnis war, dass sie hier waren. Jetzt. Zusammen. Cookie wusste, dass sie zusammen sein sollten, sonst wäre wohl jedes einzelne dieser Dinge anders ausgegangen.

Als Fiona neben Hunter im Bett lag, wusste sie, dass es keinen Ort gab, an dem sie lieber wäre.

»Ich liebe dich, Hunter.«

Ohne zu zögern, antwortete Cookie. Diese Worte zum ersten Mal von Fionas Lippen zu hören machte es ihm einfach. »Ich liebe dich auch, Fee. Du bist mein Ein und Alles.«

Diese Nacht war nicht die Nacht, in der sie miteinander schlafen würden, aber Fiona wusste, dass es schon bald geschehen könnte. Hunter hatte sie niemals dazu gedrängt und sie wusste, dass er es nicht tun würde. Fiona hatte mit Dr. Hancock über Sex und wie sie sich fühlte gesprochen. Und während Dr. Hancock Fiona ermahnte, es langsam angehen zu lassen, hatte sie sie auch dazu ermutigt, das zu tun, was sich für sie richtig anfühlte. Fiona wusste, dass sie diejenige sein musste, die den ersten Schritt machte, und sie würde es tun. Im Moment genoss sie es, in Hunters Nähe zu sein.

Fiona kuschelte sich in Hunters Umarmung. Er war immer so warmherzig, was nur eines in einer langen Liste von Dingen war, die Fiona an ihm liebte. Das Gefühl seines nackten Körpers an ihrem war tröstlich, nicht entsetzlich.

»Hör auf nachzudenken, Fee. Schlaf jetzt.«

Fiona lächelte. Sie liebte diesen Mann mehr, als sie es für möglich gehalten hätte. Als sie einschlief, hörte sie lächelnd, wie Hunter murmelte: »Du gehörst mir, ich werde dich niemals verlassen. Du sollst dich niemals wieder in deinem Leben fürchten müssen.«

EPILOG

Fiona lag keuchend auf Hunters Brust und versuchte, sich zu erholen. Jesus, er würde sie noch umbringen. Es war der dritte Orgasmus, den er ihr an diesem Abend geschenkt hatte, und sie hatte sich noch nie besser oder geliebter gefühlt.

»Ich glaube, du hast mich umgebracht«, beschwerte sich Fiona, während Hunter versuchte, zu Atem zu kommen, als er unter ihrem Körper lag.

Fiona sah zu, wie ein zufriedenes Lächeln auf Hunters Gesicht auftauchte. Sie leckte noch einmal an seiner Brustwarze und grinste noch breiter über den Schauer, der über seinen Körper lief. Sie spürte, wie er in ihr zuckte.

»Ich liebe dich, Mr. Knox.«

»Ich liebe dich, Mrs. Knox.«

Sie waren nach Las Vegas geflogen und hatten

geheiratet, ohne es jemandem zu erzählen. Ihre Freunde hatten mindestens zwei Tage lang nicht mit ihnen gesprochen, aber Fiona hätte nichts an ihrer Hochzeit ändern wollen. Sie wollte kein großes Aufhebens aus ihrer Ehe machen. Für sie war es eine natürliche Fortsetzung ihrer Liebe. Sie hatte es satt, im Rampenlicht zu stehen, Fiona hatte Hunter nur heiraten und dann mit ihrem Leben weitermachen wollen.

Hunter hatte zunächst protestiert. Er wollte ihr eine große Hochzeit bereiten und all ihre Freunde einladen und deren Freunde und deren Freunde. Erst als Fiona erklärt hatte, *warum* sie nur eine kleine Hochzeit mit ihm allein haben wollte, hatte er nachgegeben.

Jedes Mal wenn sich jemand darüber beschwerte, ihre Hochzeit verpasst zu haben, nahm Hunter denjenigen beiseite und erklärte unverblümt, dass es ihn nichts anginge, warum sie allein geheiratet hatten, und warnte sie davor, es noch einmal zu erwähnen.

»Ich hasse es, über etwas anderes zu reden als deine Männlichkeit, während wir noch vereint im Bett liegen, aber ich mache mir Sorgen um Mozart«, sagte Fiona schläfrig.

»Ich weiß, ich auch.«

»Warum ist er so besessen von diesem Kerl?«

»Ich bin mir nicht ganz sicher, aber ich denke, es hat mit seiner Schwester zu tun. Ich weiß, dass sie getötet wurde, als sie noch klein war, und sie haben den Kerl, der es getan hat, nie gefunden. Ich glaube, das ist der Grund, warum Mozart überhaupt ein SEAL geworden ist. Damit er den Kerl ausfindig machen kann. Die Polizei hat den Fall im Wesentlichen abgeschlossen.«

»Glaubst du, er wird ihn jemals finden?«

»Ich habe keine Ahnung, aber ich weiß, dass er nicht aufgeben wird.«

»Glaubst du, der Typ, den er in der Nähe von Big Bear Lake jagt, könnte der Mörder sein?«

»Ich weiß es nicht, aber ich könnte es mir vorstellen. Mozart macht nicht viele Fehler, nicht wenn es um so etwas Wichtiges geht.«

Fiona nickte. »Ich fühle mich schlecht.«

»Ich auch. Aber bevor du fragst, ich werde ihn nicht dazu bringen, darüber zu reden«, sagte Cookie entschlossen zu Fiona.

Fiona kicherte und stellte sich vor, wie Hunter und Mozart über ihre Gefühle »plauderten«. Ihr Kichern verwandelte sich in ein Stöhnen, als sie spürte, wie Hunter in ihr härter wurde. Sie wackelte herum und drängte ihn dazu, mehr zu tun.

»Noch mal, Fee?«

»Oh ja, noch mal!«

»Weißt du, vielleicht solltest du mit Dr. Hancock über dieses unersättliche Verlangen reden, das du entwickelt hast«, neckte Hunter.

»Wenn ich ein Problem habe, ist es auch deins.« Fiona setzte sich auf Hunters Schoß auf und bewegte ihre Hüften. Sie liebte das Gefühl seiner harten Länge in ihr. Sie legte ihre Hände auf seine Brust und stützte sich auf ihn.

»Du hast recht, das habe ich wohl. Mal sehen, ob wir etwas dagegen tun können.«

Cookie lächelte seine Frau an. Fiona hatte so große Fortschritte gemacht, seit er sie zitternd und verängstigt in diesem Hotelzimmer in San Francisco gefunden hatte. Er würde niemals die Angst vergessen, die er verspürt hatte, als er von seiner Mission in Afrika zurückgekehrt war, um sie zu holen. Seitdem hatte sie nicht mehr viele Rückfälle gehabt, zumindest nichts, was mit dem vergleichbar gewesen wäre.

Als Fiona das erste Mal wieder Sex haben wollte, nachdem sie aus San Francisco zurückgekommen waren, hatte Cookie versucht, Widerstand zu leisten, weil er nicht glaubte, dass sie genügend Zeit gehabt hatte, um alles zu verarbeiten, was mit ihr passiert war. Sie hatte aber darauf bestanden, dass es ihr gut ging, und es hatte nicht lange gedauert, bis Cookie einlenkte und ihr versprach aufzuhören, wenn es ihr auch nur ansatzweise unangenehm wäre. Das erste Mal war etwas ganz Besonderes.

Cookie war mit einer beachtlichen Anzahl Frauen zusammen gewesen, aber nichts in seinem ganzen Leben war vergleichbar mit dem ersten Mal gewesen, als er in Fionas warmen, feuchten Körper eindrang. Sie hatte nicht einmal gezuckt, hielt sich nur an seinem Gesicht fest und sah ihm in die Augen, als er sich in sie versenkte. Auf seine Frage: »Bist du damit einverstanden, Fee?«, hatte sie mit den Worten geantwortet, die sie schon so lange auswendig gelernt hatte: »Ich bin damit absolut einverstanden, Hunter. Wenn du mich in deinen Armen hältst, kann ich nur an dich denken.« Selbst nach ihrem Rückfall war Fiona der stärkste Mensch, den Cookie jemals getroffen hatte.

Er rollte sich herum, damit Fiona unter ihm lag. Er strich ihr die Haare aus dem Gesicht und hinter das Ohr.

»Du gehörst mir.«

»Ich gehöre dir«, bestätigte Fiona sofort mit einem Lächeln.

Cookie ignorierte alles und jeden außer seiner Frau und beugte sich zu Fiona hinunter. Es gab nichts anderes, was er auf dieser Welt noch brauchte. Alles, was er wollte, hielt er bereits in seinen Armen.

*

Hol dir Buch 4, Die Hochzeit von Caroline, JETZT!

BÜCHER VON SUSAN STOKER

SEALs of Protection
Schutz für Caroline (Buch Eins)
Schutz für Alabama (Buch Zwei)
Schutz für Fiona (Buch Drei)
Die Hochzeit von Caroline (Buch Vier) **(erhältlich ab Mitte März 2020)**

Die Delta Force Heroes:
Die Rettung von Rayne (Buch Eins)
Die Rettung von Emily (Buch Zwei)
Die Rettung von Harley (Buch Drei)
Die Hochzeit von Emily (Buch Vier)
Die Rettung von Kassie (Buch Fünf)
Die Rettung von Bryn (Buch Sechs)
Die Rettung von Casey (Buch Sieben) **(erhältlich ab Ende April 2020)**

Und auch die folgenden Bücher von Susan Stoker werden in Kürze auf Deutsch erhältlich sein:

Aus der Reihe »Die Delta Force Heroes«:
Die Rettung von Casey (Buch Sieben) (April 2020)
Die Rettung von Wendy (Buch Acht) (Juni 2020)
Die Rettung von Mary (Buch Neun) (Sept 2020)
Die Rettung von Macie (Buch Elf) (Okt 2020)

Aus der Reihe »SEALs of Protection«:
Protecting Summer (Buch 5)
Protecting Cheyenne (Buch 6)
Protecting Jessyka (Buch 7)
Protecting Julie (Buch 8)
Protecting Melody (Buch 9)
Protecting the Future (Buch 10)
Protecting Kiera (Buch 11)
Protecting Alabama's Kids (Buch 12)
Protecting Dakota (Buch 13)
The Boardwalk (Buch 14)

BIOGRAFIE

Susan Stoker ist die New York Times, USA Today und Wall Street Journal Bestsellerautorin der Buchreihen »Badge of Honor: Texas Heroes«, »SEALs of Protection«, »Die Delta Force Heroes« und einigen mehr. Stoker ist mit einem pensionierten Unteroffizier der US-Armee verheiratet und hat in ihrem Leben schon überall in den Vereinigten Staaten gelebt – von Missouri über Kalifornien bis hin zu Colorado. Zurzeit nennt sie die Region unter dem großen Himmel von Tennessee ihr Zuhause. Sie glaubt ganz und gar an Happy Ends und hat großen Spaß daran, Geschichten zu schreiben, in denen Romantik zu Liebe wird.

Besuchen Sie Susan im Netz!
www.stokeraces.com

facebook.com/authorsusanstoker
twitter.com/Susan_Stoker
bookbub.com/authors/susan-stoker
instagram.com/authorsusanstoker
Email: Susan@StokerAces.com

www.ingramcontent.com/pod-product-compliance
Lightning Source LLC
LaVergne TN
LVHW021651060526
838200LV00050B/2309